www.tredition.de

AF197249

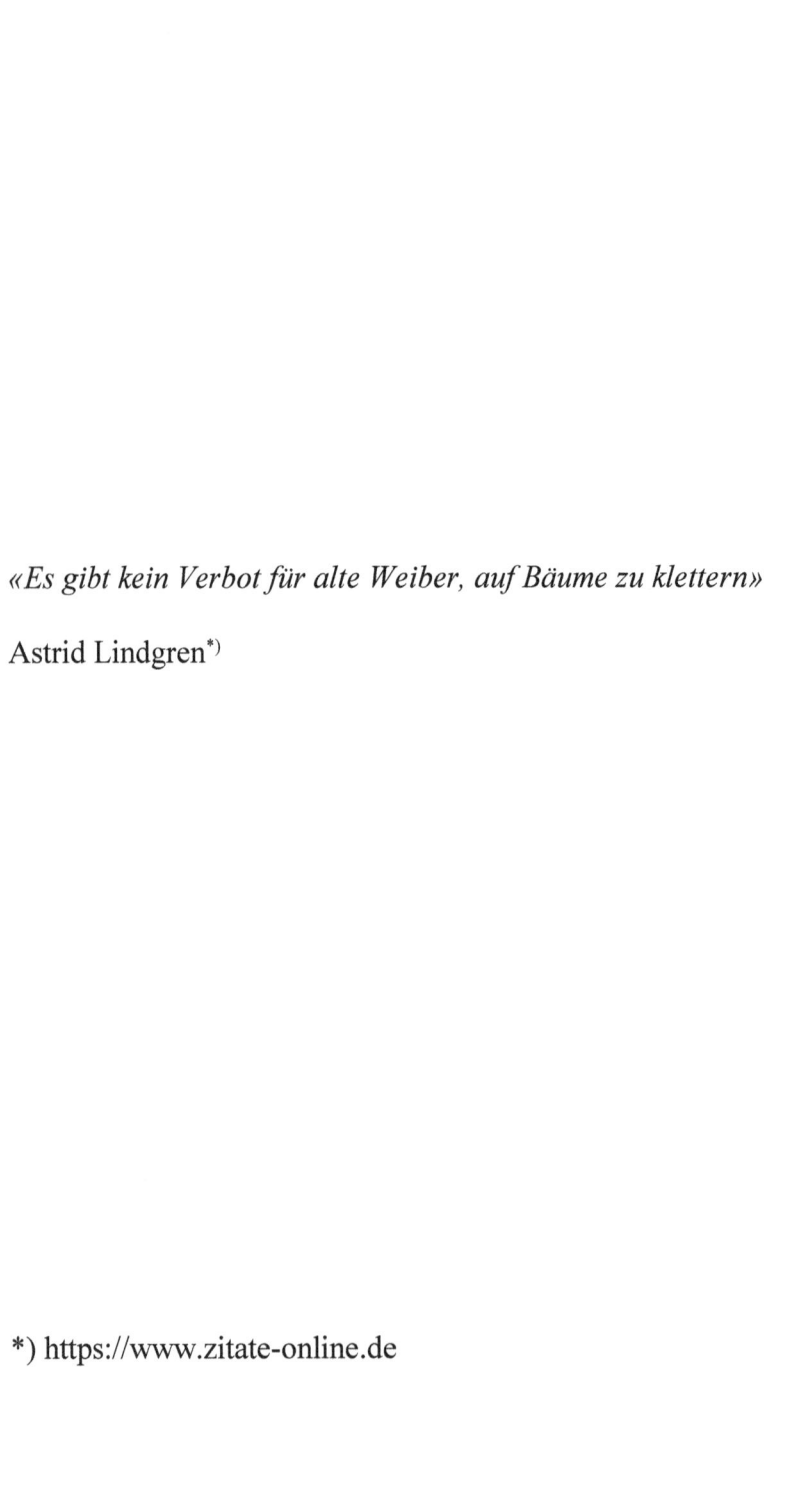

«Es gibt kein Verbot für alte Weiber, auf Bäume zu klettern»

Astrid Lindgren[*)]

*) https://www.zitate-online.de

Meta Augustiny

Nachts schlafen die Seerosen doch!

Miniaturen aus der Schreibwerkstatt

www.tredition.de

© 2019 Meta Augustiny
Umschlaggestaltung: OOOGrafik Corina Witte-Pflanz
Bildquelle: Adobe Stock, www.stock.adobe.com
Datei: 68682909, waterlily light blue on water Romolo Tavani
Datei: 191007777, floral ornament on decorative oval frames von olenadesign

Verlag & Druck: tredition GmbH, Halenreie 40-44, 22359 Hamburg

ISBN
Paperback: 978-3-7497-5365-9
e-Book: 978-3-7497-5366-6

Die bibliografische Information der Deutschen Nationalbibliothek: Die Deutsche Nationalbibliothek verzeichnet diese Publikation in der Deutschen Nationalbiografie; detaillierte bibliografische Daten sind im Internet unter http://dnb.d-nb.de abrufbar.

Inhalt

Vorbemerkung

„Ich schreibe, weil das was in mir ist, erst entsteht, wenn ich es aufschreibe." Dieser Ausspruch der schreibenden Ordensschwester Silja Walter lockte mich vor mehr als zehn Jahren zur Teilnahme einer Schreibwerkstatt. Er hat für mich bis heute nichts von seiner Anziehungskraft verloren. Es ist ungemein reizvoll, in fremde Welten einzutauchen und in fremde Personen zu schlüpfen, die man selbst geschaffen hat. Das Schreiben in einer Schreibwerkstatt weckt und fördert auf spielerische Weise Kreativität. Ich betrachte es als Herausforderung, die eigene Fantasie in thematisch ganz unterschiedlichen Geschichten einzufangen und dabei verschiedene literarische Kurzformen auszuprobieren.

In den vorangegangenen Büchern («Ines – Facetten einer Fantasie-Figur» und «Fällt herab ein Träumelein...») stellte ich die Schreibanlässe den jeweiligen Kapiteln voran. Hier nun bringe ich sie im Anhang und greife damit verschiedentlich geäußerte Anregungen auf, dass die Texte auch ohne das Korsett der Aufgabenstellung funktionieren.

Den Titel «Nachts schlafen die Seerosen doch!» habe ich mir von Wolfgang Borchert 'geborgt'. Ich setzte seinen Titel «Nachts schlafen die Ratten doch» einfach ins Poetische um. An einem frühen Sommermorgen wollte ich Seerosen fotografieren. Ich entdeckte, dass alle Seerosen ihre Blüten noch geschlossen hatten. «Nachts schlafen die Seerosen doch!» hörte ich eine Stimme wispern. Und da ich poetische Titel mit rätselhaften Aussagen liebe, war der Titel für diese Textsammlung geboren.

Ich danke allen, die meine Schreibversuche mit Interesse und Anteilnahme begleiten. Wie stets gebührt der größte Dank meinem Liebsten, der wieder sehr geduldig meine häufigen ‚Abwesenheiten' ertrug, wenn ich mit dem Manuskript für das vorliegende Buch beschäftigt war.

Widen im September 2019 – Meta Augustiny

Die Liebe meines Lebens

Ich hatte einen Traum. Das mag überraschend klingen, aber natürlich hat unsereins auch Träume, Tag- und Wachträume, schöne Träume, Nachtträume, Albträume… Ich träumte also, dass jemand zu mir sagte: «Du wirst der Liebe deines Lebens begegnen!» Das war ein Satz voller Verheißung. Er übte eine unglaubliche Suggestionskraft auf mich aus.

Wer? Wo? Wann?… Diese Fragen bestürmten mich nach dem Aufwachen und purzelten in meinem Kopf wild durcheinander. Ich bekam keine Antworten. Ich erinnerte mich nicht einmal mehr, wer diese wunderbare Botschaft im Traum ausgesprochen hatte. Eine Fee, eine Zauberin, ein Engel oder gar eine Hexe? Auch diese letztere Möglichkeit schloss ich nicht aus. Es soll ja auch gute Hexen geben. Auf jeden Fall war es ein höheres Wesen wie das Schicksal, das in vielerlei Gestalt erscheinen kann. Kaum war der Satz mit der verheißungsvollen Botschaft angekommen, verschwand das Bild der Überbringerin, so wie das bei schönen Träumen meist der Fall ist. Man möchte sie festhalten, sie in den Alltag hinüberretten, aber sie zerrinnen einem zwischen den Fühlern. Sie lösen sich auf, wie Nebel in der Sonne. Albträume dagegen lassen sich kaum abschütteln. Sie setzen sich hartnäckig fest wie Spinnweben.

Ich würde die Liebe meines Lebens finden. Das hatte wie ein Versprechen geklungen. Nur dieser eine Satz war von meinem Traum haften geblieben. Ich machte mich also auf, um die Liebe zu suchen. Zeit hatte ich genug, dessen war ich gewiss. Es ist ja so eine Sache mit der Zeit. Man sagt, dass sie unbeirrbar und unbestechlich sei. Mir kommt es stets so vor, als verdopple sie sich für mich. Ich und meinesgleichen, wir verhalten uns ohnehin so, als ob wir alle Zeit der Welt hätten. Wir haben unser eigenes Tempo und kommen damit auch ans Ziel.

Auf meiner langen Reise musste ich Hindernisse mannigfacher Art überwinden. Der Weg führte mich über Stock und Stein im wahrsten Sinn des Wortes. Knüppel wurden mir zwar nicht zwischen die Beine geworfen. Das ist für unsereins eine recht schiefe Metapher. Aber Steine wurden mir in den Weg gelegt, massenhaft. Allerdings war das kein Problem für mich. Ich kroch drüber hinweg oder umging sie. Zeit hatte ich genug.

Während ich unterwegs war, widerfuhren mir so manche Begebenheiten, die das höchst ambivalente Verhältnis der zweibeinigen Riesen zu mir und meinesgleichen demonstrieren. Es schwankt zwischen Bewunderung und Ekel. Man verlacht uns wegen unserer langsamen, kriechenden Fortbewegungsweise und empfindet unsere Gestalt als widerwärtig. Andererseits bestaunt man unsere Gehäuse, die mit ihrer kunstvollen Spiralform und ihren ziselierten Mustern natürlich einzigartig sind. Für die Zweibeiner sind wir ein Symbol der Gelassenheit und Bedächtigkeit. Wegen unserer Rückzugstendenzen gelten wir zudem als sensibel und empfindsam, was in der Tat zutrifft. Nicht zuletzt erfuhr ich auf meiner langen Wanderung, dass einige von uns mit Genuss verspeist werden. Es hieß also, Weinberge zu meiden.

Unsereins hat sogar Eingang in die Literatur der zweibeinigen Riesen gefunden. Und auch hier wieder in schmeichelhafter Form oder eher herabsetzend. Ein bedeutender deutscher Schriftsteller verglich in einem seiner Werke den Fortschritt der Menschheitsgeschichte mit dem Gang von unsereinem. Auch in Sprichwörtern und Redensarten tauchen wir in symbolhafter Form auf.

Ernährung und Unterkunft waren auf dem weiten Weg zur unbekannten Liebe meines Lebens kein Problem. Ich naschte in diesem oder jenen Garten an den herrlichsten Salaten und Gemüsen, sehr zum Verdruss der großen Zweibeiner, was mich aber nicht kümmerte. Und da ich behaust bin und mein Haus stets mit mir führe, musste ich mir wegen einer Schlafstatt keine Sorgen machen. Zweifel, dass meiner zukünftigen Geliebten mein Haus nicht gefallen könnte, kamen mir während meines langen Unterwegsseins nicht eine Sekunde. Mein stilvoll gewundenes Haus ist mit mir gewachsen und in Form und Farbe wirklich einzigartig. Es wird von Freund und Feind bewundert.

Einmal überquerte ich nächtens einen Terrassenboden. Ich war so beschwingt vor Vorfreude auf die Begegnung mit der Liebe meines Lebens, dass ich Zusatzschlaufen und Girlanden auf den Platten einlegte. Meine Wegspuren schimmerten silbrig im Licht des Mondes. Für den Rest der Nacht verkroch ich mich erschöpft unter den breiten Blättern einer Funkien-Staude. Am nächsten Morgen hörte ich die entzückten Ausrufe einer kleinen weiblichen Riesin: «Mama, kuck mal, da sind Feenspuren auf unserer Terrasse. Eine Fee war heute Nacht da!» Ich muss sagen, ich konnte mir eine gewisse Schadenfreude nicht verkneifen, sind es doch gerade diese jungen zweibeinigen Ungeheuer, die bei unserem Anblick für gewöhnlich «Igitt! Igitt!» kreischen.

Eine sehr befahrene Asphaltstrasse überquerte ich dagegen auf geradestem Weg, denn ich sah die traurigen und zertrümmerten Überreste eines Artgenossen. Der Anblick war kaum zu ertragen und ich war unglaublich erleichtert, als ich die andere Straßenseite unbeschadet erreicht hatte.

Zuweilen versuchte ich, mir ein Bild zu machen von der Liebe meines Lebens, ihrer Erscheinung einen Rahmen zu geben. Wie würde sie wohl aussehen? Welche Gestalt würde sie haben? Ich war mir sicher, dass ich sie auf Anhieb erkennen würde – und sie mich. Und schon jetzt, da ich sie noch gar nicht kannte, durchströmte mich ein tiefes Gefühl der Zuneigung und Verehrung.

Ich war inzwischen am Ufer eines Weihers angelangt und streckte meine Fühler aus, um zu erkunden, wie ich ihn am besten überwinden könnte.

Und dann entdeckte ich sie unweit des Ufers. Sie stand im Wasser, eine zerbrechlich wirkende Erscheinung in geädertem

Weiß und samtigen Grün, den Farben der Reinheit und Hoffnung. Eine kleine weiße Blume! Ich wusste sofort, dass sie es war, die Liebe meines Lebens. Ich bebte vor Freude und machte Stielaugen. Meine Fühler zitterten und streckten sich voller Verlangen nach der Geliebten aus. Dem Himmel sei Dank entdeckte ich einen stabil wirkenden, überhängenden Ast am Ufer, wagte mich darauf und kroch Millimeter um Millimeter über das unergründliche Element des Wassers auf die immer noch nicht erreichbare Liebste zu. Sie neigte mir ihr Blumenantlitz entgegen, um den Begrüßungskuss von mir zu empfangen. Ihre liebliche Gestalt spiegelte sich auf der Oberfläche des Weihers. Ich hatte die äußerste Spitze des Astes erreicht, dehnte mich und neigte meinen Kopf nach unten. Und ehe sich unsere Lippen berühren konnten, verlor ich das Geleichgewicht und …*)

…stürzte in das kühle Wasser. Wie ich wieder an Land kam, weiss ich nicht mehr. Es war ein mühseliges und zeitintensives Unterfangen. Mein Haus füllte sich mit Wasser und das ungewohnte Gewicht zog mich in die Tiefe. Als ich nach geraumer Zeit wieder sicheren Boden unter mir hatte, drehte ich mich um und schaute zurück. Die Sonne spiegelte sich auf der grün schimmernden leeren Wasseroberfläche des Weihers. Da blühte keine kleine Blume, deren weiß geäderte Blüte von grünsamtenen Kelchblättern eingefasst war.

Die Liebe meines Lebens – eine Fata Morgana?

*** *

*) …erwachte mit einem Ruck. Jemand hatte einen Kübel mit Wasser auf mir ausgeschüttet. Die lange, mühselige Reise, das Überwinden zahlloser Hindernisse, die Feenspuren auf dem Plattenboden, die Vorfreude auf die Begegnung mit der Liebe meines Lebens, das alles war nur ein einziger Traum!

*) Ich suchte nach einem anderen Schluss für diese Geschichte. Ein Happyend wollte sich auch beim zweiten Versuch nicht einstellen.

Sonntagnachmittag auf einem Bahnhof in der Provinz

Victoria hat eine Ausstellung in der ihr unbekannten Provinzstadt Rottenburg am Neckar besucht und wartet nun am Bahnhof auf den Zug, der sie wieder zurück nach Reutlingen bringen soll.

Es ist Februar. Obwohl die Sonne scheint, ist es sehr kalt. Ein bissiger Wind fegt um das Bahnhofsgebäude, das am Sonntag völlig verwaist ist. Weder Schalterhalle noch Wartesaal, wo man Schutz vor dem eisigen Wind finden könnte, sind geöffnet.

Nicht weit von Victoria steht eine Gruppe von fünf Personen, die ebenfalls auf den Zug wartet: ein Mann in einem Sommerhemd mit kurzen Ärmeln, bei dessen Anblick Victoria noch mehr friert. Dicht an ihn geschmiegt eine junge Frau im dunklen Wintermantel. Es sieht so aus, als wolle sie den Mann wärmen. Daneben drei weitere Frauen eher unbestimmten Alters. Statur und Frisuren lassen von Victorias Distanz aus eher auf jüngere Personen schließen. Alle in Winterkleidung und alle mit praktischen Rollköfferchen ausgestattet. Vielleicht ist der Mann im Sommerhemd nur der Chauffeur, der seine Tochter oder Frau und ihre Freundinnen zum Zug gebracht hat. Die Gruppe hat es sehr lustig und ist offensichtlich gut gelaunt. Jedes Mal, wenn jemand etwas sagt, hat das eine gemeinsame Lachsalve zur Folge.

Der kalte Wind wirbelt welke Blätter über den Bahnsteig. Wo kommen sie her? Ach ja, weiter hinten stehen fast kahle Laubbäume. Eine zerknüllte Papiertüte tanzt wie ein riesiger ramponierter Falter hinter den Blättern her, wird über die Bahnsteigkante getrieben und bleibt zwischen den Gleisen liegen.

Ein Blick auf die Bahnhofsuhr: der große Zeiger lässt sich Zeit! Er scheint stehengeblieben zu sein.

Hinter Victoria versucht ein Mann in Lederjacke, Jeans und Turnschuhen, sich im Windschatten des Fahrkartenautomaten eine Zigarette anzuzünden. Er benötigt zwei Anläufe. Victoria wendet ihren Blick wieder nach vorn.

Jetzt postiert sich eine junge Frau mit langen aschblonden Haaren ganz in ihrer Nähe. Sie fischt ein Handy aus der Tasche ihres Parkas und beginnt, mit atemberaubender Geschwindigkeit eine SMS zu schreiben. Fasziniert beobachtet Victoria das schnelle Tippen ihrer Finger mit langen, lachsrosa lackierten Nägeln. Sie passen so gar nicht zu dem ungeschminkten Gesicht. Victoria staunt, mit welchem Tempo diese krallenbewehrten Finger auf der winzigen Tastatur herumtanzen. Das Klack-Klack, wenn die Nägel auf die Tasten treffen, klingt wie Musik von Miniaturkastagnetten. Wem sie da wohl schreibt? Einer Freundin? Vielleicht aber auch ihrem Geliebten. Warum nicht ihrem Mann? Sie sieht einfach nicht verheiratet aus, befindet Victoria. Und wie sehe ich aus? Verliebt, verlobt, verheiratet, verwitwet, geschieden? Victoria verdrängt diese eher unfreundlichen Gedanken. Sie wagt nicht, einen neuen Blick auf die Bahnhofsuhr zu werfen.

Victoria friert. Die Kälte kriecht durch ihre Winterstiefel, verwandelt die Füße in fühllose Eisklumpen. Sie verbietet sich, von einem Fuß auf den anderen zu treten. Es könnte ja aussehen, als ob sie auf die Toilette müsste.

Eine Taube kommt angeflogen und trippelt mit ihren typischen ruckhaften Kopfbewegungen auf den Steinplatten des Bahnsteigs entlang. Sie pickt dabei emsig auf dem Boden herum, obwohl da gar nichts zum Picken liegt. Dann erwischt sie doch einen größeren, undefinierbaren Brocken und beginnt hastig, an ihm herumzuzerren und ihn zu verschlingen. Diese Bewegung lockt eine zweite Taube an, die nun ihrerseits versucht, nach dem Brocken zu schnappen. Die erste Taube fliegt hüpfend – oder hüpft fliegend – ein paar Schritte seitwärts, den Brocken im Schnabel. Das Gefieder beider Tauben schillert in der Sonne regenbogenfarbig. Victoria ist stets fasziniert von diesem Farbenspiel. Sie ist allerdings nicht mehr gut auf diese Tiere zu sprechen, seit einer dieser lästigen Vögel vor vielen Jahren im Stuttgarter Hauptbahnhof eines ihrer Lieblingskleidern vollgeschissen hat.

Die Gruppe um den Mann im Sommerhemd lacht immer wieder von neuem. Eine der Personen fährt den Griff ihres Rollkoffers aus und ein und wieder aus. Eine andere wippt mit ihren Stiefeln, vermutlich hat sie ebenso kalte Füße wie Victoria. Und wieder ertönt eine Lachsalve.

Der Zeiger der Bahnhofsuhr rückt tatsächlich eine Minute weiter. Der Mann mit der Zigarette ist verschwunden. Drei Teenies ziehen vorbei, alle im Einheitsoutfit: lange, glatte Haare, stark geschminkte Gesichter, kurze Jacken und hautenge Hüft-Jeans, die stramm wie eine Wurstpelle sitzen, – was zumindest in zwei Fällen nicht sehr vorteilhaft aussieht. Eines der drei Mädchen schwenkt eine halbleere Colaflasche hin und her. Die beiden anderen haben sich eingehakt. Alle Drei kichern unentwegt. Victoria denkt, dass sie eigentlich der Kicherphase entwachsen sein müssten. Vielleicht überschätzt sie auch ihr Alter. Sie flanieren bis zu der Gruppe mit den Rollkoffern, überqueren die Gleise des Bahnsteigs 1 – der Bahnhof ist so klein, dass es keine Unterführung gibt – und schlendern auf Bahnsteig 2 weiter.

Victoria hat ihnen so interessiert nachgeschaut, dass sie jetzt erst die Neuankömmlinge linker Hand wahrnimmt. Es sind drei Jugendliche: ein Junge mit verkehrt herum aufgesetzter Baseballkappe, Kapuzenpulli und Schlotterjeans. Des Weiteren ein Mädchen mit zerzausten langen Haaren, das Victoria den Rücken zuwendet. Sie trägt ebenfalls eine Jeans, deren Hosenboden zwischen den Kniekehlen hängt. Victoria hat diese Art von Modetorheit bisher nur an Jungen beobachtet. Ob sich das Mädchen wohl jemals von hinten im Spiegel betrachtet hat? Statt Handtasche oder Rucksack hält sie in ihrer linken Hand eine volle Plastiktüte. Der dritte Jugendliche sitzt auf einer Bank. Er sieht sehr blass aus und zittert, ob vor Kälte oder weil ihm schlecht ist, kann Victoria nicht erkennen. Plötzlich zieht das Mädchen aus ihrer Plastiktüte eine Pappschale und hält sie dem Jungen wie einen Spucknapf vor die gepiercten Lippen. Dabei bewegt sie sich seitwärts und versperrt Victoria die Sicht. Victoria atmet erleichtert aus. Einen kotzenden Jungen sehen zu müssen, fehlte gerade noch!

Wieder ein Blick auf die Uhr. Jetzt müsste der Zug doch kommen! Es gibt auf diesem gottverlassenen Bahnhof weder Lautsprecherdurchsagen noch eine Anzeige der Abfahrtszeiten über den Bahnsteigen. In der Ferne taucht tatsächlich ein roter Schienenbus der DB auf Bahnsteig 2 auf, – aber aus der falschen Richtung! Vielleicht kreuzen sich hier die Züge, denkt Victoria hoffnungsvoll. Die Lachgruppe, die Teenies, die SMS-Schreiberin und die drei Jugendlichen steigen alle ein. In der Aufregung über ‚ihren' ausbleibenden Zug hat Victoria nicht mitbekommen, ob der blasse Junge nun tatsächlich kotzen musste oder ob er nur von seinen Begleitern geneckt wurde.

Frustriert geht Victoria zu dem Fahrplan, der in einem Glaskasten am Bahnhofsgebäude aushängt. Die beiden Tauben weichen ihr nur widerwillig aus. Victoria unterdrückt den Wunsch, nach ihnen zu treten. Der Fahrplan verrät, dass tatsächlich auch ein Zug in ihre Richtung hätte fahren müssen. Vor der Abfahrtszeit stehen zwei gekreuzte Hämmerchen, das Symbol dafür, dass der Zug nur werktags verkehrt! Heute ist Sonntag!

Mondsichel

Mondsichel am nächtlichen Himmel,
gegossen in feinstes Silber und Gold,
schwebt durch der Sterne Gewimmel,
als ob sie Sternschnuppen schneiden wollt.

'Nimmt der Mond ab und geht schlafen'?
fragt man sich angesichts der Sichel stets.
'Oder entsteigt er grad' seinem Hafen'?
Das deutsch geschrieb'ne Alphabet verrät's:

Schreibt die Sichel ein großes A,
dann nimmt der Mond ab, das liegt nah.
Malt die Sichel dagegen ein Z(ett),
nimmt der Mond zu und rundet sich adrett.

Wohnen im Hochhaus

*E*igentlich mag Anna es, wenn sie von den übrigen Hausbewohnern gelegentlich Geräusche wahrnimmt und somit merkt, dass sie nicht allein im Gebäude ist! Nicht nur in diesem Hochhaus, sondern nicht allein auf dieser Welt. Die Geräusche umgeben sie wie ein Kokon, eine Art Schutzschicht. Die anderen Hausbewohner sind für sie Teil des schützenden Kleinkosmos, Teil einer Art anonymen Schutzgemeinschaft.

Anna lebt noch nicht so lange hier und kennt kaum einen der Mitbewohner. Wenn man sich im Lift begegnet oder auf der Treppe zu den Kellerräumen, grüßt man sich und macht eine floskelhafte Bemerkung über das Wetter. Anna überlegt meist, in welchem Stock die Betreffenden wohnen oder wer zu wem gehört.

Anna schätzt sich glücklich, diese Terrassenwohnung im obersten Geschoss eines anonymen Wohnblocks ergattert zu haben. Die Miete ist zwar horrend hoch, die Aussicht dafür überwältigend. Bei klarem Wetter kann Anna die violett gezackte Bergkette der Alpen von 'Vrenelisgärtli' am Glärnisch bis hin zum majestätischen Dreigestirn Eiger, Mönch und Jungfrau erkennen, wobei sich der Mönch ein wenig hinter der Jungfrau versteckt. Glückliche Umstände gestatten es, dass Anna sich diese luxuriöse Wohnung leisten kann. Zuweilen schleicht sich Unbehagen ob ihrer privilegierten Situation in ihre Stimmung. Diese Anflüge von schlechten Gewissen verdrängt Anna dann rasch.

Mit der Zeit haben einige Mitbewohner Konturen bekommen. Frau Paris im dritten Stock ist schwerhörig. Wenn sie abends ihren Fernseher auf volle Lautstärke aufdreht, kriegen das die meisten Hausbewohner mit. Anna stört es nicht. *Oh, es ist schon halb acht. Zeit für die Nachrichten,* registriert sie dann, schaltet ihren eigenen TV ein und setzt sich die Kopfhörer auf.

Ein wenig später dann hört sie die Grundmann-Kinder, die zwei Etagen unter ihr wohnen. Kurz vor dem Schlafengehen drehen sie nochmal so richtig auf und trampeln mit Getöse durch die ganze Wohnung, dass der Boden leicht vibriert. Das bekommt Anna selbst durch die Kopfhörer mit. Ihr scheint, als müssten die Kinder die überschüssige Energie, die sie noch in sich spüren, abschütteln, ehe sie sich dem Schlaf überlassen.

Im vierten Stock spielt manchmal jemand Klavier. Anna hat keine Ahnung, wer das ist, und wer da wohnt. Das Klavierspiel erinnert sie an früher, an Zuhause. Die Töne perlen durch die übrige Geräuschkulisse wie verlorene Kleinodien. Anna hält dann mit ihrer Tätigkeit inne, lauscht und versucht, den Komponisten herauszuhören, meist vergeblich.

Seit Beginn des Sommers sitzt das ältere Ehepaar, das schräg unter ihrer Wohnung lebt, meistens bis spät in die Nacht hinein auf der überdachten Terrasse. Das Gemurmel ihrer Unterhaltung dringt zu Anna, wenn sie sich ebenfalls auf ihrer Terrasse aufhält, unter der mit wildem Wein umrankten Pergola oder im Schatten des großen Oleanderbusches, um an ihren Texten zu arbeiten oder um zu lesen. Anna hört die Nachbarn reden, versteht aber nicht, was sie sagen. Sonntags scheint er Bier oder Wein zu trinken. Anna merkt, wie der Alkohol seine Stimmung lockert, seine Stimme wird lauter und unartikulierter und er lacht immer wieder dröhnend, während ihre Antworten immer einsilbiger ausfallen. Er amüsiert sich wohl über seine eigenen Witze. Anna hat dieses Paar noch nie gesehen, weil deren Wohnung durch ein anderes Treppenhaus erschlossen ist. Sie ertappt sich zuweilen dabei, dass sie sich die beiden vorstellt, sich ein Bild von ihnen macht: Er stiernackig, kahlköpfig, dickbäuchig, sie verhärmt und verhuscht in Kittelschürze. *Du erliegst deinen eigenen Vorurteilen*, befindet Anna dann und verdrängt die Bilder.

Die beiden Frauen im Erdgeschoss seien *vom anderen Ufer,* hat Anna unlängst von der älteren Frau vom fünften Stock erfahren, dabei stand ihr das Missfallen deutlich im Gesicht geschrieben. Anna versucht, eine Begegnung mit dieser Hausbewohnerin zu vermeiden. Sie mag es nicht, so auffordernd und neugierig gemustert zu werden. Anna spürt genau, dass diese Mitbewohnerin zu gern mehr über sie erfahren würde, vor allem, warum sie offensichtlich allein in einer so luxuriösen Wohnung lebt. Vermutlich hat sie noch nie den Ausdruck 'Homeoffice' gehört.

Das lesbische Pärchen hat drei Katzen. Manchmal begegnet Anna ihnen, also den Katzen, wenn sie von Besorgungen nach Hause kommt. Sie lockt sie dann „Miez! Miez!" Die Namen der Katzen kann sie sich nicht merken, obwohl sie schon mehrmals danach gefragt hat. Aber sie hören auch auf „Miez! Miez!", kommen mit erhobenem Schwanz auf Anna zu und drücken sich schnurrend an ihre Beine. In solchen Momenten fühlt Anna, dass sie hier zu Hause ist, dass sie hier in Sicherheit ist.

Hier wird er sie nicht aufspüren! Anna hat so gut es ging ihre Spuren verwischt. Neben der Türklingel und am Briefkasten steht ihr Mädchenname, den er nicht kennt. Hier führt Anna ein unbehelligtes, anonymes Dasein. Die Gespenster der unmittelbaren Vergangenheit bleiben ausgesperrt. Der Albtraum der vergangenen Monate hat ein Ende gefunden.

Auf der anderen Seite

Der kleine Vogel,
zerzaust und flügellahm,
sah seine Gefährten auf der anderen Seite,
eine munter tschilpende Schar.
Er war beseelt von dem Wunsch,
bei ihnen zu sein,
zu ihnen zu gehören.
Mit verzweifeltem Mut
breitete er seine Flügel aus,
flatterte auf,
prallte gegen eine Mauer
und brach sich das Genick.
Die Vogelgesellschaft auf der anderen Seite
lärmte unbeteiligt weiter.

So ein Theater!

Dialog der zwei Putten auf dem Raffel-Gemälde
«Sixtinische Madonna»

Amadeo: Was hältst du denn von diesem Spektakel da unten?

Philippo: Ich weiss nicht so recht.

Amadeo: Irgendwie machen sie viel Tam Tam um ein neugeborenes Kind. So ein Theater! Finde ich jedenfalls!

Philippo: Ich weiss nicht so recht.

Amadeo: Aber du musst doch eine Meinung haben!

Philippo: Ich weiss nicht so recht, ich bin einfach müde, ich…

Amadeo: Das kommt davon, wenn man nachts durch die Wolken tollt und tobt, anstatt zu schlafen wie es sich gehört. Hast du dir das Kind da unten mal angesehen?

Philippo: Nein. Sollte ich das?

Amadeo: Aber hast du denn nicht zugehört? Hast du nicht mitbekommen, was in der Menge der himmlischen Heerscharen gemunkelt wird?

Philippo: Ich weiss nicht, ich glaube nicht. Muss ich das wissen?

Amadeo: Man sagt, das Kind da unten im Stall, das sei ein Sohn Gottes. Stell dir das mal vor! Ich bin vorher ziemlich nahe daran vorbeigeflogen. Es ist einfach ein nacktes Kind. Hat nicht mal ein richtiges Bett oder eine Wiege. Hast du gesehen, worauf sie es gebettet haben?

Philippo: Ich hab' nicht so darauf geachtet, ich…

Amadeo: Du warst einfach wieder abwesend. Wo bist du nur immer mit deinen Gedanken? Also Erzengel Gabriel hat vor einigen Monaten einer jungen Frau da unten verkündet, dass sie schwanger sei und …

Philippo: Was ist daran so Besonderes? Das werden die jungen Frauen da unten auf der Erde ja ziemlich oft.

Amadeo: Aber Gabriel hat ihr beigebracht, dass sie ein Kind erwartet, ohne dass sie…, du weißt schon…

Philippo: Du kannst es ruhig aussprechen, das erschüttert mich nicht.

Amadeo: Es ist nicht so, wie du denkst, denn dieses Kind, das jetzt da unten in der Krippe liegt, na ja das Kind wird künftig ein Gott sein. Gabriel überreichte der jungen Frau bei der Ankündigung eine Lilie als Zeichen der Reinheit, glaube ich. Guck mal nach unten: Die Frau in dem blauen Mantel und mit dem innigen Blick, das ist die Mutter dieses nackten Knäbleins, das dereinst die Menschheit erlösen soll. So ähnlich jedenfalls. Glaubst du das?

Philippo: Ich weiss nicht so recht.

Amadeo: Und guck mal den alten Mann auf der anderen Seite. Wie der so skeptisch schaut. Der weiss auch nicht, was er von dem Ganzen halten soll. Man sagt ihm, er sei der Vater des Kindes, dabei hat er doch nie… Guck mal, jetzt kommen die Hirten in den Stall geströmt.

Philippo: Die nehmen mir die Sicht… Wenn das hier noch lange dauert…

Amadeo: Hast du gesehen, wie die Hirten alle auf die Knie fallen? Sie beten tatsächlich dieses nackichte Kindlein in der Krippe an.

Philippo: So ganz nackicht ist es ja nicht.

Amadeo: Aber fast. Hörst du, wie Ochs und Esel dahinten in der dunklen Ecke mampfen? Irgendwie so teilnahmslos und gar nicht ergriffen. Ich kriege allmählich Hunger. Du nicht?

Philippo: Ich weiss nicht so recht, vielleicht…

Amadeo: Oh jetzt wird es, glaube ich, spannend. Die Stalltür hat sich wieder geöffnet und herein treten drei prächtig gekleidete Männer.

Philippo: Dann sind es bestimmt betuchte Männer.

Amadeo: Guck mal, einer ist ganz schwarz im Gesicht!

Philippo: Schwarz? Hat er sich Kohle ins Gesicht geschmiert?

Amadeo: Nein, er hat eine schwarze Haut von Natur aus.

Philippo: Ach, du meinst einen Mohren?

Amadeo: Jetzt fällt es mir wieder ein. Gabriel oder ein anderer von den himmlischen Heerscharen hat was von den *Heiligen Drei Weisen* aus dem Morgenland erzählt. Bestimmt hat er diese gemeint. Guck mal, sie fallen auch auf die Knie und beten das Kind an.

Philippo: Sollen sie, wenn es bloß nicht so lange dauert…

Schön wie Schneewittchen

Die Szene spielt im Frauenumkleideraum eines Fitnesscenters. In der Luft liegt ein penetrantes Duftgemisch aus Parfüm, Schweiß und Chlor. Die Neonröhren an der Decke verbreiten ein unbarmherziges grelles Licht. Drei Frauen befinden sich im Raum. Jede ist mit sich bzw. mit Abtrocknen, Eincremen und Umkleiden beschäftigt. Zwei der Frauen sind jung, ihre wohlproportionierten Figuren weisen eine Ganzkörperbräune auf. Auf der linken Schulter der langhaarigen Blonden prangt eine tätowierte Rose, die Brünette hat ein Piercing im Bauchnabel. Die dritte Frau fällt ein bisschen aus dem Rahmen. Sie ist wesentlich älter, hat die Sechzig wohl überschritten. Sie ist ebenfalls schlank, hat aber die blasse Haut der Rothaarigen. Auf ihrem Nasenrücken und den Unterarmen tanzen Sommersprossen.

In der nächsten Szene haben sich die beiden jungen Frauen einander genähert. Es ist klar, dass sie sich kennen. Sie plaudern nun angeregt, beide in Schweizer Mundart. Die ältere Frau mustert sie verstohlen. *Rasiert, tätowiert, gepierct und knackig gebräunt...,* stellt sie fest. *Wie die jungen Frauen von heute rumlaufen!* Sie meint das nicht abfällig, sie staunt. Sie ist zu weit entfernt, um mitreden zu können oder zu verstehen, was die beiden reden. Zudem ist sie neu hier, muss sich erst in den ungewohnten Räumlichkeiten zurechtfinden. Es hat eine Ewigkeit gedauert, bis sie herausfand, wie das Abschließen der Garderobefächer funktioniert. Ihre Schüchternheit hindert sie daran, die beiden anderen anzusprechen und zu fragen.

Plötzlich klopft es an die Tür. Spontan drehen sich die drei Frauen in die gleiche Richtung, nämlich zur Tür. Niemand sagt ‚Herein', die Türe wird trotzdem geöffnet. Ein Handwerker im Blaumann mit einer Stehleiter unterm linken Arm und einem Werkzeugkasten in der rechten Hand tritt ein. Er hat die Türe mit dem Fuß aufgestoßen. Die Rothaarige reißt erstaunt die Augen auf und wickelt sich schnell wieder in ihr Badetuch. *Na sowas! Ein Mann im Frauenumkleideraum!* Da sie aber schüchtern ist, wagt sie keinen lauten Protest.

Die Blonde und Brünette scheinen von der Anwesenheit des Handwerkers nicht weiter beeindruckt. Sie ratschen und tratschen weiter, nachdem sie dem Elektriker eher beiläufig bedeutet haben, dass eine der Deckenlampen im angrenzenden WC-Raum defekt sei.

Die Neue ist nun ein wenig näher zu der Braunhaarigen gerückt. Diese scheint sie erst jetzt wahrzunehmen. Sie reicht ihr die Hand und stellt sich vor: «Gitta», sagt sie und « Bischt du s'erscht mol da?». Die Rothaarige registriert, dass man sich hier duzt, was eigentlich selbstverständlich ist. Sich im Evakostüm zu siezen, wäre wohl ein bisschen albern. Sie schüttelt die entgegengestreckte Hand, stellt sich aber dabei so ungeschickt an, dass ihr das Badetuch herunterfällt. Gott sei Dank ist der Handwerker im angrenzenden WC-Raum verschwunden. „Traute", sagt sie leise und hebt hastig das Badetuch auf. Eigentlich heißt sie Rotraut. Sie vermeidet aber tunlichst, ihren vollen Vornamen zu nennen, weil das unweigerlich den Kommentar evoziert, wie gut doch dieser Name zu ihren roten Haaren passe. Die andere junge Frau nennt ihren Namen nicht. Sie postiert sich vor dem Spiegel und beginnt, ihre langen blonden Haare trocken zu föhnen. Rotraut staunt, wie sie sich so völlig ungeniert bewegt und splitterfasernackt mit dem Föhn hantiert. *Ich hätte mir wenigstens die Unterwäsche angezogen*, denkt sie und kommt sich gleichzeitig prüde vor. Sie beneidet die jungen Frauen um ihre Unbefangenheit. Sie kennt die Gepflogenheiten eines Fitnesscenters nicht. Sie ist zum Schwimmen gekommen, nicht zu Trainieren. Diese 'Muckibude', wie sich ihr Mann – ihr Exmann wohlgemerkt – verächtlich ausdrückte, ist die einzige in ihrer Gegend, die über ein beheiztes und überdachtes Schwimmbecken verfügt.

«Sooo, haben wir uns wieder schön gemacht, schön wie Schneewittchen.» Dieser Satz im klaren Hochdeutsch kommt von einer sehr rundlichen Frau im Badedress, die nun den Umkleideraum betreten hat. Sie ist Rotraut schon beim Schwimmen im Becken aufgefallen, wo sie ihre Bahnen nur mit Rückenschwimmen absolvierte. Rotraut hat sie insgeheim als 'Drei-Hügel-Frau' bezeichnet, weil der Bauch und die beiden Brüste der Dicken wie Hügel aus dem Wasser ragten. Unauffällig dreht Rotraut sich um und schaut, wer wohl mit Schneewittchen gemeint ist.

«Für Schneewittche müesst mer jünger si», lautet die etwas resigniert klingende Antwort in Schwyzerdüütsch. Die als Schneewittchen angesprochene Frau hat in der Tat ebenholzschwarze Haare wie die Märchenfigur. Sie umrahmen ein nicht mehr ganz so junges Gesicht. Ihre Figur ist durchtrainiert und drahtig wie die von Gitta und der Blonden. Rotraut hat ihr Kommen gar nicht wahrgenommen. Während die Mollige zu ihrem Spind schlendert, singt sie: «Schneewittchen hinter den sieben Bergen, Schneewittchen bei den sieben Zwergen...». Eine weitere Konversation findet nicht statt.

Rotraut schlüpft in ihre Unterwäsche. Den Vergleich mit Schneewittchen empfindet sie als Kompliment und denkt ein bisschen wehmütig, dass noch nie jemand sie mit Schneewittchen verglichen hat. Als Kind hat sie ihre roten Haare gehasst. Wie oft hat sie sich den Spruch anhören müssen: «Rote Haare und Sommersprossen sind des Teufels Artgenossen.» Jetzt hat sie sich mit ihrer roten Haarpracht ausgesöhnt, zumal sie immer noch unverändert rot leuchtet, ohne ein einziges graues Haar.

Schön wie Schneewittchen ... Weibliche Märchenfiguren sind entweder jung und schön wie Dornröschen, Aschenputtel und Schneewittchen oder böse und hässlich, Hexen und Stiefmütter eben. War es nicht Schneewittchens boshafte Stiefmutter, die ihren Spiegel befragte. «Spieglein, Spieglein an der Wand, wer ist die schönste im ganzen Land?» Sie befürchtete, ihre Stieftochter könnte sie an Schönheit überstrahlen. *Schönheit ist vergänglich,* denkt Rotraut und wirft **keinen** Blick in einen der vielen Spiegel, die überall im Umkleideraum des Fitnesscenters herumhängen. *Schönheit liegt im Auge des Betrachters!*

Die Mollige – eigentlich ist sie mehr als mollig, sie ist dick! – hat sich jetzt aus ihrem Badeanzug gepellt, der ihre Fleischmassen ein wenig zusammengehalten hat und marschiert zur Waage, die am anderen Ende des Raumes steht. *Warum tut sie sich das an?* Rotraut kann es nicht fassen.

'Schneewittchen' verschwindet im Trainingsraum. Gitta und ihre Freundin beachten die Dicke nicht, die summend zu den Duschen abzieht. Das Ergebnis auf der Waage hat ihrer guten Laune offensichtlich nicht geschadet. Die beiden plaudern wieder miteinander, nachdem die Blonde mit dem Föhnen fertig ist. Sie haben es sehr lustig, denn es ertönen immer wieder neue Lachsalven.

Rotraut kehrt den Freundinnen den Rücken zu, kleidet sich rasch an und wickelt ihren nassen Badeanzug in das Handtuch. *Hoffentlich lachen sie nicht über mich,* denkt sie, während sie das Handtuch in ihren Rucksack stopft. Sie schlüpft in ihre Stiefeletten und vergewissert sich, dass sie nichts in ihren Spind liegengelassen hat. Leise grüßend verlässt den Raum.

Gitta ist ebenfalls fertig mit Ankleiden und begibt sich zum Ausgang, ohne den Versuch zu machen, die Neue einzuholen.

Bella, die Blonde, steht noch oder wieder vor dem Spiegel, um sich zu schminken. Sie winkt ihrer Freundin lässig mit dem Mascara-Bürstchen zum Abschied zu. Sie ist immer noch splitterfasernackt.

Das verpatzte Rendezvous

Ich habe mir solche Mühe gegeben! Einen unglaublichen Aufwand habe ich getrieben! Alles für die Katz! Jetzt ist mein Geldbeutel leer und mein Kopf auch. Nein, das stimmt gar nicht. Mein Kopf ist voller Frust. Oder sitzt der Frust gar nicht im Kopf, sondern im Herzen? Irgendwie spüre ich ihn überall: im Kopf, im Herzen, in den Gliedern, in den Knochen…

Ich hatte mir so viel erhofft von dieser Begegnung! Gott, war ich töricht!

Es hat mich unglaublich viel Überwindung gekostet, die Nummer zu wählen, die bei dem Inserat angegeben war. Aber seine Stimme am Telefon klang so warm, so sonor, so verständnisvoll. Ein unglaubliches Timbre! Die Stimme rührte etwas ganz tief in meinem Herzen an. Alle Bedenken und Befürchtungen wurden hinweggefegt. Und charmant war er. Ja, er machte mir Komplimente. Wie hat er sich nochmal ausgedrückt? Mein Lachen klinge so perlend wie eine Etüde von Chopin. Ich meine, das ist doch ein Wahnsinnskompliment! Er drängte darauf, mich noch am selben Abend zu treffen. Das konnte ich Gott sei Dank noch verhindern und ihn auf heute Abend vertrösten.

Die ganze Nacht habe ich kein Auge zugetan, so aufgeregt und nervös war ich. Dauernd ging mir im Kopf herum, was ich anziehen sollte. Und weil mit Schlafen eh nichts war, bin ich aufgestanden, mitten in der Nacht, und habe einen Fummel nach dem anderen anprobiert und allesamt verworfen! Irgendwie sah jedes einzelne Stück völlig unmöglich aus! Entweder schlotterte es an mir wie ein Kartoffelsack oder man sah jedes Gramm von eigentlich nicht vorhandenem Fett. Zum Schluss lagen alle Klamotten in einem Haufen auf dem Boden und der Kleiderschrank war leer und ich völlig frustriert.

Und dann erhaschte ich einen flüchtigen Anblick meines Gesichts im Spiegel des Kleiderschranks – und brach schier zusammen. Einen Augenblick lang war ich versucht, laut zu schreien, laut und unartikuliert. Dann riss ich mich zusammen und machte eine Liste. To-Do-Listen zu erstellen wirkt irgendwie beruhigend, so, als ob man schon angefangen hätte, tatsächlich etwas zu erledigen. Ich grübelte lang, ob ich zuerst zum Coiffeur gehen sollte oder zunächst zur Kosmetikerin. Auf jeden Fall müsste ich anschließend nach einem geeigneten Outfit suchen, oder vielleicht besser vorher. Ich schrieb auf: *Coiffeur, Kosmetikerin, Kleid oder Rock und Bluse.* Dann *Schuhe.* Die zuletzt, sie sollten ja schließlich zum Kleid passen. Oder sollte ich nicht doch lieber in Jeans kommen? Jeans passen heute zu allen Gelegenheiten. Jeans – natürlich stonewashed, aber keine mit Löchern! – Jeans sind irgendwie taff. Man kann sie mit eleganten Blusen kombinieren oder auch mit einem schlichten T-Shirt. Ich strich das Kleid auf der Liste durch, den Rock und die Bluse auch. Nach kurzem Überlegen kam die Bluse wieder auf die Liste. Darunter schrieb ich *Strumpfhose?* mit Fragezeichen. Strumpfhose! Allein die Bezeichnung klingt dermaßen abtörnend, einfach unsexy. Sie wissen, was ich meine. In den Hochglanzheften zeigen die Promis stets nackte Beine. Und wenn sie lange Roben anhaben, was meistens der Fall ist, weil ständig am Feiern sind, dann natürlich mit Schlitz, damit sie ein nacktes Bein präsentieren können. Und natürlich sind ihre Beine braun und schlank und endlos lang. Alle, aber auch wirklich ALLE haben schlanke lange braune Beine! Ich sah an meinen Beinen herunter. Schneebleich! Entnervt warf ich den Schreiblock in die eine Richtung, den Kuli in die andere und setzte mich auf mein zerwühltes Bett. Eine leise, aber gehässige Stimme flüsterte mir ins Ohr: '*Es kommt auf die inneren Werte an*'. Und '*Man ist so jung wie man sich fühlt*'. Wie ich solche Binsenweisheiten hasse!

Ich konnte nicht mehr klar denken. Mich überfiel der Wunsch, etwas ganz Verrücktes zu tun, mir die Haare raspelkurz abzusäbeln oder sie lila zu färben. Oder verschiedenfarbige

Strümpfe anzuziehen. Ich sann so angestrengt über eine ungewöhnliche Aufmachung nach, dass ich darüber tatsächlich einschlief.

Ich träumte mir ein Irrsinnszeug zusammen. In einer Szene war ich nahezu nackt! Natürlich verschlief ich. Als erstes meldete ich mich im Büro krank. Das fiel mir überhaupt nicht schwer. Ich fühlte mich dermaßen gerädert, dass ich sehr überzeugend klang.

Dann sagte ich mir: *Auf ins Gefecht!* Ein Blick aus dem Fenster verkündete 'Bad-Hair-Wetter'. Ausgerechnet! Trotzdem ging ich zuerst zum Coiffeur, weil der Schönheitssalon erst später aufmachte. Meine Tina war natürlich nicht da, nur so ein junges 'Tüpfi'. Ich war ja auch nicht angemeldet. Gott, bis ich diesem unerfahrenen Ding erklärt hatte, was mir vorschwebte, verging viel Zeit. Das Ergebnis war eine Katastrophe. Ich kann es nicht beschreiben.

Und es ging gerade so katastrophal weiter. Die Kosmetikerin ließ die Gesichtsmaske zu lange drauf, weil sie am Telefon mit ihrem Liebsten flirtete. Mein Gesicht sah danach aus wie ein gekochter Krebs. «Das vergeht bis heute Abend!», flötete sie. «Heute Abend wird Ihr Teint strahlen wie…». Es fiel ihr aber kein geeignetes Bild ein.

Dann die Tour durch die Kleiderläden. Es ist nicht zu fassen, was einem da als kleidsame Mode offeriert wird. Massenhaft Schrott für Teenies! Ich konnte mich einfach nicht entscheiden zwischen salopp und lässig oder eher für die elegante Richtung. Kaufte schließlich je ein vollständiges Outfit für beide Varianten, einschließlich sündhaft teurer Unterwäsche, sowie zwei Paar Schuhe, nein eigentlich drei Paar, High Heels, ein Paar Ballerina und für alle Fälle Marken-Sneakers.

Als ich endlich zu Hause war, warf ich alle Einkaufstüten auf das ungemachte Bett. Saß eine Ewigkeit daneben, ohne mich zu rühren. Ich war völlig fertig. Mein Gesicht brannte wie die

Hölle. Meine Füße fühlten sich zum Wegschmeißen an. Ganz zu schweigen von dem Aufruhr in meinen Gedärmen. Wie sollte ich da den Abend überstehen? Der erste Eindruck ist doch entscheidend. Wenn es gut lief, würde ich dem Mann meines Lebens begegnen. Das wollte ich auf keinen Fall vermasseln!

Und dann hatte ich eine erlösende Idee. Ich würde ihn anrufen und sagen, dass etwas Lebenswichtiges dazwischengekommen sei und wir unser Rendezvous um einen weiteren Tag verschieben müssten. Morgen Abend hätte ich mich bestimmt erholt von der schlaflosen Nacht und den heutigen Strapazen. Sich rar machen, das ist doch die Devise der feministischen Weiberfraktion.

Im Büro würde ich nochmal Blaumachen. Ein Attest vom Hausarzt bräuchte ich erst bei einem weiteren Fehltag.

Gesagt getan. Ich fahndete nach meinem Handy. Gott, wo war dieses verdammte Ding! Jedenfalls nicht da, wo es sein sollte. Schließlich kippte ich alle Einkaufstüten auf den Boden. Es hatte sich in einem der Sneakers verkrochen! Weiss der Geier, wie es das geschafft hatte! Und wo hatte ich den Zettel, auf dem ich mir seine Telefonnummer aufgeschrieben hatte? Panik überfiel mich wie ein Stromstoß. *Bleib ruhig! Denk nach,* flehte ich mich selbst an. Ich zitterte am ganzen Körper. Dann fiel mir ein, wo ich die Nummer notiert hatte: auf der Seite mit den Inseraten der Wochenzeitung, die ich mir allein wegen dieser Seite gekauft hatte. Neben dem Inserat, das mich auf Anhieb angesprochen hatte und das diesen ganzen Schlamassel ausgelöst hatte. Gott sei Dank lag die Zeitung noch aufgeschlagen auf dem Couchtisch. Ich fand auch sofort die Telefonnummer. Ich hatte sie während des ersten Telefonats mit ihm mit Kreiseln und Kringeln umkritzelt.

Hastig wählte ich. Es war besetzt. Nach einer Weile versuchte ich es erneut. Er war dran. „Hallo!" klang es am anderen Ende. Ich erschauerte beim Klang seiner Stimme, brachte keinen

Ton raus, meine Zunge lag wie ein totes Reptil in meinem Mund, meine Kehle war wie zugeschnürt, die Stimme weg. Dann tönte er ziemlich ungeduldig: „Hallo! Ist da jemand?" Im Hintergrund hörte ich Kinderlärm. Dann ganz deutlich: „Mit wem tellefenierst du, Papa?" Ich legte mit zitternden Fingern auf.

Graue Haare

Irgendwann begann es: Eines Morgens entdeckte Henriette beim Kämmen ein graues Haar. Fassungslos starrte sie auf ihr Konterfei im Spiegel. Tatsächlich, in ihren glatten, schulterlangen braunen Haaren schimmerte ein einzelnes graues Haar! Henriette griff zur Pinzette und zupfte das Haar aus. Sie vergaß diesen Vorfall, bis sie das nächste graue Haar wahrnahm und dann wieder eines… Anfangs rückte sie all diesen ‚Ausreißern' mit der Pinzette zu Leibe, dann wurden es zu viele. Sie kapitulierte und ließ die grauen Fäden in Ruhe. Henriette zählte noch keine vierzig Jahre.

«Kindchen», fragte ihre Mutter vorsichtig, als Henriette mal wieder zu Besuch bei den Eltern weilte, «Kindchen, willst du dir nicht die Haare ein bisschen tönen?». Die Mutter befürchtete, dass Henriette mit so frühzeitig ergrauten Haaren nach ihrer Scheidung keinen neuen Mann mehr kennenlernen würde. Henriette wehrte lachend ab.

«Wie praktizierst du diese einzelnen weißen Fäden in dein Haar?», fragte Paul. Er glaubte allen Ernstes, sei seien künstlich, seien gefärbt. «Sie werden von allein grau», hatte sie erwidert. Die Beziehung zu Paul zerbrach, was aber nicht an Henriettes zunehmend grauem Schopf lag.

Das Grauwerden zog sich über einige Jahre hinweg. Henriette war längst wiederverheiratet. Julian, ihr Mann, bezeichnete ihre Haarfarbe als silbern. «Mein Silberschöpfchen», nannte er sie liebevoll. Henriette trug ihr Haar immer noch schulterlang und flocht sich auf der rechten Seite ein winziges Zöpfchen. Wenn sie mit Julian in den Bergen unterwegs war oder zum Schwimmen ging, band sie ihre Haare zu einem Pferdeschwanz zusammen. 'Rossschweif' nennen die Schweizer diese Frisur.

Manchmal erinnerte sich Henriette daran, wie sie und ihre jüngere Schwester sich einst als junge Mädchen mit dem Blütenstaub von Türkenbund und Taglilien aus dem elterlichen Garten die Haare ‚getönt' hatten. Der hatte ihrem Haar einen wunderbaren kastanienbraunen Schimmer verliehen – und auf den weißen Kopfkissen eine ziemliche verschmierte Angelegenheit hinterlassen. Die Miene der Mutter angesichts der braunroten Bescherung auf den Kopfkissen wechselte von Fassungslosigkeit und Unverständnis zu tiefem Mitgefühl für die Töchter, die einfach nur 'schön' sein wollten.

Auf der Suche nach der gestohlenen Zeit

An der weißen Zimmerdecke spazierte eine Stubenfliege. Unermüdlich lief sie hin und her. Ihre Wege bildeten einen sechszackigen Stern. Fasziniert verfolgte Ines das akkurate Muster. Ganz deutlich konnte sie sehen, wie sich die sechs Beinchen im Gleichschritt mit atemberaubender Geschwindigkeit vorwärtsbewegten. Sie erkannte die riesigen, überproportionierten Facettenaugen und die durchsichtigen, geäderten Flügelchen. Eigentlich ein Wunderwerk...

Aber wie konnte es sein, dass sie alle diese Einzelheiten wahrnahm? Das war doch eigentlich gar nicht möglich. Die Zimmerdecke war viel zu weit entfernt. Eine Stubenfliege wäre kaum als Pünktchen auszumachen. Es musste ein viel größeres Wesen in der Gestalt einer Fliege sein. Irritiert schloss Ines die Augen. Seit dem Unfall spielten ihr ihre Sinneswahrnehmungen immer wieder einen Streich. Sie sah Gegenstände, die in Wahrheit gar nicht existierten. Sie hörte Stimmen, Satzfetzen, Melodien, obwohl außer ihrer Bettnachbarin niemand sonst im Raum war. Ihre Sinne schlugen Purzelbäume.

«Lassen Sie sich Zeit. Erzwingen Sie nichts!», rief sie sich die beruhigende Stimme des Oberarztes zurück und sah sein stets übermüdetes Gesicht vor sich. Er schaute nach der Visite noch jeweils kurz bei ihr vorbei und unterhielt sich mit ihr. Er stellte behutsame Fragen, um ihrem Gedächtnis auf die Sprünge zu helfen, bohrte aber nie nach, wenn Ines keine Antwort wusste.

Sie leide an Retrograder Amnesie, so lautete die Diagnose. Ines hatte sich bei dem Treppensturz neben einer Gehirnerschütterung eine fünf cm lange Platzwunde am Hinterkopf zugezogen, die mit mehreren Stichen genäht werden musste. Die Wunde war inzwischen gut verheilt, die Fäden bereits gezogen. Es sei eine kaum sichtbare Narbe zurückgeblieben, die ohnehin von ihren langen

Schneewittchen-Haaren verdeckt werde. Bei diesem Ausdruck war Ines zusammengezuckt. Er hatte ein gewisses Unbehagen ausgelöst, ohne dass sie zu sagen vermochte, weshalb. Sie hatte das Gefühl, jedes einzelne Kopfhaar richte sich auf und schmerze.

Außer der Kopfwunde war ihr linker Fuß gebrochen, ein komplizierter Bruch, der eine OP notwendig gemacht hatte und der sie immer noch an das Krankenbett fesselte.

Am gravierendsten empfand Ines den Gedächtnisverlust. Sie hatte keinerlei Erinnerungen an den Unfall selbst, weder an den genauen Hergang noch daran, was ihn ausgelöst hatte. Auch nicht an die Zeit, die unmittelbar vorausgegangen war.

«Wir wissen nicht, warum Sie zu nachtschlafender Zeit draußen umhergelaufen sind und wie lange Sie ohnmächtig auf der Steintreppe gelegen haben, ehe ein Rentner, vielmehr sein Hund Sie entdeckt hat. Ein Fremdverschulden ist nicht ausgeschlossen. Die Laboruntersuchungen der Blutproben waren negativ, kein Alkohol oder sonstige Drogen waren nachweisbar. Sie waren vollständig bekleidet, es gab keine Vergewaltigung.»

Auch die hinzugezogene Polizei sei zu keinem anderen Ergebnis gekommen. Es läge nun an ihr, ob sie Strafanzeige gegen unbekannt erheben wolle.

Eine retrograde Amnesie sei eine häufige Begleiterscheinung nach einer Hirnverletzung, hatte Dr. Anders erklärt. Betroffene könnten Ereignisse, die im Zeitraum unmittelbar vorher lägen, nicht mehr abrufen. Bilder und Zusammenhänge ließen sich nicht mehr ins Bewusstsein holen. Auf ihre fassungslose Reaktion hatte Dr. Anders geduldig erklärt, dass eine solche Amnesie Minuten, Tage, aber auch Wochen und Monate andauern könne. Es gäbe keinen direkten Zusammenhang zwischen der Dauer der Erinnerungslücke und der Schwere der Hirnschädigung.

«Haben Sie Geduld mit sich», tröstete er sie immer wieder. «Unser Gehirn ist ein hochkomplexes Organ. Da genügen schon die kleinsten Erschütterungen, dass es vorübergehend aus dem Takt gerät. Sie haben alle Ihre erworbenen Fähigkeiten behalten. Der Gedächtnisteil, in dem Prozesse und Handlungsabläufe gespeichert sind, ist nicht betroffen. Wenn Ihr Fuß geheilt ist, können Sie wieder in Ihren Beruf zurückkehren. Ich gebe Ihnen die Adresse einer Kollegin, einer sehr guten Trauma-Therapeutin. Sie hat leider lange Wartezeiten. Reden Sie solange mit Sebastian. Das wird Ihnen helfen.»

Sebastian war der ‚Sonnenschein der Station'. Wenn er mit seiner unerschütterlich guten Laune einen Raum betrat, dann ‚ging die Sonne auf', wie eine Mitpatientin sich ausdrückte. Anfangs wusste Ines nicht so genau, welche Funktion er eigentlich hatte, ob er Zivi war oder Krankenpfleger. Als sie ihn vorsichtig fragte, lachte er. «Zivis gibt es schon sein ein paar Jahren nicht mehr, Schätzchen!» Er habe eine abgeschlossene Ausbildung als Krankenpfleger.

Anfangs war es Ines sehr unangenehm gewesen, sich bei den intimsten Pflegeverrichtungen von einem Mann helfen zu lassen. Sebastian war es gelungen, ihre Hemmungen zu vertreiben. Er duzte zwar fast alle Patienten, legte aber ein großes Taktgefühl an den Tag. Er verkündete schon gleich zu Anfang, dass er vergeben sei und nicht ‚auf fremden Weiden grase'. Voller Stolz zeigte er ihr auf seinem Smartphone ein Foto seines Freundes. Dass er schwul war und so offen damit umging, machte es Ines leichter.

Sebastian war ein groß gewachsener, gutaussehender Bursche. Seine langen Dreadlocks hatte er im Nacken zu einem Pferdeschwanz zusammengebunden. In den ersten Tagen, als Ines noch zu geschwächt war und sich kaum bewegen konnte, zudem an verschiedene Infusionen angeschlossen war, hatte er sie beim

Bettenmachen wie eine Feder hochgehoben. Ines war völlig überrascht, wie frisch und angenehm er roch. Sie hatte befürchtet, dass von seiner Frisur ein muffiger Geruch aufsteigen könnte.

Wie lange lag sie schon hier in dieser Klinik? Die Zeit dehnte sich aus, zog sich zusammen, zerfranste an den Rändern, überlappte sich. Zuweilen tauchte am Horizont ein Erinnerungsfünkchen wie ein Glühwürmchen auf, tanzte unstet umher und erlosch dann wieder, ehe sie es genau in Augenschein nehmen konnte.

Jetzt öffnete sie die Augen wieder. An der Decke war keine Stubenfliege zu sehen. Ines seufzte. Geduld war nicht gerade ihre Stärke. Ihre Gedanken schossen hin und her, wie die Wege der imaginären Stubenfliege. Es war schwierig, sie in eine Richtung zu schicken, nämlich rückwärts in die Vergangenheit, in die Zeit, die dem Unfall vorausgegangen war. Sie stießen immer wieder an unsichtbare Gitterstäbe, die den Weg versperrten. Sie waren eingesperrt in ein Gefängnis.

In die Kindheit dagegen verirrten sie sich oft, an ihr Zuhause in einem Dorf, an den frühen Tod der Eltern. Manche Szenen standen ihr so deutlich vor Augen, als seien sie erst gestern gewesen. Wie der Vater sie in die Luft warf und sicher wieder auffing. «Wie geht es meiner Prinzessin heute?», fragte er dann. Ja, er hatte sie Prinzessin genannt und nach Strich und Faden verwöhnt. Er hatte sie zum Missfallen der Mutter mit Geschenken überhäuft. Ines sah auch die Mutter vor sich, wie sie vor dem dreiteiligen Spiegel saß und ihre langen schwarzen Locken bürstete. Als kleines Mädchen hatte sie zu gern mit all den geheimnisvollen Fläschchen und Tiegeln gespielt, die dort aufgereiht standen. Ein Höhepunkt war stets, wenn die Mutter sich Parfüm hinter die Ohren und auf die inneren Handgelenke sprühte und einen winzigen Hauch in Ines' Nacken. «Na, hat die Prinzessin wieder von Mamas Duft genascht?», fragte Papa dann, wenn sie ihm abends nach seiner Heimkehr um den Hals flog.

Ines erinnerte sich auch an die Jahre bei Tante Milli, die sie nach dem Tod der Eltern aufgenommen hatte. An ihre Teenagerzeit, den ersten Kuss, an die Schule, das Studium und die ersten Berufsjahre. Selbst die Zeit ihrer kurzen Ehe mit Tom war präsent. Die Erinnerung daran schmerzte nicht mehr. Sie empfand weder Bedauern noch Reue. Es war eine Phase in ihrem Leben, die sie abgehakt hatte. Nach der Scheidung war sie in eine andere Stadt gezogen, hatte andere Menschen kennengelernt und war die eine oder andere unverbindliche Beziehung eingegangen.

Und dann? Hatte sie derzeit eine Beziehung? Wenn ja, warum kam er sie nicht besuchen? Wie lange lebte sie nun schon in dieser Stadt? Wo wohnte sie und wie war ihre Wohnung eingerichtet? Einmal hatte sie Besuch bekommen. Zwei junge Frauen waren im Krankenzimmer aufgekreuzt, mit einem riesigen Blumenstrauß und einer Karte mit einer etwas albernen Karikatur und vielen Unterschriften, von denen ihr keine etwas sagte. Anja und Regina waren offensichtlich Kolleginnen, die kaum glauben konnten, dass Ines sie nicht erkannte. Dieser Besuch hatte sie verstört und in unruhiger Stimmung zurückgelassen. Seitdem verbat sie sich jeden Besuch. Allerdings meldete sich auch keiner mehr an.

«Immer noch auf der Suche nach der verlorenen Zeit?», fragte Sebastian am nächsten Morgen. «Nach der *gestohlenen* Zeit!», entgegnete sie heftig. «Man hat sie mir gestohlen. Ich habe sie nicht einfach verloren.» Und dann in etwas versöhnlicherem Ton: «Hast du das Werk von Proust etwa gelesen?» – «Gott bewahre!», lachte Sebastian. «Sieben Bände! Das schafft doch kein Mensch. Aber im ersten Band habe ich ein bisschen herumgestöbert, allein wegen des Titels. Vielleicht ist es ja ganz gut, wenn du dich nicht mehr erinnern kannst. Vielleicht war das eine so unerfreuliche Episode in deinem Leben, dass es besser ist, wenn sie nicht geweckt wird.»

Als Ines sich bei Sebastian beklagte, dass sie nicht die geringste Erinnerung an ihre derzeitige Wohnung habe, meinte er, das sei kein Problem. Wenn sie ihm ihre Schlüssel anvertraue, würde er hingehen und Fotos machen. Nach dem Treppensturz hatte man zwar keine Handtasche bei ihr gefunden, auch keinen Rucksack. Ihre Wohnungsschlüssel steckten aber in ihrer Jeanstasche.

Schon am Tag darauf, als Sebastian mit Schwung die mit dem Mittagessen beladenen Tabletts auf die ausgeschwenkten Betttischchen platziert hatte, zückte er sein Smartphone und reichte es Ines. Mit Staunen betrachtete sie die vielen Fotos, die Sebastian von jedem Winkel ihrer Wohnung aufgenommen hatte. Viele Gegenstände, Bilder und Möbel waren ihr vertraut, die Wohnung selbst aber in keiner Weise. «Ich könnte schwören, dass ich noch nie dort war!», sagte sie kopfschüttelnd.

«Ach, deinen Kühlschrank habe ich übrigens ausgeräumt. Viel war ja nicht drin. Ein völlig verschimmelter Joghurt und ein bisschen Käse. Du solltest mehr essen, Schätzchen, sonst wird das mit dir nichts.»

Ines stocherte lustlos in ihrem Essen und ließ den größten Teil stehen. Aus den Augenwinkeln registrierte sie, wie ihre neue Zimmernachbarin auf das unberührte Schälchen mit Schokoladenpudding schielte.

«Sie können meinen Nachtisch gerne haben», sagte Ines und schob ihr die Schale hin. Die junge Frau, eine dralle Person, griff hastig danach. «Sie wissen ja gar nicht, was Ihnen entgeht», meinte sie und machte sich sofort darüber her.

Ines sank zurück in die Kissen und schloss die Augen. Sie ließ die Bilder ihrer Wohnung wieder und wieder vorüberziehen, in der Hoffnung, einen Anhaltspunkt zu entdecken, einen Haken, an dem sie ihre Erinnerung aufhängen konnte. Vergebens.

«Vergiss den Bastard!», meinte Sebastian an einem der nächsten Tage, als er ihre Kissen aufgeschüttelt hatte und nun versuchte, ihre langen dunkeln Locken zu entwirren.

«Wie kann ich etwas oder wen vergessen, an den ich keine Erinnerung habe?» entgegnete sie ungehalten. «Wie kommst du darauf, dass ein Mann eine Rolle spielt?»

«Instinkt», sagte Sebastian. «Mein Bauchgefühl verrät mir das. Deine Schneewittchen-Haare haben einen Mann betört. Glaub's mir.»

Da war es wieder, das winzige Aufflackern einer Ahnung. Das Gefühl skalpiert zu werden. Jemand schlang ihre Haare um seine Hand und zerrte heftig daran. Es war wie eine Drohung, eine Warnung.

„Sag das noch mal", bat sie. „Wie hast du dich eben ausgedrückt?"

«Deine Schneewittchenhaare haben einen Mann betört», wiederholte Sebastian. «Dein Schneewittchen-Look. Du weißt schon, die Märchenfigur, deren 'Haut weiss wie Schnee war, ihre Lippen rot wie Blut und ihr Haar schwarz wie Ebenholz'. Ich finde, du gleichst ihr. So habe ich mir Schneewittchen immer vorgestellt.»

Sebastian zupfte die hängengebliebenen Haare aus der Bürste und versorgte sie im Treteimer im angrenzenden Bad.

«Adieu, die Damen, ich muss weiter.»

Es war dieser Ausdruck ,Schneewittchenhaare', der bei Ines ein Gefühl des Unbehagens zurückließ. Jemand hatte das zu ihr gesagt, jemand, der es böse mit ihr meinte, jemand, der ihr zuerst geschmeichelt und sie umworben, ja betört hatte, dieser Jemand hatte sie dann an den Haaren gerissen hatte. Die Haare mussten weg!

Sie wagte nicht, eine der Schwestern um eine Schere zu bitten, geschweige denn Sebastian. Also wandte sie sich an ihre Zimmergenossin, die aber nur eine Nagelschere hatte. Bei nächster Gelegenheit, als sie allein im Zimmer war, holte Ines die Nagelschere hervor, griff sich eine Strähne ihrer langen Haare und schnitt los. Das Unterfangen gestaltete sich schwieriger als vorgestellt. Die Schere war klein und nicht besonders scharf. Immer wieder rutschten die Haare aus der Schneide. Mühsam arbeitete sie sich durch ihre schwarze Mähne. Strähne um Strähne fiel auf das Kissen und verwandelte ihre Lagerstatt in ein Rabennest. Ihre Arme erlahmten. Erschöpft hielt Ines inne. Der Furor, der sie angetrieben hatte, war in sich zusammengefallen.

Ihre Zimmernachbarin kam zurück und schlug die Hände über dem Kopf zusammen. Dann stürzte sie zurück in den Flur, eilte ins Schwesternzimmer und holte Hilfe. Schwester Anneliese, eine wortkarge Frau in den Sechzigern, hatte Dienst.

«Ach Kindchen!», sagte sie. Es schwang Mitgefühl in ihrer Stimme. Dann half sie Ines auf und geleitete sie ins Bad. Sie zog ihr das Nachthemd aus und wusch ihr die Haare von den Schultern und Armen. Ines wartete zitternd, bis die Bescherung in ihrem Bett beseitigt war. Einen Blick in den Spiegel wagte sie nicht.

Sebastian reagierte erstaunlich gelassen, als er am nächsten Morgen auftauchte.

«Du siehst aus wie ein gerupfter Vogel», sagte er. «Ein Fall für meine Mom. Die bringt das in Ordnung. Meine Mom ist Frisöse und eine Könnerin auf ihrem Gebiet.»

Sebastians Mutter kreuzte noch am gleichen Tag mit ihrem Köfferchen im Krankenzimmer auf. Sie war eine kleine wirbelige Frau mit akkuratem Pagenschnitt. Ines hatte sich ein bisschen aus ihrer Erstarrung gelöst. Sie staunte, dass eine so zierliche Person einen so groß gewachsenen Sohn hatte.

Routiniert öffnete die Mutter ihr Köfferchen, entnahm ihm einen Umhang und diverse Utensilien und machte sich ohne Umschweife ans Werk. Dabei redete sie ununterbrochen. Sie habe viele Kunden im Altersheim und sei es gewohnt, bettlägerigen Personen die Haare zu schneiden. Sie erzählte von ihren Katzen, – offensichtlich hatte sie mehrere –, von ihrem Garten, ihren Blumen, und dass sie endlich eine weiss blühende Afrikanische Lilie auf dem Markt aufgetrieben habe. Eine blaue habe ja fast jeder in seinem Garten. Flink klapperte die Schere in Ines' immer wieder eingesprühten Haaren. Nach einer halben Stunde war es geschafft, der Umhang wurde zusammengerafft, kein ‚Härle' sei danebengeraten.

«Sie können gut so eine Kurzhaarfrisur tragen. Sie haben einen ausgeprägten Hinterkopf», sagte Sebastians Mutter und reichte Ines einen Spiegel.

Ines riskierte einen zögernden Blick. Sie erkannte sich kaum wieder. Ihre Haare umschlossen den Kopf wie eine lockere Kappe. Die Augen wirkten riesengroß im blassen Gesicht.

«Danke», flüsterte sie. «Was bin ich Ihnen schuldig?» – «Ein Lächeln!» antwortete Sebastians Mom und weigerte sich beharrlich, Geld anzunehmen.

Ines' verändertes Aussehen evozierte viele positive Kommentare. Alle fanden, dass ihr die neue Frisur gutstünde und zudem sehr praktisch sei.

«Was habe ich dir gesagt! Meine Mom ist eine Könnerin», meinte Sebastian sichtlich stolz.

Einzig Oberarzt Dr. Anders äußerte so etwas wie Bedauern, nahm aber seine Bemerkung als unprofessionell gleich wieder zurück.

«Vielleicht hilft es Ihnen ja, Ihrer verlorenen Zeit auf die Spur zu kommen.»

«Vielleicht bin ich gar nicht mehr auf der Suche», entgegnete Ines. «Mein Kopf fühlt sich jetzt so leicht und frei an, nicht nur von außen, sondern auch da drin.» Sie schlug sich mit der flachen Hand an die Stirn und lächelte.

Zwischen den Jahren

Mina sitzt am Schreibtisch und brütet über einer Idee für einen Text, den sie in der nächsten Schreibwerkstatt vorstellen möchte. Die leere Seite des aufgeschlagenen Schreibblocks neben der Tastatur lächelt Mina erwartungsvoll an. Es will sich jedoch nicht einmal der Hauch einer Idee für die gestellte Aufgabe einstellen, ja, es fehlt ihr der eigentliche Plot für eine Geschichte. Ist dieser erst mal im Kopf geboren, schreibt sich der Text dann ganz von selbst. In Minas Kopf herrscht Leere…

Mina lehnt sich zurück und spielt mit dem Kugelschreiber. Ihre Augen wandern über das Desktopbild auf ihrem PC: eine Familie tanzt einen Reigen um einen Weihnachtsbaum. Der anheimelnde Raum dieser Szene ist nur vom Licht der brennenden Kerzen erleuchtet, was dem Bild eine geheimnisvolle Atmosphäre verleiht. Mina liebt dieses stimmungsvolle Gemälde des dänischen Malers Viggo Johansen, weil es den Zauber der Christfeste ihrer Kindheit eingefangen hat und widerspiegelt. Bei der Betrachtung fühlt sie sich zurückversetzt in die Zeit, als ihre Eltern noch lebten und Mina und ihre Geschwister Kinder waren und Heiligabend den Höhepunkt im Jahreslauf bildete. Im Laufe der Jahre haben die Weihnachtsfeiertage ihren Glanz verloren.

Minas Blicke verlassen das traute Bild auf dem Desktop und bleiben wieder am leeren Schreibblock hängen. Weihnachten ist vorbei, der Besuch abgereist und der Alltag zurückgekehrt. Vielleicht doch noch nicht so ganz. In Minas Heimat bezeichnet man die Tage zwischen Weihnachten und Neujahr 'Zwischen den Jahren'. Es sind merkwürdig gesichts- und zeitlose Tage, irgendwie aus der Zeit gefallen. Das alte Jahr ist mit all seinen Jahresrückblicken abgeschlossen, die Feste gefeiert, die Jahreszeiten erlebt und erlitten. Das neue Jahr hat noch nicht begonnen.

Vielleicht sollte ich mir für diese Zeit ein eigenes Desktopbild suchen, grübelt Mina. Sie wechselt die Bilder auf dem Bildschirm ihres PCs nach Jahreszeiten und ihren Stimmungen, den eigenen und denen in der Natur. Schon jetzt freut sie sich auf das Januarbild, eine Fotografie, auf dem ihre Lieblingsalpenblümchen, die Soldanellen mit ihren anmutig gefransten lila Röckchen im funkenden Schnee blühen.

Es bringt Unglück, wenn man das Stimmungsbild auf dem Desktop zu früh wechselt! Diese Vorstellung geistert nun durch Minas Kopf. Ein bisschen gerührt registriert sie, dass sie sich einen Rest des kindlichen ‚Magischen Denkens' bewahrt hat. Minas Glaube ist im Laufe der Jahre auf der Strecke geblieben, Relikte von Aberglauben oder vielmehr eine Form des Glaubens an die Wirkung von Zauberformeln und Beschwörungen haben sich hartnäckig gehalten.

Zurück in die Gegenwart! Mina gibt sich einen Ruck und schiebt die Ablenkungsmanöver zur Seite. Worüber soll sie schreiben?

Plötzlich hört sie ein undefinierbares Geräusch. Es klingt fast wie das rhythmische Klappern von Miniatur-Kastagnetten und kommt eindeutig von ihrem PC. Mina reißt die Augen auf und beugt sich zum Bildschirm vor, auf dem immer noch das Weihnachtsgemälde zu sehen ist. Auf der oberen Bildschirmkante sitzt ein handgroßes Wesen und schlenkert fröhlich mit seinen Beinen. Es trägt schwarze Lederstiefelchen, die es gegen den Bildschirm schlägt und die das klappernde Geräusch erzeugen. Die brennenden Kerzen auf dem Weihnachtsbaum beginnen zu flackern.

Ich glaube, ich träume, schießt es Mina durch den verwirrten Kopf. *Ich halluziniere wohl!*

Mina kneift die Augen fest zusammen und öffnet sie dann wieder. Das wichtelartige Wesen sitzt noch immer auf der Bildschirmkante und trommelt mit den Füssen gegen den Bildschirm.

Es trägt eine rote Zipfelmütze, ein grünweiß gestreiftes Wams und eine blau gepunktete Hose. In den Stiefeln stecken dünne Beinchen in lustig bunt geringelten Strümpfen. Mina starrt die bizarre Erscheinung an. Erst als sie sich nahe genug vorgebeugt hat, erkennt sie, dass dieser Gnom statt eines Gesichtes ein rundes goldenes Zifferblatt einer Uhr mit schwarzen Zeigern und römischen Ziffern hat. Unter dem Uhrengesicht prangt eine schwarze Fliege. Jetzt vernimmt Mina auch eine Stimme, die in einem merkwürdigen Singsang immer den gleichen Text wiederholt:

«Gestern war Heute Morgen!», so lautet dieser Satz. Zumindest glaubt Mina, dass er so lautet, kann mit dieser Aussage aber nichts anfangen.

«Wer bist du?», hört sie sich fragen.

«Gestern war Heute Morgen!», wiederholt das Geschöpf, schlägt einen Purzelbaum auf der Bildschirmkante und fügt dann hinzu: «Das sagt doch alles!»

Mina beschließt, sich auf das Spiel einzulassen, Halluzination hin oder her.

«Das kapiere ich nicht», antwortet sie ernsthaft. «Das ist mir zu vertrackt. Muss ich das verstehen?»

Der Kobold mit der roten Mütze hält seine dürren Beine für einen Moment still.

«Sekunden, Minuten, Stunden, Tage, Wochen, Monate, Jahre... das bin ich!» Er schlägt beide Hände auf die linke Seite seiner Brust. Seine Stimme hat etwas Leierndes, Körperloses.

«Gestern war Heute Morgen! Heute ist Morgen Gestern! Und Morgen wird Heute Gestern sein. Das ist doch ganz logisch!»

Minas Miene spiegelt Erstaunen und Ratlosigkeit.

Der Kobold springt von der Bildschirmkante auf die Tastatur, führt ein Tänzchen auf den Buchstaben und Zahlen auf und schwingt sich wieder auf die obere Kante. Der Bildschirm wird schwarz, das Bild mit den tanzenden Kindern um den Weihnachtsbaum verschwindet. Der Zwerg hat wohl die Taste für den Bildschirmschoner ausgelöst. Mina erwartet, dass nun eine geheime Botschaft oder eine Erklärung auf dem Bildschirm auftaucht, was aber nicht der Fall ist.

«Ich verstehe immer noch nicht so recht, wer oder was du bist», sagt sie merklich irritiert.

«Ich erklär' es dir: also gestern, am 27. Dezember war der heutige Tag, der 28. Dezember, ein Tag in der nahen Zukunft, also der nächste Tag, eben morgen. Gestern war Heute Morgen. Ich bin die Zeit, die Zeit, in alle Ewigkeit. Das ist doch kinderleicht. Pass auf», der Gnom greift in die Tasche seines Wamses, kramt eine winzige Sanduhr hervor und hält sie Mina hin.

«Ich ahne, wer du bist oder zu sein vorgibst», sagt sie zögernd. «Du bist die Zeit. Die Zeit ist aber etwas Abstraktes. Sie ist keine Person, kein lebendiges Wesen. Demnach kannst du nicht die Zeit sein oder du bist gar nicht lebendig.» Mina verstummt verunsichert und starrt auf die Sanduhr, in der der golden schimmernde Sand nach unten rinnt.

Der Zwerg kichert, was sich fast wie das Meckern einer Ziege anhört.

«Ich kann Siebenmeilenstiefel anziehen, wenn ich will. Dann eilt die Zeit mit Riesenschritten vorbei. Oder ich bewege mich im Schneckentempo, wenn mir danach ist. Und doch ist die Zeit unbestechlich. Sieh nur, wie der Sand durch die enge Öffnung rinnt. Er braucht immer exakt die gleiche Zeit. Punkt!» Und dann ohne Übergang: «Lass dir was einfallen für deinen Text.»

Mina ist perplex. «Die Zeit ist keine Person», wiederholt sie etwas hilflos. «Ich habe früher viele Märchen gelesen und auch

Fabeln und Sagen. Ein Zwerg, der die Zeit verkörpert, ein Zeitzwerg also, ist mir nie begegnet!»

«Hach!» schreit der Gnom. «Noch nie was von Allegorien gehört? Kommt Zeit, kommt Rat! Wie gesagt, ich bin unbestechlich. Und trotzdem bin ich unberechenbar. Das klingt nach Widerspruch, ist es aber nicht!» Er dreht die Sanduhr um.

«Ich glaube, ich ahne jetzt, was du sagen willst.» Minas Stimme klingt zögernd und nachdenklich. «Das Zeitempfinden ist subjektiv. Manchmal dehnen sich Sekunden zu einer Ewigkeit. Und dann wieder gibt es Zeiten, die so schnell verfliegen wie ein schöner Traum.»

«Tick tack! Tick tack! Alles hat seine Zeit. Tick tack!»

Mina registriert, dass sich die grazilen schwarzen Zeiger auf dem Uhrengesicht tatsächlich langsam bewegen, zumindest der große. Beim Anblick des ruckelnden Zeigers schießt ihr eine Idee durch Kopf. Frohlockend äußert sie:

«Ich werde über dich schreiben. Wieviel Zeit habe ich noch?»

«Wenn du die Zeit nicht totschlägst, hast du alle Zeit der Welt», ist die leiernde Antwort. «Alle Zeit der Welt! Aber du kannst das Rad der Zeit nicht zurückdrehen!»

«Oh, mir wird erst jetzt richtig bewusst, wie barbarisch diese Redenswendung vom Zeit totschlagen ist!»

Der Zwerg klatscht in die Hände, unbeachtet der Sanduhr in seinen dürren Fingern. «Du bist lernfähig. Das ist gut. Tick Tack! Tick Tack! Was ist mit deiner Idee?» Er dreht die Sanduhr wieder um. Das sichtbare Verrinnen der Zeit irritiert Mina zunehmend.

«Kannst du diese Sanduhr nicht wegstecken? Es macht mich ganz nervös, wenn ich sehe, wie die Zeit vergeht.»

«… wie die Zeit vergeht, eh der Wind sich dreht. Wer weiss, wohin das Schicksal uns morgen weht…», summt der Zwerg und Mina erkennt überrascht ein paar Zeilen aus einem längst vergessenen Schlager, der in ihrer Jugend populär war. Der Kobold kommt aber ihrer Bitte nach und versorgt die Sanduhr wieder in der Tasche seines Wamses. Dann erhebt er seinen rechten Zeigefinger und deklamiert:

«Es gibt Diebe, die nicht bestraft werden, und einem doch das Kostbarste stehlen, die Zeit! Also mich. Das ist ein Zitat, wohlgemerkt.»

Mina ist beeindruckt. «Das klingt überzeugend», entgegnet sie.

«Das ist ein Zitat», wiederholt der Zwerg, «also nicht von mir. Napoleon soll das gesagt haben. Napoleon Bonaparte. Ansonsten war er ja eher klein, der Napoleon. Klein wie ich. Ich meine natürlich die äußere Statur.» Er kichert wieder meckernd.

«Das hätte ich diesem Machtmenschen nie zugetraut, so einen weisen Ausspruch. Meine Idee für den Text, den ich für die nächste Schreibwerkstatt schreiben muss, wird konkreter. Ich werde etwas über Zeitdiebe schreiben!» Minas Stimme klingt erleichtert.

«Genehmigt!», ruft der Gnom und schüttelt dabei so heftig seinen Kopf, dass der Zipfel seiner roten Mütze über das Uhrengesicht fällt. Er springt von der Kante des Bildschirms direkt auf Minas leeren Schreibblock, führt dort eine Art Stepptanz auf und summt dabei fröhlich: «Gestern war Heute Morgen…»

Es gibt einen leisen Knall und Mina zuckt erschrocken zusammen. Sie ist doch tatsächlich eingenickt! Der Rechner ihres PCs summt leise vor sich hin. Auf dem Bildschirm blühen lila Soldanellen inmitten von funkelnden Schneekristallen. Runde grüne Blätter umschließen die zarten Stängel, auf denen man jedes

Härchen erkennen kann. Mina starrt verwundert auf das Januar-
bild. Sie muss in völliger Geistesabwesenheit doch schon das neue
Monatsbild eingerichtet haben. *Hoffentlich passiert jetzt kein
Missgeschick!*

Und was war nun mit dem Text für die Schreibwerkstatt?
Minas Blicke streifen den leeren Schreibblock neben der Tastatur.
Halt, ganz so leer ist er gar nicht mehr. 'Zwischen den Jahren',
steht zuoberst in einer unbekannten, verschnörkelten Handschrift.
Und etwas kleiner darunter 'Die ruchlosen Taten der Zeitdiebe'.

Soldanellen

In unwirtlichen Regionen,
wo Fels und Wind sich streiten,
gedeihen seit Äonen
kleine Kostbarkeiten,
die Soldanellen.

Winzige lila Glöckchen
mit keck gefransten Röckchen
läuten den Bergfrühling ein.
Besiegen Eis und Schnee
in schwindelnder Höh'
und schmücken das raue Gestein.
Sie trotzen Regen und Wind,
der Alpen lieblichstes Kind,
die Soldanellen.

Am gebrechlichen Stil
ein violettes Farbenspiel,
changierend von Rosa hin bis Blau,
verschönert ihr kaltes Domizil.
Welch' anmutige Schau
der kleinen Soldanellen.

Vielsagend die Namen,
der Anschmiegsamen:
'Blaues Schneeglöckchen'
oder ‚Alpeneisglöckchen‘,
werden sie genannt,
auch als ‚Alpentroddelblume'
Alpenflora zum Ruhme,
sind sie bekannt,
die Soldanellen.

„Heute hier, morgen dort…"

Paulina ist verliebt. Ein weit intensiveres Gefühl als der oft zitierte Tanz der Schmetterlinge im Bauch hält sie gefangen. Seit Wochen schwebt sie wie auf sanft schaukelnden Wolken durch den Alltag. Jeden Morgen, wenn sie erwacht, konstatiert sie mit Beglückung: *Ich bin verliebt! Ich bin immer noch verliebt!*

Die kritische siebte Woche ist überschritten. Obwohl die Erfahrung sie gelehrt hat, dass dieses Limit eigentlich bedeutungslos ist, hält Paulina beharrlich daran fest. Mehr als eine Beziehung hat die siebte Woche, den siebten Monat, gar das siebte Jahr überlebt und war dann doch gescheitert. Sieben Tage, sieben Wochen, sieben Monate… das waren echte Knackstellen. Hatte man die überwunden, drohte einer Beziehung keine Gefahr mehr. Davon ist Paulina überzeugt. Sie hat sich einen Rest Magischen Denkens bewahrt. Ihre Freundin Anne nennt es schlicht Aberglauben.

In Paulinas Liebesbeziehungen herrscht meistens ein Chaos. So diszipliniert sie beispielsweise in beruflichen Dingen ist, das Durcheinander in Liebesangelegenheiten bringt sie nicht auf die Reihe. Eine kurze gescheiterte Ehe, mehrere in die Brüche gegangene Kurzbeziehungen, ja auch ein desaströser One-Night-Stand haben sie nichts Besseres gelehrt. Mit Elan und Zuversicht schlittert sie jeweils in die nächste Liaison.

«Du bist ein Stehaufmännchen, genau wie dein Papa», so hat die Mutter sie oft bezeichnet. «Stehauffrauchen!», war stets Paulinas Erwiderung.

Heute vor acht Wochen ist sie Marten zum ersten Mal begegnet. Das Kennenlernen selbst hatte so gar nichts Romantisches, es war eine eher peinliche Angelegenheit, die Paulina nach Möglichkeit verdrängt. Es zählt das Jetzt, hier und heute.

Paulina schlägt die Bettdecke zurück, tappt zum Fenster und zieht die Jalousie hoch. Der Himmel, den sie von ihrem Schlafzimmerfenster aus erspäht, kann sich nicht so recht entscheiden, ob er bedeckt bleiben oder aufheitern soll. Von der Antenne auf dem Dachfirst des Nachbarhauses erklingen die zaghaften Flötenversuche einer Amsel. Auf der anderen Seite wird ein Garagentor heftig zu gedonnert, ein Motor heult auf und der BMW des Nachbarn schießt mit aufheulendem Motor um die Straßenbiegung. Die Amsel fliegt zeternd davon.

Paulina schaudert in der Kälte des offenen Fensters zusammen, negiert ein verräterisches Ziehen im Unterbauch und begibt sich in die Küche. Während sie ihren heißen Kaffee schlürft und das Müsli löffelt, blättert sie im SPIEGEL, den sie einzig wegen seines handlichen Formats abonniert hat. Aber ihre Gedanken sind nicht bei der Lektüre. Sie entwischen und suchen Erbaulicheres auf. Sie bleiben bei Marten hängen. Seltsamerweise schiebt sich stets die Kennenlernszene in den Vordergrund, die Paulina am liebsten ungeschehen gemacht hätte. Nein, nicht ungeschehen, dann wäre sie ja Marten nicht begegnet. Nur anders hätte sie verlaufen müssen, nicht so peinlich. In ihrer Fantasie malt Paulina sich viele Möglichkeiten aus, wie diese Begegnung hätte ablaufen können. Sie haben alle einen Haken: sie stimmen mit der Realität nicht überein! Ihrer Freundin Anne hat sie beispielsweise eine geschönte Version aufgetischt und bei der älteren Schwester diese Version noch getoppt mit Einzelheiten, die völlig aus der Luft gegriffen waren, sich aber gut anhörten. Paulina fühlt sich ohnehin immer im Schatten ihrer Schwester, bei der alles so bilderbuchmäßig läuft. Die hat ihren betuchten Jugendfreund geheiratet und in rascher Folge drei pausbäckige Kinder in die Welt gesetzt, sehr zur Freude der Mutter und noch rechtzeitig vor deren frühen Krebstod. Annette lebt mit ihrer Familie in einem Einfamilienhaus im Grünen und führt ein rundum glückliches, ausgefülltes Leben. Zumindest vermittelt sie das.

Paulina klappt den SPIEGEL zu und seufzt vor Wohlbehagen. Marten ist in ihr Leben getreten. Die ‚Sieben Wochen-Hürde' ist geschafft und sie ist immer noch verliebt.

Nun steht sie vor dem Spiegel im Bad und bürstet ihr langes blondes Haar, das ‚wie ein Weizenfeld in der Sonne glänzt'. So poetisch hat sich Paulinas Mutter immer ausgedrückt. Die Haare machen ein Großteil von Paulinas Attraktivität aus, dessen ist sie sich wohl bewusst. Im normalen Berufsalltag bändigt sie ihre Haarflut in einen schlichten Chignon oder Pferdeschwanz. Wenn sie ausgeht, lässt Paulina sie offen hängen, steckt lediglich zwei Strähnchen seitlich mit perlenbesetzten Kämmchen zurück. Sie genießt die bewundernden Blicke, die sie dann auf sich zieht.

Paulina beugt sich vor und unterzieht ihr Gesicht einer kritischen Prüfung. Es ist ok, irgendwie ein bisschen Mittelmaß, aber ok: Graue Augen unter wohlgeformten Brauen, die Nase mit einem winzigen Höcker, die Lippen nicht zu voll, aber auch nicht zu schmal, kaum sichtbare Fältchen in den Augenwinkeln. Paulina verzichtet auf Makeup, tuscht nur ihre Wimpern und probt den berühmten Lady-Di-Augenaufschlag, so von unten nach oben, verschämt und raffiniert zugleich. Zufrieden schraubt sie den Wimperntuschstift zu.

«Mit den Haaren fängt man einen Mann, mit den Händen hält man ihn fest!» Das ist auch so ein Ausspruch der Mutter gewesen. «Du darfst die Pflege deiner Haare und Hände nie vernachlässigen, Liebes!» Paulina seufzt und schickt ein paar wehmütige Gedanken an die Mutter, die viel zu früh gestorben ist.

«Du kommst ganz nach deiner Großmutter. Die hatte auch so wunderschönes Haar.» Das hat die Mutter oft erwähnt. Als Kind hörte Paulina diesen Vergleich gar nicht gern. Sie hat die Großmutter als verhärmte alte Frau mit einem unscheinbaren Dutt in Erinnerung. Auf ihren Handrücken schlängelten sich dicke blaue

Adern. Einen Vergleich mit dieser gebückten, zerbrechlichen Person fand sie eine Zumutung. Aber dann hatte die Mutter ein altes Fotoalbum hervorgekramt, die spinnenbedruckten Schutzblätter umgeblättert und auf etliche Atelieraufnahmen gedeutet, die die Großmutter als Backfisch im Kreis ihrer Geschwister und als junge Frau zeigten. Selbst auf diesen schlichten Sepia-Aufnahmen kommt die strahlenden Schönheit voll zur Geltung. Als junges Mädchen trug die Großmutter die Haare offen wie Paulina, wenn sie ausgeht. Auf späteren Fotos waren die Haare zu einer kleidsamen Hochfrisur aufgesteckt. Bei ihrem ersten ‚richtigen' Date mit Marten hatte sich Paulina ihre Haare ähnlich frisiert. Mit wohligem Schauder erinnert sie sich, wie Marten mit lasziven Gebärden eine Haarnadel und ein Kämmchen nach dem anderen entfernt hatte und dann alle Kleidungsstücke, bis sie nur noch im Schutz ihrer langen Haare vor ihm stand. Marten entpuppte sich als schweigsamer aber erstaunlich fantasievoller und zärtlicher Liebhaber.

Mit geübtem Griff schlingt Paulina ein Gummiband um ihre Haare und verdeckt es mit einer kornblumenblauen Samtschleife, farblich abgestimmt auf ihren Pullover. Sie weist Marten, der sich schon wieder in ihre Gedanken drängt, zurück. Zuerst muss ein neuer Arbeitstag bewältigt werden. Die drei Tage Trennung wegen der Tagung, die Paulina schlecht absagen konnte, hatten den Berg der unerledigten Akten auf ihrem Schreibtisch vergrößert. Heute Abend würde Marten sie vom Büro abholen und dann... Jetzt Schluss mit den frivolen Vorstellungen. Paulina schlüpft in Jeans, Stiefel und Parka und schlingt sich einen Schal um den Hals. Leichtfüßig hüpft sie die Treppen hinunter.

Während sie auf der Fahrt in die Stadt schwungvoll in die Pedale tritt, schleicht sich Marten wieder in ihre Gedanken. Acht Wochen sind es nun her, dass sie sich begegnet sind. Die siebte Woche ist vorüber gegangen, ohne dass es Paulina aufgefallen wäre. Sie hat es erst festgestellt, als sie in ihrem Kalender nachschauen wollte, wann ihre letzte Periode war. Eigentlich wäre sie längst fällig. Paulina verdrängt eine leise mahnende Stimme im Hinterkopf. Jetzt ist sie erfüllt von Vorfreude auf das abendliche Treffen und radelt voller Energie in die Stadt.

Merkwürdig, dass sich heute die erste Begegnung mit Marten dauernd in ihr Bewusstsein drängt. Was hat das wohl zu bedeuten? Eigentlich erinnert sich Paulina höchst ungern an diese Szene.

Es war nach der Rückfahrt von der letzten Begegnung mit Rudolf gewesen. Sie war in miserabler Verfassung, übermüdet, verkatert. Das Schlafdefizit hing wie ein nasser schwerer Sack an ihr. Sie hatte kaum ein paar Stunden geschlafen, hatte Stunde um Stunde mit Rudolf geredet, der einfach nicht akzeptieren wollte, dass sie die Beziehung nach sechseinhalb Jahren beendete. Er beschwor die schönen gemeinsamen Jahre mit beredten Schilderungen herauf, er flehte sie an, bekniete sie und brach in Tränen aus, was Paulina entsetzte und peinlich berührte. Sie tranken zu viel, rauchten zu viel und absolvierten zuguterletzt einen lustlosen müden Abschiedsbeischlaf. Gott, es war fürchterlich! Als der Morgen dämmerte, hatte Paulina ihre Sachen gepackt, sich hastig die Zähne geputzt und eine Katzenwäsche absolviert. Dann hatte sie sich davongeschlichen, ehe sie das Mitleid mit Rudolf überwältigte, der noch schlief und im Schlaf schutzlos und alt aussah. Wie sie den Tag im Büro überstanden hatte, ist ihr heute noch ein Rätsel. Anne hatte sie gegen die neugierigen Blicke und Fragen der Kolleginnen abgeschirmt. «Warum lässt du dich auch immer wieder mit älteren Männern ein. Die suchen doch letztendlich nur jemanden, der ihnen den Haushalt macht und ihnen die Pantoffel bereitstellt, wenn sie abends heimkommen. Die wollen jemanden, der sie im Alter pflegt! Ich glaube, du suchst unbewusst eine Vaterfigur, weil du deinen Vater so früh verloren hast.» – «Verschon mich mit deiner Küchenpsychologie», war ihre müde Entgegnung gewesen.

Am Abend dieses Tages war sie dermaßen müde und ausgelaugt gewesen, dass sie sich für den Heimweg den Luxus eines Taxis leistete, zumal sie eine Reisetasche dabeihatte und das Wetter äußerst unwirtlich war. Geistesabwesend hatte sie dem Fahrer ihre alte Adresse genannt. Erst als das Taxi vor dem Haus ihrer ehemaligen Wohnung hielt, bemerkte sie ihren Fauxpas. Sollte sie den Fehler korrigieren? Was musste dann der Fahrer von ihr denken? Sie warf einen kurzen Blick auf den Taxichauffeur. Er glich dem Liedermacher Hannes Wader in dessen jungen Jahren, das gleiche hagere Gesicht, die dunklen Augen, die markante Nase, die Barttracht. Sie blieb unschlüssig sitzen.

«Nun, junge Frau, wollen Sie hier aussteigen oder Wurzeln schlagen?», fragte er. «Ich habe noch andere Fahrten.» Das klang nicht ungeduldig, sondern eher gelassen und gleichmütig. Aus dem Funklautsprecher drangen abgehackte Satzfetzen, die für Paulina unverständlich waren, die der Fahrer mit ruhiger Stimme beantwortete. Nach einem Blick auf den Taxameter kramte Paulina einen Zehn-Euroschein aus dem Geldbeutel, langte nach ihrer Reisetasche auf dem Rücksitz und marschierte zu der Haustüre, hinter der schon seit Monaten fremde Menschen wohnten. Der Taxifahrer wartete mit laufendem Motor, bis Paulina aufgeschlossen und im Haus verschwunden war. *Fahr los!* flehte Paulina innerlich und tat so, als ob sie den Schlüssel im Schloss drehen würde. *Fahr endlich los!*

Er fuhr nicht los. Er war offensichtlich einer von den korrekten Fahrern, die abwarteten, bis sie ihre Fahrgäste sicher ans Ziel gebracht hatten. Paulina kapitulierte, drehte sich um und schlich mit hängenden Schultern zum Taxi zurück. Dabei rutschte sie auf einem vom Schneematsch verborgenen Eisbuckel aus und fiel unsanft auf ihr Hinterteil. Beim Versuch, sich aufzurichten, rutschte sie erneut aus, die Reisetasche entglitt ihren Händen auf das Taxi zu. Sie kam sich vor wie ein hilfloser, auf dem Rücken liegender Käfer. Der Taxifahrer war ausgestiegen und mit zwei langen Sätzen bei ihr. Er griff nach ihrer Tasche und reichte ihr eine Hand.

«Sind Sie ok, junge Frau? Haben Sie sich verletzt?», fragte er höflich. «Soll ich Sie wieder mitnehmen oder wollen Sie hier in der Kälte stehen bleiben?»

«Können Sie mich wieder in die Stadt zurückbringen?», brachte Paulina kleinlaut heraus. «Kein Problem», war seine Antwort. Er schaltete den Taxameter wieder ein. «Die Uhr läuft. Wohin soll es denn jetzt gehen?» Er wandte ihr sein Hannes-Wader-Gesicht zu. Kurzfristig erwog Paulina, ein Hotel zu nennen. Die Vorstellung jedoch, sich beim Empfang zu melden, nach einem Zimmer zu fragen, sich dann in ein unpersönliches Bett zu verkriechen, war zu anstrengend. Sie nannte dem Fahrer die Adresse ihrer jetzigen Wohnung in der Oststadt. Er fuhr schweigend los. Dort angekommen wartete er wieder, bis Paulina im Haus verschwunden war.

Soweit der peinliche Teil. Was nun folgte, entsprach Paulinas romantischen Vorstellungen eines Kennenlernens schon viel eher. Denn am nächsten Abend stand der Taxifahrer mit einem Strauß roter Rosen vor ihrer Wohnungstür. Obwohl, die roten Rosen empfand Paulina ein bisschen klischeehaft. Das gestand sie ihm aber erst später.

Während Paulina jetzt vergnügt in die Stadt radelt, lässt sie in Gedanken Martens ersten Besuch Revue passieren. Sie war an jenem Abend wie angewurzelt in der geöffneten Wohnungstür stehengeblieben und hatte ihn sprachlos angestarrt. «Willst du mich nicht reinbitten?», hatte er gefragt. «Ich glaube, die hier brauchen auch Wasser.» Er deutete auf die Rosen. Paulina registrierte, dass er sie einfach duzte.

«Ja, doch, natürlich. Kommen Sie rein. Ich wollte eigentlich gerade ins Bett. Mein Schafdefizit...». Sie hatte den Satz nicht beendet und an sich runtergesehen. Sie war bereits im Nachthemd, ausgerechnet dem ältesten und biedersten, das sie besaß. An den Füssen ausgeleierte Wollsocken. Aus der Küche drang Deckelgeklapper und dann ein brenzlicher Geruch nach etwas Verbranntem. «Oh, meine Milch ist übergekocht! Ich wollte mir gerade einen Schlaftrunk machen.» Sie stürzten beide in die Küche. Er war schneller und riss den Topf vom Herd, ließ ihn dann mit einem Fluch fallen, weil er sich die Finger verbrannt hatte. Für einen Moment schwiegen beide, sahen sich dann an und brachen gleichzeitig in Gelächter aus, der Bann war gebrochen.

Es wurde ein langer Abend mit anregenden Gesprächen, in denen beide ihr Revier absteckten und Unmengen Tee tranken. Marten versicherte, dass er sich am Vorabend in Paulina verliebt habe. Ihre Miene, in der sich eine unvergleichliche Mischung aus Stolz, Trotz und Verlorenheit spiegelte, habe es ihm auf der Stelle angetan. Paulina zweifelte diese eher fadenscheinige Begründung nicht an.

Dem Abend folgten viele weitere und jetzt sind sie schon länger als sieben Wochen ein Paar. Es stört Paulina nicht, dass ihr neuer Liebhaber etliche Jahre jünger ist als sie und ihn stört es eben so wenig. Sie stößt sich auch nicht an seinem Beruf. Er lebt vom Taxifahren, das er ursprünglich ausgeübt hatte, um sein Studium zu finanzieren. Inzwischen ist er exmatrikuliert und hat auch nicht die Absicht, etwas daran zu ändern.

«Ach Kindchen, ein Taxifahrer…?», hörte Paulina die imaginäre, besorgte Stimme ihrer Mutter. «Das ist doch kein richtiger Beruf! Kann er denn davon eine Familie ernähren?»

«Ein Taxifahrer?» Die Stimme ihrer Freundin Anne klang wesentlich ungläubiger, als Paulina ihr von ihrer neuesten Eroberung berichtete.

«Du bist ein Snob!», hatte sie geantwortet. «Er kann jederzeit sein Studium wieder aufnehmen und Examen machen.»

«Auf wessen Kosten? Hab deinen Spaß mit ihm, aber investiere nicht all' zu viel Herzblut. Eine ernsthafte Beziehung oder gar Heirat schlag dir aus dem Sinn.»

Marten hat den Habitus und die Lebensgewohnheiten eines Alt-Achtundsechzigers, obwohl er noch keine fünfunddreißig Jahre zählt. Er befindet sich im Dauerkriegszustand mit dem ‚Establishment'. Sein Verhalten oszilliert zwischen Zynismus und Zärtlichkeit und steht diametral zu Paulinas positiver Grundstimmung dem Leben gegenüber. «Du bist eine hoffnungslose, romantische Weltverbesserin», hat er unlängst gesagt. «Du kriegst nicht mal mit, wenn man dir die Flügel stutzt.»

«Er ist ein Hallodri und Taugenichts. Er sieht einfach zu gut aus. Eine ernsthafte Beziehung kannst du vergessen!» Paulina bremst, weil eine Ampel auf Rot umgeschaltet ist. Anne und ihr Pragmatismus! Sie denkt doch gar nicht ans Heiraten, oder? Eine kleine warnende Stimme meldet sich in Paulinas Hinterkopf, während sie wartet, dass die Ampel wieder grün wird. Weder sie noch Marten haben je über ihre künftigen Pläne gesprochen. Marten ist kein Typ zum Heiraten. Da hat Anne zweifellos Recht. Und Kinder?

Die Ampel schaltet auf Grün. Paulina schwingt sich wieder auf den Sattel und biegt nach rechts ab, wo das Institut liegt, in dem sie und Anne arbeiten.

Kinder! Bei diesem Problem ist Paulina hin und her gerissen. Sie denkt mit gemischten Gefühlen an ihre kurze Ehe mit Rudolf zurück, die letztendlich an dieser Frage scheiterte. Für Paulina war es selbstverständlich gewesen, dass sie eines Tages in naher oder eher fernen Zukunft Kinder haben würde, nicht zuletzt, um die vorsichtigen Blicke der Mutter auf ihren Bauch mit einem siegesgewissen «Ich bin schwanger!» entgegnen zu können. «Ich möchte so gern noch erleben, dass ich auch von dir ein Kindchen im Arm wiegen darf.» Das hatte Mama gesagt, als ihr Gesicht schon vom Krebs gezeichnet war und Paulina damit unter Druck gesetzt. Rudolf hatte bereits zwei Kinder aus einer früheren Beziehung. Er hatte Paulinas Kinderwunsch einfach beiseitegeschoben und kategorisch erklärt, dass man in die heutige Welt keine Kinder mehr setze.

Paulina seufzt und radelt weiter. Rudolf gehörte einer längst vergangenen Zeit an. Ihre Gedanken flitzen wieder zu Marten. Er wäre bestimmt ein guter Vater! Sie staunt immer wieder, wie liebevoll er mit ihren Nichten und Neffen umgeht. Er begibt sich jeweils auf Augenhöhe zu ihnen, kniet nieder auf den Boden und lässt sich in ihre fantasievollen Spiele ziehen.

Paulina ist angekommen, schiebt ihr Fahrrad in den dafür vorgesehenen Unterstand und schließt es ab. Während sie im Lift nach oben fährt, wird ihr plötzlich mit alttestamentarischer Wucht zweierlei bewusst: sie **ist** schwanger und Marten wird sich keineswegs über diese Tatsache freuen!

Anne blickt von ihrem Schreibtisch auf, als Paulina das Büro betritt. Ihr Gesicht sieht völlig verheult aus. Sie schnieft, tupft sich die Augen und schnäuzt sich dann geräuschvoll die Nase.

«Was ist los?» fragt Paulina alarmiert.

«Er ist weg», schluchzt Anne.

«Wer ist weg?» Paulina muss die Antwort gar nicht abwarten, denn mit glasklarer Schärfe gesellt sich eine dritte Gewissheit zu den beiden anderen: sie ist schwanger, Marten hat sich aus dem Staub gemacht und er hat sie mit Anne, ihrer besten Freundin, betrogen! Seltsamerweise lastet sie ihm letzteres nicht so sehr an wie Anne. Einen Seitensprung hätte sie toleriert, vielleicht, das Fremdgehen war in den Genen der Männer verankert. Aber dass Anne, ihre Herzensvertraute, sie so schmählich hintergangen hat, schmerzt besonders.

Sie erinnert sich plötzlich, dass Anne von ihrem hohen Ross heruntergestiegen war, als Paulina ihr Marten persönlich vorgestellt hatte. Dass sie sich auf Anhieb verstanden hatten. «Wenn du ihn mal ablegst, ich steh bereit!», hatte sie gescherzt und lachend ihren Daumen in die Luft gestreckt.

«Du Miststück!», sagt Paulina nun aus tiefstem Herzensgrund und lässt ihren Rucksack auf den Boden plumpsen.

«Ich bin übrigens schwanger!» fügt sie mit Grabesstimme hinzu. Der Blick auf die Freundin ist gar nicht Lady-Di-mäßig.

Anne schnieft und äugt vorsichtig über die beladenen Schreibtische zu Paulina.

«Das glaub ich jetzt nicht! Das macht die Katastrophe komplett! Dieser Bastard, dieser Schuft!» Vielleicht könnte ein gemeinsamer Kummer die plötzliche Barriere zwischen den Freundinnen einreißen, aber Paulina stimmt nicht in die Verwünschungen ein. Sie muss die einander widerstreitenden Empfindungen erst mal sortieren. Wie konnte das passieren? Wie konnte es zu dieser Katastrophe kommen? Es hatte sich doch alles so gut angelassen! Die kritische siebte Woche war geschafft. Es hatte sie nie gestört, dass meistens sie zahlte, wenn sie ausgingen. Sie verdiente genug. Es lief alles bestens. Sie war mit Martens negativer Weltsicht klargekommen. Sie betrachtete seinen Zynismus als Attitüde, die er irgendwann ablegen würde. Seine Zärtlichkeiten hatte sie genossen. Aber offensichtlich nicht nur sie.

«Du falsche Schlange! Wie lange geht das schon?» Paulina legt alle Verachtung, deren sie fähig ist, in ihren Blick auf die Freundin. Deren Verrat schmerzt sie so unglaublich. Dazu die physischen Schmerzen, ihr Kreuz fühlt sich an, als wolle es brechen, das Ziehen im Unterbauch…

«Es tut mir so leid, Paulina. Ehrlich, es tut mir unendlich leid. Aber es hat sich einfach so ergeben. Es ist einfach passiert.

Du warst weg auf der Tagung, Marten wollte dich hier abholen. Er hatte vergessen, dass du gar nicht hier bist. Und dann hat er sich angeboten, mich heimzufahren, wenn er schon mal da sei. Und dann...»

«Das will ich gar nicht so genau wissen. Das ist ein solcher Vertrauensbruch deinerseits! Ich werde das Kind trotzdem austragen!»

«Vielleicht bist du ja gar nicht schwanger. Hast du denn schon einen Test gemacht? Warst du beim Arzt?» Annes Stimme klingt immer eifriger.

«Nein, ich fühle es einfach, dass ich schwanger bin. Mein Körper fühlt sich anders an, irgendwie schwanger. Wo ist Marten denn? Was heißt weg? Verschwunden?» Paulina schiebt die Aktenstöße auf ihrem Schreibtisch heftig hin und her.

«Also zuerst musst du dir Klarheit verschaffen. Vielleicht **fühlst** du dich schwanger, weil du es dir so sehr wünschst.» Annes Pragmatismus gewinnt die Oberhand. «Los, geh in die Apotheke und hol dir einen Schwangerschaftstest. Ich halte hier die Stellung.»

«Du mit deiner Küchenpsychologie! Wenn ich nicht schwanger bin, muss er gar nicht erst wieder aufkreuzen! Und wenn doch, dann sieht man weiter.»

Paulina erhebt sich, spürt etwas Feuchtes im Schritt und blickt an sich herunter. Im Zwickel ihrer neuen Jeans breitet sich ein roter Fleck aus.

«Der Test hat sich erübrigt», sagt sie schwach und lässt sich wieder auf ihren Schreibtischstuhl fallen. Sie weiss nicht, ob das nun zum Lachen oder zum Weinen ist. «Ich habe gerade meine Tage gekriegt und meine neuen Jeans ruiniert. Blut geht ja so schwer raus.»

«Ich kauf dir neue. Das ist das mindeste, was ich für dich tun kann.»

Abschiedsbrief an den Sommer

Lieber Sommer,
früher, als ich noch jung war, habe ich Dich geliebt. Deine endlosen warmen Tage und die hellen Abende erlebte ich wie ein Fest. Wenn Deine Sonne als lodernder feuriger Ball am westlichen Horizont verschwand und der wolkenlose Himmel einen neuen Sommertag verkündete, sank ich in einen sorgenlosen Schlaf. Morgens beim Aufwachen fiel mein erster Blick auf das Fenster. Die Sonnenstrahlen stahlen sich durch die Spalten der geschlossenen Fensterläden und warfen ein Lichtgitter an die gegenüberliegende Wand. Du beschertest mir und den Menschen in unseren Breiten einen weiteren ungetrübten Tag.

Leichten Herzens sprang ich aus dem Bett, frühstückte auf dem Balkon, verbrachte die Mittagspausen im Freibad und die Wochenenden in den Bergen. Du umschmeicheltest meine Arme und Beine mit deinen wohltuenden Strahlen und verliehst ihnen eine attraktive Bräune. Ich genoss es, leichte duftige Sommerfähnchen zu tragen. Wie war es so paradiesisch, während einer Bergtour das erhitzte Gesicht mit dem eiskalten Wasser eines Bergbaches zu erfrischen und die müden Füße dort einzutauchen.

Abends fand ich mich mit einem Glas Schorle oder gekühlten Weißweins auf meinem Balkon wieder und ließ den Alltag ausklingen. Ich beobachtete, wie sich der Tag davonschlich, wie sich die Dämmerung ausbreitete und in eine samtene Nacht überging. Am Himmel funkelten die Sterne auf, einer nach dem anderen, und der Mond trat hinter dem mächtigen Birnbaum in Nachbars Garten hervor.

Natürlich bedauerte ich, dass die Rasenränder im Park braun wurden, dass Dibs'[1] ‚arme, weiße Blümchen‘ im Gras verdorrten und dass das Laub der Bäume matt wurde. Aber meist hattest du Erbarmen, machtest eine Pause und schicktest Wolken, die Regen brachten. Dann hörte ich so gern, wie die Tropfen gegen die Fensterscheiben prasselten und ihnen vergängliche Muster verliehen. Ich lauschte dem dumpfen Trommeln auf den Dachziegeln, dem Platschen auf dem Laub des Birnbaums, dem Stakkato auf dem Pflaster vor dem Haus, lauter unterschiedliche Regenmelodien. Und am nächsten Morgen war die Luft wunderbar frisch und rein.

Ach Sommer, meine Liebe zu Dir hat gelitten. Ich bin nun alt geworden und ertrage deine Hitze kaum mehr. Mich dünkt, als habest du dich veränderst. Du kommst mir so extrem vor. Du nimmst mir die Luft zum Atmen, du machst meinen Kopf schwer und die Glieder träge und schwach. Du lässt alle Blumen verdursten, die Bäche und Seen austrocknen, die Ernte auf den Feldern verdorren. Deine Sonnenstrahlen versengen gnadenlos Mensch und Tier. Du erscheinst mir nun so endlos und unbarmherzig.

Vielleicht bin ich ungerecht, lieber Sommer, vielleicht trügt mein Empfinden, vielleicht wird man so, wenn man alt ist.

Wie auch immer, ich bin froh, dass Du Dich für dieses Jahr verabschiedet hast.

Erschöpfte Grüße…

---

[1] Virginia M. Axline «Dibs. In Search of Self»

Sommers Abschied

Pantun

Ach, wo sind die Tage hin,
Tage voll Glanz und voll Licht?
Sommerträume mit den Wolken zieh'n,
dahin, dahin! So trüb nun die Sicht.

Tage voll Glanz und voll Licht,
erloschen, dem Herbst gewichen,
dahin, dahin! So trüb nun die Sicht
und die Farben der Blumen verblichen.

Erloschen, dem Herbst gewichen,
Wehmut schleicht in das Herz.
Alle Farben der Blumen verblichen,
die Tage neigen sich winterwärts.

Wehmut schleicht in das Herz,
Sommerträume mit den Wolken zieh'n,
die Tage neigen sich winterwärts,
ach, wo sind die Tage hin?

Ein Foto zeigt zwei altmodisch gekleidete Männer mit Hüten, die offensichtlich in ein Geschäft verwickelt sind. Beide haben einen Stumpen im Mund, der rechte Mann ist um einen Kopf kleiner, erträgt seinen Mantel über dem Arm und hält ein Bündel Geldscheine in den Händen.

Musikagenten

Innerer Monolog aus der Perspektive der rechten Figur

Es war warm da drin! Ich musste meinen Mantel ausziehen. Jetzt hängt er mir über dem Arm und behindert mich. Wenigstens ist es hier draußen einigermaßen ruhig. In dem Laden konnte man ja vor lauter Durcheinander-Gedudel sein eigenes Wort nicht verstehen.

Ich glaube, er hat angebissen und geht auf meinen Vorschlag ein. Die Geldscheine in meiner Hand wirken Wunder. Das war schon immer so. Du musst nur mit ein paar Lappen wedeln und die Augen deines Gegenübers werden glasig vor Begierde.

Was macht er denn jetzt? Das darf doch nicht wahr sein! Er kramt einen vorgedruckten Wisch hervor und beginnt, davon abzulesen. Ich kann ihn kaum verstehen, weil er seinen Stumpen im Maul behält und mir seinen qualmigen Atem ins Gesicht bläst. Forderungen trägt er vor, unzumutbare Bedingungen. Das ist doch nicht zu fassen! Der Kerl ist mit allen Wassern gewaschen. Ich protestiere, schraube jede Forderung auf das Mindestmaß zurück. Meine Proteste sind wohl ebenso schlecht zu verstehen, weil ich meinerseits meinen Zigarillo auch zwischen den Lippen geklemmt halte. Ihn 'rausnehmen, nein, das kommt nicht in Frage! Ich werfe einen Blick von unten herauf in sein Gesicht, – der Kerl ist schließlich fast einen Kopf grösser als ich. Er macht ein Pokerface, das nichts preisgibt. Und dann fängt er wieder an zu nuscheln, preist seinen Schützling in höchsten Tönen, zieht Vergleiche zu Elvis… Da hat er – dammich noch mal – nicht so ganz Unrecht. Auch mir ist die Ähnlichkeit aufgefallen, der Stil des Vortrags, der Schmelz in der Stimme, der nachgeahmte Hüftschwung...Als ich ihn das erste Mal gehört habe, in dieser Dorfbeiz bei einer Hochzeitsgesellschaft, da ist mir sein Talent sofort aufgefallen, trotz der miserablen Akustik. Deshalb bin ich ja so scharf drauf, den Jungen unter meine Fittiche zu nehmen.

Hol's der Teufel, jetzt spielen die da in dem Plattenladen ausgerechnet einen Elvis-Song in voller Lautstärke! Ich muss den Jungen haben!! Wenn ich mir vorstelle, wie viel Knete ich mit ihm machen könnte, meine Karriere als Musikagent wäre geritzt!

Entschlossen ziehe ich einen weiteren Geldschein. Pokerface gibt keine Antwort, aber er greift nach den Lappen. Ich unterschreibe den Vertrag.

Innerer Monolog aus der Perspektive der linken Figur

Also der Kleine ist ja recht scharf auf meinen Schützling. Da kann ich noch ein bisschen mehr 'rausholen. Aber zäh wie Juchtenleder. Ein Geizkragen, ein elender 'Gniz', wie man bei uns auf dem Land sagt. Vor den Kleinen muss man sich in Acht nehmen. Die wollen fehlende Größe durch hartnäckiges Auftreten und imponierendes Getue ausgleichen. Ein klarer Fall von Little-man-Syndrom oder Napoleon-Komplex. Ich kenn mich da aus!

Ich muss ihm die Vorzüge meines Schützlings deutlicher vor Augen führen, sie wie Honig um sein Maul schmieren. Na, das ist ein etwas schiefes Bild! Ich stelle beinharte Forderungen und gebe kein Jota nach! Der kleine Geizkragen hört sich das an und redet jede Forderung klein. Er hat ein allzu flinkes Mundwerk und rattert los wie eine Nähmaschine, ohne sich am Rauch seines Zigarillos zu verschlucken. Verdammt, wieder so ein schiefes Bild! So wird das nichts!

Wann sind die da drin endlich soweit? Jetzt, endlich ertönt der von mir bestellte Elvis-Song, die Lautstärke auf volle Pulle aufgedreht: «Are you lonesome tonight...?» Der Schmachtfetzen zeigt Wirkung, die Augen des 'Gniz' leuchten auf. Sicher malt er sich aus, wie er mit dem Jungen durch die Lande tourt, ihn ganz und gar auf Elvis trimmt, und wie die Teenies in seinen Konzerten kreischen und reihenweise in Ohnmacht sinken. Und wie die Mäuse nur so 'reinregnen. Seine Augen sehen bereits aus wie Dollarzeichen, wie die vom guten alten Dagobert in den Donald-Duck-Comics!

Tja, das mit dem Elvis-Double funktioniert vielleicht 'ne Weile, aber den ,King' wird der Junge nie erreichen. Der wird schnell ausgepowert sein. Das denke ich mir, halte natürlich die Klappe, lasse lieber Elvis sprechen, okay, singen.

Und der kleine Geizkragen nestelt tatsächlich noch einen Lappen hervor. Ich verziehe keine Miene. „Gebongt", murmle ich und greife nach dem Bündel Geld, während der Kleine unterschreibt. Der Handel ist perfekt!

Nachts schlafen die Seerosen doch!

Der Herbst ist gekommen und mit ihm die Zeit der Leserei-sen kreuz und quer durch die Republik.

Robert, ein alternder Schriftsteller, begibt sich innerlich stöhnend auf die anstrengende Autorenlesungs-Tour. Er hasst in-zwischen die Übernachtungen in Mittelklassehotels, die sich nicht entscheiden können, ob sie nun elegant sind oder einfach schäbig. Robert ist auf die zusätzlichen Lesungshonorare angewiesen, wenn er den gewohnten Lebensstandard beibehalten will. Seine Bücher, von der Kritik und vom Verlag als ,elegant formulierte Prosamini-aturen über Täuschungen und Enttäuschungen, Illusion und Desil-lusion' apostrophiert, verkaufen sich nicht schlecht, sichern aber kaum den notwendigen Lebensunterhalt. Ohne diese Honorare (und die Einnahmen seiner Frau Christina, die als Kinderbuchil-lustratorin tätig ist), könnten sie sich ihren aufwendigen Lebensstil nicht leisten.

Der Glanz seines Debutromans leuchtet immer noch strah-lend am Literaturhimmel, wovon alle seine Nachfolgebücher pro-fitieren. Den fulminanten Erfolg seines Erstlings erreichen sie zwar nicht, aber er wird zu Lesungen eingeladen. Im Grunde vari-ieren seine Bücher stets das gleiche skandalträchtige Lolita-Thema: Älterer Mann verliebt sich unsterblich in ein junges Mäd-chen. Es sind verspielte, raffiniert verpackte Geschichten in ge-schliffener Prosa, alle ein wenig erotisch aufgeladen, aber nie de-goutant oder entlarvend. ,Altherren-Befindlichkeits-Prosa', so drückte sich Christina unlängst aus, was ihn zunächst kränkte. Sie ist seine strengste und aufrichtigste Kritikerin. «Pass auf, dass du dich nicht in die Nesseln setzt!», warnt sie ihn vor jeder Veröffent-lichung. Die seit Monaten herrschende #MeToo-Debatte sei voller Fallstricke, in denen seine Geschichten leicht hängenbleiben könn-ten. Letztendlich vertraut er Christinas Urteil. Natürlich kämpft er um jedes offenherzige Detail in seinen Manuskripten, ehe er sie beim Verlag einreicht. Wenn Christina befindet, dass ein Ausdruck oder eine Formulierung zu schlüpfrig sei, sucht und findet er einen gemäßigteren. Er drechselt so lange an seinen Texten herum, bis alle zufrieden sind: er selbst, Christina, die Verlagslektorin und natürlich seine Leserschaft.

Robert betet seine Frau an, er bewundert Christina rückhaltlos. Er würde sie nie verlassen. Das hindert ihn aber nicht daran, hin und wieder auf fremden Auen zu grasen. «Du und dein Euphemismus», sagt Christina dann kopfschüttelnd. «Du grast nicht, du wilderst!»

Für die bevorstehende Lese-Tour hat Robert auch eine Einladung von der Bibliothek einer mittelgroßen Stadt in Süddeutschland bekommen. Robert erinnert sich, dass er in dieser Stadt vor Jahren eine kurzlebige Affäre hatte. Er nimmt die Einladung zur Lesung an und beschließt, die junge Frau von damals wieder aufzusuchen, ungeachtet der Jahre, die inzwischen vergangen sind, und der Tatsache, dass **er** damals die Beziehung abgebrochen hat.

An einem trüben Oktobertag fährt Robert also mit der Bahn früh genug von zu Hause los, deponiert sein Gepäck in dem Hotel, das die Bibliothek für ihn gebucht hat, und macht sich dann auf die Suche.

Nach etlichen Irrwegen findet er auch tatsächlich die Straße mit dem Garten und dem Haus wieder, in dem die Geliebte lebte. Aber das Haus in dem verwilderten Garten macht einen unbewohnten Eindruck. Die braunen Fensterläden sind geschlossen und von Efeu überwuchert. Fassungslos steht Robert vor dem schmiedeeisernen, mit Lanzen bewehrten Zaun, der das Grundstück umgibt. Das Gartentor mit dem völlig verrosteten Türschloss verstärkt den abweisenden Eindruck. Dennoch drückt er vorsichtig auf die Klinke, das Tor lässt sich überraschenderweise öffnen, protestiert dabei quietschend und knarrend in den Angeln. Zögernd betritt Robert das Grundstück und geht langsam die von Hortensienbeeten gesäumte Auffahrt zum Haus hinauf. Die welken Hortensienblüten hängen braun und unansehnlich im dürren Laub. Im flach niederliegenden Gras des lange nicht mehr gemähten Rasens rechts und links des Weges leuchten die blassen lila Flämmchen der ersten Herbstzeitlosen. Vom Fallobst unter den Apfelbäumen steigt der faulige Geruch nach vergärenden Früchten auf. Die Steinskulptur eines schreitenden Mädchens, die er einst so bewundert hat, ist umgestürzt, der Sockel von Moos und Laub bedeckt. Und über allem liegt der bleierne Oktoberhimmel mit seiner tiefhängenden Wolkendecke und verleiht der Szenerie eine melancholische, ja morbide Abschiedsstimmung.

Robert schleicht um das Haus, rüttelt vergeblich an der Haustüre und späht angestrengt durch deren Riffelglasscheiben ins Innere. Natürlich kann er nichts erkennen. Mehrmals drückt er auf den Klingelknopf. Er hört, wie der Klingelton im offensichtlich leeren Haus seltsam laut schrillt. Ernüchtert setzt er sich auf eine Bank in der Veranda neben dem Haupteingang, von der die blaue Farbe absplittert. Er lehnt sich zurück und lässt die damalige Affäre Revue passieren.

Wie lange liegt sie zurück? Wann hatte er Sofia kennengelernt?

Es war bei einer Frühjahrs-Autorenlesung gewesen. So wie heute war er einer Einladung der Bibliothek gefolgt. Routiniert hatte er sein Programm abgespult, die fast immer gleichen Fragen der überwiegend weiblichen Zuhörerschaft beantwortet und geduldig einen Stapel Bücher signiert. Eine Besucherin der damaligen Lesung fiel aus dem Rahmen der Grauschöpfe, allein schon wegen ihres Alters. Sie war jung und sah ausgesprochen gut aus. Lange dunkle Haare umrahmten ihr blasses Gesicht dekorativ. Sie stellte weder Fragen in der anschließenden Diskussion, noch ließ sie sich ein Buch signieren, sondern starrte ihn aus ihren großen Augen unverwandt an, was ihn eher irritierte als schmeichelte. Zu seiner

Überraschung schloss sie sich dem kleinen Grüppchen an, das nach der Lesung ein Weinlokal in der Nähe seines Hotels aufsuchte. Die Bibliotheksleiterin hatte dazu eingeladen. Es stellte sich heraus, dass die junge Frau zur Bibliothek gehörte, sie absolvierte dort ein Praktikum.

Es wurde ein langer, weinseliger Abend mit einem etwas überstürzten Aufbruch der Bibliotheksleiterin, die sich plötzlich daran erinnerte, dass sie in der Gemeinderatssitzung am nächsten Morgen für eine Erhöhung des Buchetats kämpfen müsste. Robert, ganz Kavalier, bot sich an, die Praktikantin nach Hause zu begleiten, da um diese Zeit keine Busse mehr verkehrten.

Und dann? Es war eine kalte Märznacht mit Minusgraden. Sofia – den Namen kannte er da noch nicht – hatte sich wie selbstverständlich bei ihm eingehakt und führte ihn durch die nachtschlafenden Straßen zum Außenquartier, wo sie wohnte. Unterwegs begann sie zu reden. Hatte sie sich den ganzen Abend über recht stumm und einsilbig verhalten, plauderte sie nun munter drauf los. Das warme Timbre ihrer Stimme verzauberte ihn. Seine Prosa schätze sie nicht so besonders, erklärte Sofia freimütig, weil sie zu artifiziell sei. Sie liebe aber seine Gedichte. Diese Äußerung besänftigte Roberts gekränkte Eitelkeit. Er war angenehm überrascht, dass sie seinen Lyrikband kannte, der in einem ganz anderen Verlag erschienen war als seine Erzählungen, wo er das für Lyrik übliche Schattendasein fristete.

«Nachts schlafen die Seerosen doch!» Sofia wiederholte den Titel seines Gedichtbandes mehrmals wie ein Gebet. Natürlich war Sofia die Analogie im Titel zu einer Erzählung von Wolfgang Borchert aufgefallen. Die Praktikantin entpuppte sich als eine gescheite und belesene Person. Sie waren inzwischen vor einem mannshohen schmiedeeisernen Gartenzaun angelangt und standen nun vor der abgeschlossenen Pforte. Ein einfaches Giebelhaus lag träumend im Mondlicht, der Garten schlief. Zwischen ihnen entspann sich eine angeregte Diskussion über Buchtitel und ihre Bedeutung, und das in der Kälte vor der verschlossenen Gartenpforte!

Roberts Stimmung hatte abgehoben in eine höhere Sphäre. «Für Ihre Aussagen über meine Gedichte könnte ich Sie küssen!», sagte er enthusiastisch. «Tun Sie es doch!», war ihre schlagfertige Antwort. Also hatte er seine Hände auf ihre Schultern gelegt, sich vorgebeugt und einen Kuss auf ihre kalten Lippen gehaucht, den Sofia erwiderte. Ihr Mund schmeckte nach Wein, ihre Haare rochen nach Zigarettenrauch, – damals gab es noch kein Rauchverbot in den Lokalen, und es war viel geraucht worden an jenem Abend. Der Anblick des Aschenbechers voller Zigarettenkippen hatte ihn als Nichtraucher abgestoßen. Sofia zitterte ein wenig. Es war wohl nicht nur die Kälte, die sie zittern und erbeben ließ.

«Wollen Sie Ihren, also meinen Gedichtband signieren? Ich habe ihn oben in meinem Zimmer.» Diese unverblümte Einladung verblüffte ihn. Natürlich lehnte er nicht ab. Sofia kramte in ihrer Handtasche nach einem Schlüssel, schloss die Gartentür auf und führte ihn durch den schlafenden Garten in das dunkle Haus. Bevor sie eintraten, legte sie warnend den Zeigefinger an die Lippen. Ihr Vater sei bettlägerig und habe einen leichten Schlaf. Sie führte ihn durch eine Diele, dann knarrende Treppenstufen hinauf in ein Eckzimmer mit Erkerfenstern im ersten Stock.

Und dann? Wer verführte da wen? Robert lächelt ein bisschen wehmütig bei der Erinnerung an die folgende Szene. Es geschah, was geschehen muss, wenn sich zwei erwachsene Menschen attraktiv finden und Alkohol die Hemmschwellen heruntergesetzt hat. Sie fielen wie hungrige Teenager übereinander her, entkleideten sich gegenseitig hastig und ungeschickt wie in einer filmreifen Szene in jedem zweiten TV-Film, wohlgemerkt jedem mittelmäßigen Film. *Wir lassen kein Klischee aus,* dieser Gedanke geisterte durch Roberts Hinterkopf, während er mit Sofia in den

Armen aufs Bett sank. Sofia hatte das Licht angelassen. Daran erinnert er sich deutlich. Die meisten Frauen haben lieber Sex im Dunkeln. Sein Erfahrungsschatz in dieser Hinsicht ist allerdings nicht so groß, was er sich natürlich nicht eingesteht, weder sich noch seiner großherzigen Gefährtin Christina, der er seine Seitensprünge stets beichtet und die ihm jedes Mal verzeiht, indem sie seine Amouren zu Bagatellen degradiert.

«Du kannst hier schlafen», hatte die Praktikantin nach ihrer lustvollen Vereinigung geflüstert. «Du musst nicht mehr zurück ins Hotel, aber sei bitte leise!»

Und dann? Er hatte seinen Lyrikband 'Nachts schlafen die Seerosen doch' signiert, den Sofia ihm unter die Nase gehalten hatte. «Wie heißt du eigentlich?», hatte er gefragt, erschöpft vom Sex, von der Anspannung der Lesung und von zu viel Wein. Er hatte seinen Füller aus seinem Jackett gefischt und sich dabei wegen seiner Nacktheit ein bisschen geschämt. *Gott, noch mehr Slapstick heute Nacht ertrage ich nicht,* hatte er gedacht und war schnell wieder unter die Bettdecke gekrochen. 'Für Sofia, von Herzen, Robert' schrieb er dann in schwungvollen Buchstaben quer über das Titelblatt und malte an den Schluss seines Namens ein stilisiertes Blümchen.

«Hast du keinen Mann, keinen Freund?», hatte er beiläufig gefragt und seinen Füller wieder zugeschraubt. «Weißt du, ich wildere nicht gern in fremden Revieren.» Sofia hatte sacht über die Widmung geblasen, um die Tinte zu trocknen. Dann hatte sie sich an ihn gekuschelt. Die Frage nach einem Gefährten blieb unbeantwortet. Ob ihr bewusst geworden war, wie anmaßend und arrogant seine letzte Bemerkung war? Schließlich war es kein Geheimnis, dass er verheiratet war und fast erwachsene Kinder hatte.

Es wurde eine kurze und nicht sehr erholsame Nacht. Robert war es nicht gewohnt, die Nacht mit jemandem im gleichen Raum zu verbringen, geschweige denn im gleichen Bett. Christina und er hatten von Anfang an getrennte Schlafzimmer. Ziemlich gerädert erwachte er am nächsten Morgen. Der Platz neben ihm war leer. Nein, auf dem anderen Kopfkissen lag ein Zettel, beschwert mit einem großen Schlüssel.

'Sei leise, wenn du gehst. Das Zimmer meines Vaters liegt nach hinten raus, er kann dich nicht sehen. Die Pflegerin kommt später. Der Schlüssel ist für die Gartenpforte. Schließ' bitte ab und wirf ihn in den Briefkasten'. Die gemeinsam verbrachte Nacht erwähnte sie mit keinem Wort, was ihn ein bisschen kränkte. Mit widerstreitenden Empfindungen hatte er sich angekleidet und sich davongestohlen. Es war ein klarer Märzmorgen. Die helle Sonne blendete ihn. Unter der riesigen Eiche am Ende des Gartens breitete sich ein lila schimmernder Krokusteppich aus. Inmitten des lila Bumenmeeres stand die anmutige Steinskulptur eines schreitenden Mädchens. Die Hortensienrabatten rechts und links des Weges waren noch mit Tannenreisern abgedeckt. Im kahlen Gezweig der Eiche übte eine Amsel ein frühes Flötensolo.

Im Hotel hatte Robert ausgiebig geduscht und ein spätes Frühstück eingenommen. Danach hatte er Christina angerufen.

Und dann? Robert seufzt und schlingt die Arme frierend um seinen Leib. Erinnerungen sind nicht linear. Sie machen Kehrtwendungen und schlagen Salto. Sie verschwinden, kommen zurück und verschwinden wieder...

Die Erinnerung an jene Nacht hatte ihn häufig heimgesucht, wobei das vielleicht nicht der richtige Ausdruck ist. Oder vielleicht doch. Sofia und er hatten sich viele Briefe geschrieben, das war kein Problem. Er verbrachte ja einen großen Teil des Tages am Schreibtisch. Etwas schwieriger gestalteten sich die langen Telefonate. Damals hatte er noch kein Handy, sondern nur einen Festnetzanschluss mit zwei Apparaten. Mehrmals trafen sie sich zu einem leidenschaftlichen Schäferstündchen in einem Hotel im Nachbarort. Er hatte sich rettungslos in Sofia verliebt. Ihre Jugend betörte ihn und ihre Hingabe. Er liebte ihre schlanke Gestalt, ihre langen blassen Glieder, ihre winzige Zahnlücke in den Schneidezähnen. Dieser kleine Makel machte ihr Gesicht erst wahrhaft schön. Er betonte seine Ebenmäßigkeit.

Dann war der Sommer gekommen, den er wie jedes Jahr mit Christina an der Ostsee verbrachte. Ihre Kontakte wurden seltener, schliefen ein, brachen ab. **Er** hatte sie abgebrochen. Er hatte das fordernde Drängen Sofias nach Sicherheit und die strapaziöse Heimlichtuerei nicht mehr ertragen. Als der Herbst kam, begann eine neue Lesereise mit neuen Begegnungen. Er meldete sich nicht mehr, verleugnete sich am Telefon und ließ ihre Briefe unbeantwortet.

Die Begegnung mit Sofia hatte ihren sublimierten Niederschlag in seinem nächsten Buch gefunden, so wie alle seine Amouren, natürlich verfremdet. Er stellte seine Eroberungen nie bloß. 'Jenseits des Gartentors – Verloren im Paradies', so lautete der Titel. Robert liebt nach wie vor Titel mit widersprüchlichen, rätselhaften Aussagen. Das Echo auf diesen Erzählungsband war wie immer gewesen, nicht überschwänglich, aber auch kein Verriss. Insgeheim hatte er auf eine Reaktion von Sofia gehofft, vergeblich.

Ob sie wohl zur heutigen Lesung kommt? Robert erhebt sich fröstelnd von der blauen Bank. Völlig durchgefroren und ernüchtert tritt er den Rückweg durch den Garten an. Eine welke Hortensienblüte verfängt sich im Aufschlag seiner Hose. Als er das Gartentor zuschlägt, fliegt ein Krähenschwarm mit misstönendem Geschrei aus der Eiche auf und schwirrt von dannen.

Am Abend während der gut besuchten Lesung sucht Robert die Reihen nach Sofia ab. Vergeblich.

Am Seerosenweiher

An einem stillen Weiher,
umsäumt mit grünem Kranz,
spiegelt der Himmel Wolkenschleier,
ein Kuckuck ruft aus der Distanz.
Am Ufer stehen Reiher,
beäugen der Blaulibellen Tanz.
Wind spielt mit den Wellen,
leiht den munteren Forellen,
silbrig hellen Glanz.

Teppiche mit Seerosen
schmücken und liebkosen
das liebliche Rund.
Die Blüten rosig überhaucht,
wie in Morgenrot getaucht,
schweben über dem Grund.

Runde Blätter begleiten
Seite an Seiten
die ätherischen Schönen.
Rotkehlchens Lieder
perlen hernieder,
krönen mit zaghaften Tönen
das friedliche Bild.

Wenn die Nacht gekommen,
und das Leuchten fortgenommen,
sinken die Seerosen in Traum.
Sie schließen ihre Kelche,
die zart Rosa, welche
nun schlafen mit rosigem Saum.

Auch die Vöglein in den Bäumen
schweigen nun und träumen,
weil Traumgotts Atem sie traf.
Sachte Winde spielen Leier,
der Mond lächelt im Weiher
bewacht der Seerosen Schlaf.

Beobachtungen im Bus nach Baden

An der Bushaltestelle beim Eulenkreisel in Widen steigt sie in den Bus nach Baden, eine schlanke Frau Mitte Siebzig, mit Brille und grauen Locken.

Es ist ein windiger, regnerischer Tag im Frühherbst. Die Frau trägt ein schwarzes Jackett, schwarze Jeans und eine bunte Bluse. Den zusammengeklappten, farbenfrohen Regenschirm legt sie auf den freien Sitz neben sich, wo er wie ein gestrandeter exotischer Falter ruht. Aus ihrer gewichtig aussehenden Ledermappe holt sie den SPIEGEL hervor, setzt die Brille ab, die sie zum Lesen nicht braucht, und vertieft sich in die Lektüre. Sehr bald klappt sie die Zeitschrift allerdings wieder zusammen, der Bus schwankt zu sehr, sie befürchtet, dass ihr Magen revoltieren könnte. Sie versorgt die Zeitschrift in ihrer Tasche und setzt die Brille wieder auf. Erst jetzt nimmt sie die Umgebung im Bus und die Mitpassagiere wahr.

Im Viererabteil vor ihr sitzen vier Mädchen im Kicheralter, alle im gleichen uniformen Outfit: hautenge Jeans, Sweatshirts mit Kapuzen und lange glatte Haare, die ihnen ständig übers Gesicht fallen, wenn sie sich über ihre Smartphones beugen und sich gickelnd die Ergebnisse auf den Displays zeigen.

Auf der anderen Gangseite sitzt ein Paar im mittleren Alter, eher ärmlich und gewöhnlich gekleidet, das sich mit verdrossenen Mienen anschweigt. Gegenüber ein schwer schnaufender, Zeitungslesender Mann mit Krücken, die bei jeder Kurve des Busses in den Gang rutschen.

Im Abteil rechts vorn sitzt ein Vater mit seiner kleinen Tochter. Das etwa fünfjährige Mädchen hat sich eng an den Vater geschmiegt. Es nuckelt wohl am Daumen, das kann die Beobach-

terin nicht so genau erkennen. In der anderen Hand hält es ein ab-
geliebtes, hässliches Plastikpüppchen. Das Mädchen räkelt sich
unruhig auf dem Sitz hin und her, verändert dauernd seine Haltung.
Der Vater beugt sich immer wieder über das Kind, streicht ihm
über die Haare, legt die Hand auf seine Schulter und redet beruhigend auf es ein. Was er sagt, ist nicht zu verstehen. Die Kleidung
des Mädchens ist in verschiedenen Rosatönen gehalten, sogar die
Turnschuhe leuchten in einem pinken floralen Design. Nur die
schwarzen Leggins setzen einen harten Kontrapunkt zu dem rosa
Kleidermix. Es stimmt also, konstatiert die alte Frau amüsiert,
kleine Mädchen lieben Bonbonrosa! Der Vater trägt ein kariertes
Hemd, dessen Ärmel er trotz der kühlen Witterung aufgekrempelt
hat, so dass man seine gebräunten und tätowierten Unterarme sehen kann. Sein blondes Haar ist akkurat kurz geschnitten.

Die Beobachterin wendet ihren Blick nun durch das Fenster auf die vorbeiruckelnde Landschaft, die schon allererste
Herbsttönungen zeigt. Es regnet immer heftiger. Der Regen malt
schräge, sich schnell auflösende Perlenketten an die Scheiben. Das
schränkt die Sicht nach draußen ein.

Wie magisch angezogen suchen die Augen der alten Pas-
santin wieder Vater und Tochter auf dem Sitz schräg vorn auf. Die
Szenerie ist unverändert. Das Kind hampelt herum, quengelt vielleicht und der Vater versucht, es zu beschwichtigen.

Warum beschleicht sie beim Anblick dieser Szene ein Gefühl der Unbehaglichkeit? Warum kann sie sich nicht vorbehaltlos
und unvoreingenommen darüber freuen, wie zärtlich und fürsorg-
lich sich der Vater seiner kleinen Tochter gegenüber verhält? Hat
sie zu viele Missbrauchsgeschichten im Kopf? Oder verspürt sie
so etwas wie Neid, weil der eigene Vater seine Liebe zu ihr und
den Geschwistern weder mit Worten noch nonverbal zeigen
konnte?

Zwei Haltestellen vor der Endstation steigen Vater und Tochter aus. Die Beobachterin sieht zum ersten Mal das Gesicht des Mädchens richtig von vorn. Es hat seine Haare mit einem rosa Spängelchen zur Seite gesteckt. Das Gesicht ist blass, ansonsten macht das Mädchen keinen kränklichen oder zurückgebliebenen Eindruck.

Während die beiden im Menschengewühl an der Haltestelle verschwinden, schiebt die alte Frau die unerfreulichen Mutmaßungen über Vater und Tochter beiseite und richtet ihre Gedanken auf den vor ihr liegenden Schreibwerkstatt-Kurs von 'Pro Senectute'. Wird sie einen Draht zu der neuen Dozentin finden? Werden die noch unbekannten Teilnehmer sympathisch sein?

Tanz auf schmalem Grat

Wann machten mich Maries extreme Stimmungsschwankungen zum ersten Mal hellhörig? Wann stolperte ich über ihre offensichtlichen Lügen und Ungereimtheiten?

Ich sitze hier in diesem kahlen Krankenhausflur auf einem der Kunststoffstühle, die wie Soldaten an der Wand aufgereiht sind, unter dem unbarmherzigen Licht der Neonröhren, und warte auf die erlösende oder niederschmetternde Nachricht des diensthabenden Arztes. Während die Zeit so quälend langsam verstreicht, martern mich unaufhörlich Fragen und Selbstvorwürfe. Hätte ich intervenieren können, verhindern und aufhalten, was geschah? Marie hatte von Anfang an versteckte und auch offene Botschaften ausgesandt, die ich übersah oder falsch interpretierte.

Die Neonröhren an der Decke summen, Klinikpersonal eilt mit schnellen Schritten durch den Gang. Eine mitleidige Schwester hat mir einen Becher mit scheußlich schmeckendem Kaffee in die Hand gedrückt und ein paar aufmunternde Worte dazu gemurmelt. Ehe ich mich bedanken kann, ist sie auch schon wieder verschwunden. Ich schließe die Augen, um nicht weiter auf die Uhr an der gegenüberliegenden Wand zu starren, deren Zeiger sich überhaupt nicht vorwärtsbewegen. Ich lasse die Zeit mit Marie Revue passieren.

Wie ein Wirbelwind war sie in mein Leben getreten und hatte es gehörig durcheinandergebracht. Dass Marie es mit der Wahrheit nicht so genau nahm, merkte ich schnell. Es amüsierte mich eher, als dass ich dem Gewicht beimaß. Ich sehe sie deutlich vor mir, wie sie nach einer Diskussion mit flammenden Worten und verächtlicher Miene verkündete:

«Die Wahrheit! Die Wahrheit! Was ist das schon? Jeder hat seine eigene Wahrheit. Ich garniere sie ein bisschen. Ich meine, ich ziehe ihr ein gefälligeres Kleid an. Es ist noch immer dieselbe Person!» Das trug sie mit Pathos vor. Meinen Einwand, dass die Wahrheit doch keine Person sei, parierte sie mit der unlogischen Behauptung:

«Und du bist ein rechthaberischer Pedant!»

Marie personifizierte oft Blumen, Tiere, Gegenstände und sogar abstrakte Begriffe. Diese Angewohnheit fand ich anfangs ungemein reizvoll.

Ich glaube, es war beim Spaghetti-Essen, als ich zum ersten Mal ihre Aussagen grundsätzlich in Zweifel zog. Wer war sie wirklich? Ich hatte ihr versprochen, am Abend ihres Spätdienstes für sie, für uns zu kochen. Ich bin ein ganz passabler Koch geworden. Nach Bettys frühem Krebstod begnügte ich mich anfangs lust- und appetitlos mit Fertiggerichten. Später ging ich auswärts essen. Als ich das Wirtshausessen leid wurde, kramte ich Bettys Kochbücher hervor und versuchte mich an einigen Rezepten, die mir gar nicht schlecht gelangen.

In weiser Voraussicht hatte ich alle nötigen Zutaten für ,Spaghetti Bolognese' mitgebracht. In Maries chaotischem Haushalt findet man kaum etwas an dem Ort, wo es hingehört. Sie bewahrt z.B. Pfeffer im Kühlschrank auf, 'damit er nicht klumpt'.

Während ich Zwiebel, Möhren und Tomaten kleinhackte und in der Pfanne andämpfte – und die Gedanken an Betty verscheuchte –, hörte ich ein Handyklingeln. Nicht meines, sondern das von Marie, das sie wieder einmal zu Hause vergessen hatte. Unschlüssig und zögernd nahm ich es in die Hand, ich wollte nicht in Maries Privatsphäre dringen, aber das Klingeln verstummte kurz und begann von neuem. Das Display zeigte eine mir unbekannte Nummer, zögernd nahm ich das Gespräch an. Noch ehe ich mich mit Namen melden konnte, hörte ich jemanden sprechen: «Marie, hier ist Mama. Wie geht's dir, meine Kleine? Melde dich doch mal wieder!» Eine besorgte Frauenstimme war am anderen

Ende der Leitung. Ich räusperte mich und setzte zu einer Erklärung an, dass ich Maries Freund sei und sie nicht da sei. Nach einer kurzen Pause: «Oh, Entschuldigung. Bitte grüßen Sie meine Tochter!» Dann hatte die Anruferin aufgelegt.

Irritiert starrte ich auf das leere Display. Das Salzwasser für die Spaghetti brodelte und die Soße köchelte leicht vor sich hin und warf Blasen, und ich grübelte dem Anruf nach. Maries Mutter? Marie hatte mir doch erzählt, dass beide Eltern bei einem Flugzeugabsturz ums Leben gekommen waren und dass sie in einem Waisenhaus aufgewachsen sei. Oder war es ein Autounfall? Ich erinnerte mich deutlich an ihre dramatischen Berichte über das von strengen Regeln bestimmte Leben in einem christlichen Waisenhaus. Wie zum Beispiel alle Kinder in dem großen, im Winter ungeheizten Schlafsaal abends für das Nachtgebet auf dem Boden vor ihren Betten knien mussten. Und wie die Ordensschwestern so lieblos und hart gewesen seien.

Nachdenklich goss ich die Spaghetti in ein Sieb, deckte den Tisch und zündete Kerzen an. Und schon hörte ich die Schlüssel in der Wohnungstür. Marie war ausnahmsweise mal pünktlich. Sie stürmte herein, warf ihre Tasche achtlos auf den Boden und fiel mir um den Hals.

«Oh, das duftet aber lecker!» Ich zog mir das Geschirrtuch, das ich als Schürze benutzt hatte, aus dem Hosenbund und setzte mich zu Marie an den Tisch. Sie schlang das Essen wie immer herunter, plapperte dabei unentwegt und gestikulierte mit dem Besteck in der Luft herum. Ich freute mich natürlich, dass es ihr so offensichtlich schmeckte. In eine Gesprächspause warf ich beiläufig ein: «Schöne Grüße von deiner Mutter» und sah meine Gefährtin dabei aufmerksam an. Marie verzog keine Miene, wischte sich mit der Serviette den Tomatensossebart von den Lippen und leerte dann ihr Weinglas. Ihr Gesicht spiegelte nichts Arglosigkeit.

«Danke.» Das klang beiläufig.

«Ich denke, deine Mutter lebt nicht mehr.»

«Tut sie auch nicht mehr. Das war meine Stiefmutter.»

«Aber hast du mir nicht gesagt, dass du in einem Waisenhaus aufgewachsen bist?»

Marie explodierte.

«Herr Gott, Anselm, mach doch nicht so ein Drama daraus! Natürlich war ich in einem Waisenhaus! Das wird Schwester Roswitha gewesen sein. Die war immer lieb zu mir. Ich betrachtete sie als meine Ersatzmama. Warum musst du uns mit deiner Pedanterie den schönen Abend verderben?»

Sie war von Esstisch aufgesprungen, hatte sich ihr Weinglas geschnappt und sich schmollend in ihre Couchecke verzogen. In rascher Folge kippte sie mehrere Gläser Wein herunter. Ich war wie vor den Kopf gestoßen. Waisenkind, Stiefmutter, Ersatzmama... was stimmte denn nun? Ich wischte meine Zweifel beiseite. Es bedurfte vieler gütlicher Zureden meinerseits, ehe Marie sich beruhigte.

Die Versöhnung an diesem Abend fand im Bett statt. Konnte ich da wiederstehen? «Pack schlägt sich, Pack verträgt sich», murmelte Marie, kuschelte sich an mich und schlief ein. Mich aber floh der Schlaf. Während Marie friedlich neben mir atmete, ja leise schnarchte, nagten Zweifel an mir. Ich konnte ihr widersprüchliches Verhalten nicht einordnen.

Wie hatten wir uns überhaupt kennengelernt? Wenn ich es recht bedenke, war die Initiative von Marie ausgegangen. Sie hatte sich beim Postschalter vorgedrängt. «Ich bin dran!» hatte sie mit funkelnden Augen erklärt und war vor mir zum Schalter marschiert. Ich bin ein friedliebender Mensch und wohl auch ein wenig konfliktscheu. Deshalb wagte ich nicht zu protestieren. Marie hatte dann die Quittung ihres Einzahlungsscheins am Schalter liegen gelassen. Ich war ihr hinterhergelaufen. Auf mein «Hallo!

Hallo! Sie haben etwas vergessen!» hatte sie sich umgedreht. Ich wedelte mit dem Beleg in der Luft. Sie strahlte mich mit leuchtenden Augen an und umarmte mich. «Danke! Danke! Du bist ein Schatz. Ich bin Marie. Und wie heißt du?» Ihr Stimmungsumschwung überrumpelte mich.

«Anselm Andermatt», antwortete ich mit einer eher linkischen Verbeugung.

«Anselm, was für ein altmodischer Name! Was haben sich deine Eltern nur dabei gedacht! Ich werde dich Angelo nennen.» Sie stopfte sich den Einzahlungsbeleg achtlos in die Tasche ihrer Jeans und hängte sich bei mir ein. «Komm, lass uns was trinken gehen. Das muss man feiern.»

Ich lud sie zu einem Kaffee respektive einem Cappuccino ein. Sie plauderte munter drauf los und ließ mich kaum zu Wort kommen. Eigentlich war sie so gar nicht mein Typ. Sie war klein und zierlich und trug ihre dunklen Haare raspelkurz, was ihr androgynes Aussehen verstärkte. Ihr eher herbes Gesicht gewann durch ein lebhaftes Mienenspiel. Ich verbot mir einen Vergleich mit Betty, die mit ihren langen Engellocken und ihren weichen rundlichen Formen für mich das Idealbild weiblicher Schönheit gewesen war. Diese junge Frau hatte etwas Unstetes und Koboldhaftes an sich. Ihre Augen wanderten flink im Café herum, zwischendurch taxierend über meine Erscheinung. «Gib mir deine Handynummer», forderte sie, als sie den Cappuccinobecher geleert hatte, tippte die Nummer in ihr Smartphone und verschwand.

Mein recht eintöniger und leer gewordener Alltag nahm weiter seinen Lauf. Ich hatte die Begegnung am Postschalter vergessen, als wenige Tage später mein Smartphone klingelte.

«Hi, Angelo, es ist so ein fantastischer Frühlingstag. Lass uns spazieren gehen!» Es brauchte ein paar Sekunden, bis ich die helle Stimme untergebracht hatte und mich angesprochen fühlte.

Es war die junge Frau, die sich am Postschalter so dreist vorgedrängt hatte. Meine Einwände, dass ich einen Job habe und arbeiten müsste, bügelte sie sofort nieder: «Du kannst doch auch mal krankfeiern.» Und ich, der pflichtgetreue und gewissenhafte Anselm Andermatt, ließ mich überreden. Ich sollte es nicht bereuen.

Es war in der Tat ein wunderschöner milder Frühlingstag. Die Sonne schien, am Himmel segelten ein paar duftige Schönwetterwölkchen und am Waldrand leuchteten die weißen Sterne der Buschwindröschen. Ich muss ehrlich sagen, dass mein schlechtes Gewissen schnell im Hintergrund verschwand. Wann war ich zuletzt durch einen Frühlingswald gewandert, der erfüllt war vom Jubelgesang der Vögel? Seit Betty Tod wohl nicht mehr, und der lag nun schon einige Jahre zurück.

Marie lachte schallend, als ich sie bei der Begrüßung siezte.

«Mein Gott, Angelo, in welchem Jahrhundert lebst du denn?» Wie bei unserer ersten Begegnung schwatzte sie munter drauf los. Auf meine vorsichtigen Fragen nach ihrem Beruf antwortete sie ausweichend, dass sie in einem ‚Betrieb' tätig sei. Das konnte viel oder gar nichts heißen.

Als sie am Wegrand Veilchen entdeckte, zitierte sie die erste Zeile von Goethes Veilchen-Gedicht 'Ein Veilchen in der Wiese stand, gebückt in sich und unbekannt…' Sie kniete sich nieder und duftete an den Veilchen. Dann stand sie auf und deklamierte das ganze Gedicht, alle drei Strophen. Ich war beeindruckt und auch ein bisschen verzaubert.

Diesem ersten Gang folgten viele weitere. Wir gingen ein paar Mal essen, ins Kino und nach einigen Treffen auch zusammen ins Bett. Das geschah alles so zwanglos und unkompliziert. Ich gewöhnte mich an Maries impulsives Temperament und an ihre Sprunghaftigkeit. Mittlerweile kannte ich ihre heftigen Stimmungsschwankungen. Aus heiterem Himmel können Gewitterwolken über ihr Gesicht ziehen und die Stimmung verdüstern.

Dann kommt sie mir vor wie ein aus dem Nest gefallenen Vögelchen. Das weckt meine Beschützerinstinkte. Und am nächsten Tag ist das Unwetter vorbei. Kein Wölkchen mehr an ihrem Stimmungshimmel.

Als ich das erste Mal ihre mit Narben übersäten Unterarme entdeckte, starrte ich bestürzt und fassungslos auf das bizarre Muster der weißen Narbenstriche auf ihrer zarten Innenhaut.

«Ach, das ist längst Vergangenheit», hatte Marie achtlos erwidert. «Das haben alle im Waisenhaus gemacht. Sich ritzen, das war so eine Art Spiel und Wettbewerb. Wir nutzten es als Druckmittel den Nonnen gegenüber. Die haben dann immer so ein Theater gemacht und die Therapeuten auf uns angesetzt. Die hatten wohl ein schlechtes Gewissen.» Ich streichelte und küsste Maries geschundene Arme. Sie schmiegte sich an mich wie ein schnurrendes Kätzchen.

Wir hielten uns meist in Maries großer, heller Wohnung auf und übernachteten dort. Ich wunderte mich ein bisschen, dass sich Marie so eine luxuriöse Wohnung leisten konnte, hakte aber nicht nach. Ganz zu Anfang hatte ich sie auch mal zu mir eingeladen. Sie war ruhelos durch mein Wohnzimmer getigert, hatte lang die vielen gerahmten Fotos von Betty auf dem Sideboard angestarrt und dann rundheraus erklärt, dass sie sich hier nicht wohlfühle, weil ich meiner verstorbenen Frau einen Altar errichtet habe und sie immer noch anbete. Ich war ein bisschen verletzt, sie redete in einem so lieblosen Ton über Betty, musste aber Marie Recht geben. Jedes Bild, jeder Nippes, jede Vase, die Vorhänge, die Kissen auf der Couch… alles atmete Betts Geist. Sie hatte unsere Wohnung damals eingerichtet.

Marie und ich wurden ein Paar. Ich fand zurück ins Leben. Die Erinnerungen an Betty verblassten. Hin und wieder gestattete ich mir sogar kleine, altmodische Zukunftsträume von einem gemeinsamen Heim mit Kindern, Haustieren und einem Garten, und Marie spielte die Hauptrolle.

Immer wieder ertappte ich Marie bei kleinen Lügen. Dann nagten Zweifel an mir, die ich verdrängte. Zum Beispiel die Sache mit dem Alter. Sie hatte mir verraten, dass sie neununddreißig Jahre alt sei. Also war sie nur ein Jahr jünger als ich und durchaus noch in einem Alter, in dem man Kinder kriegen konnte. Ich hütete mich aber, dieses Thema anzuschneiden. Eines Tages geriet mir ihr Bibliotheksausweis in die Hände, der mir verriet, dass sie erst fünfunddreißig Jahre zählte. Warum machte sie sich älter? Als ich sie darauf ansprach, fauchte sie mich gereizt an: «Spionierst du mir nach?» Und dann in versöhnlicherem Ton: «Es ist das legitime Recht der Frauen, bei ihrer Altersangabe zu schummeln. Nach oben oder nach unten, das ist doch egal!» Es entspann sich eine Diskussion über das Lügen, das sie heftig verteidigte. Marie nannte es ‚Flunkern‘, ‚Schwindeln‘ und ‚Schummeln‘.

Ich erkannte in Maries auffälligen Gefühlsschwankungen kein Muster. Ihre Stimmung kippte oft von himmelhochjauchzender Fröhlichkeit in abgrundtiefe Traurigkeit. Wenn sie in Schluchzen ausbrach, versuchte ich sie zu trösten. Ich zog sie in meine Arme und flüsterte beruhigende Koseworte in ihr kurzes Haar. Meist entwand sie sich meinen Armen, schüttelte meine Hände weg wie ein lästiges Insekt. Auf Beschwichtigungsversuche reagierte sie aggressiv. «Bevormunde mich nicht!» warf sie mir dann an den Kopf. «Spiel dich nicht als mein Lehrmeister auf!» Türknallend verschwand sie dann im Schlafzimmer, verkroch sich ins Bett – und schlief. Das verwunderte mich sehr. Ich begann zu begreifen, dass sie in den Schlaf flüchtete, dass das ihre einzige Möglichkeit war, Auseinandersetzungen auszuhalten.

Ich erinnere mich an Szenen, in denen ich ihr exaltiertes Temperament hinreißend fand. Das brachte das Schrillen der

Alarmglocken in meinem Hinterkopf zum Verstummen. Betty verschwand allmählich aus meinem Leben. Zum Beispiel der Abend, als wir aus der Spätvorstellung eines Kinos kamen und Marie ein unfreiwilliges Bad im Marktbrunnen nahm. Sie war auf den Brunnenrand geklettert, balancierte dort und versuchte dabei so eine Art Striptease-Performance. Natürlich verlor sie das Gleichgewicht, landete prompt im von Tauben verschissenen Wasser und lachte sich schier kaputt. Oder wie sie während eines Spaziergangs in einem fremden Garten Montbretien entdeckte und darüber in Verzückung geriet. Montbretien? Ich schaute sie fragend an. «Ja, die Rispen dort mit den orangen Glöckchen. Die wuchsen früher in unserem Garten. Als ich klein war, dachte ich, sie hießen ‚Mein Prinzchen‘.» Und ehe ich mich versah, war sie über den Gartenzaun gestiegen – am helllichten Tag! – und pflückte rasch eine Handvoll dieser mir unbekannten Blumen. «Mein Prinzchen», sagte sie und überreichte mir mit einem artigen Knicks den geraubten Strauß. Ihre Augen funkelten. Ja, ich erinnere mich genau, welches Glücksgefühl mich bei dieser Szene durchströmte. Oder wie sie eines Abends ihre ganze Wohnung mit Teelichtern ausstaffiert und diese angezündet hatte. Das musste Stunden gedauert haben. Sie tanzte graziös zwischen den brennenden Lichtern herum und sang – ziemlich falsch – «Happy Birthday, lieber Angelo... Happy Birthday to You.» Ich hatte gar nicht Geburtstag.

Sie konnte einem Bettler in der Fußgängerzone eine Hunderte-Note zustecken, wohlgemerkt aus meinem Geldbeutel! Und ein paar Straßen weiter einen lautstarken Streit mit einem anderen Bettler anzetteln.

Marie neigte auch zu hochriskanten Aktivitäten, die mich schwindelig machten, im wahrsten Sinn des Wortes. Sie hatte herausgefunden, dass ich unter Höhenangst leide und mich immer wieder damit aufgezogen und herausgefordert. Mit Schaudern erinnere ich mich an die Szene, wie sie auf das Geländer der Neckarbrücke kletterte, mit ausgebreiteten Armen auf der Brüstung tänzelte, rechts der unablässige Verkehrsstrom der Hauptstraße, links in der Tiefe der träge dahin fließende Fluss.

Ein andermal missachtete sie das Verbotsschild auf einem Bauplatz, stieg die schmalen Leitern des Baugerüsts in die Höhe, raste über die lose aufgelegten Bretter, die unter ihren Schritten klapperten und rief: «Fang mich doch, Angelo, fang mich! Sei kein Feigling!» Und schon war sie bis in die oberste Etage geturnt. Ich stand mit schweißnassen Händen unten auf der Straße und flehte sie an, herunterzukommen. Als ich erkannte, dass meine Bitten nur das Gegenteil bewirkten, drehte ich mich um und stapfte davon. Es dauerte nicht lange und schon hörte ich ihre flinken Schritte hinter mir. Sie hängte sich bei mir ein. «Mach das nie wieder! Hörst du: nie wieder!», herrschte ich sie an. Marie nickte kleinlaut.

Dann passierte die Sache mit den Rosen. Ich wollte Marie mit einem Rosenstrauß überraschen. Nein, eigentlich waren es drei Sträuße, weil ich mich nicht für eine Farbe entscheiden konnte. Maries Freude war nicht geheuchelt. Sie bedankte sich überschwänglich und suchte nach Vasen, in die sie Rosen arrangierte.

«Wusstest du, dass die fünf Kelchblätter der Rosen unterschiedlich geformt sind, aber immer nach dem gleichen System, und bei jeder Rose gleich! Sieh mal», Marie nahm eine blassrosa Rose, bog behutsam die Blütenblätter zurück, so dass die Kelchblätter sichtbar wurden.

«Jede Rose hat zwei gefiederte Kelchblätter, zwei glatte und das fünfte hat je zur Hälfte einen gefiederten **und** einen glatten Rand».

Ich staunte. Es stimmte tatsächlich. Ich überprüfte jede Rose in diesem Strauß.

«Woher weißt du so etwas?» Marie überhörte meine Frage.

«Es gibt ein Rätsel darüber. Warte, vielleicht krieg ich es auswendig zusammen. Pass auf». Sie schloss die Augen und deklamierte:

„ Fünf Brüder sind zur gleichen Zeit geboren,
doch zweien nur erwuchs ein Bart.
Zwei andern blieb die Wange unbehaart;
dem fünften ist der Bart zur Hälft' geschoren.

«Großartig, gell.» Marie strahlte. Sie brachte mich mit ihrem unerschöpflichen Vorrat an auswendig gelernten Gedichten und Rätseln immer wieder zum Staunen.

Und dann war dieser so verzaubernd begonnene Abend aus dem Ruder gelaufen. Ich weiss nicht einmal mehr, was der Auslöser war. Eine Bagatelle. Marie war aufgesprungen, hatte sich den Strauß Rosen auf dem Couchtisch geschnappt und begann, eine Rose nach der anderen zu zerrupfen. Die Dornen zerstachen ihr die Finger, das Blut quoll bald hervor, sie schien den Schmerz nicht zu spüren, sie trampelte dann mit den Füssen auf den zerstörten Rosen auf dem Boden herum. Schockiert und fassungslos schaute ich diesem Ausbruch destruktiver Gewalt zu. Etwas an der zur Schau getragenen Verzweiflung verstörte mich zutiefst, machte mich sprach- und hilflos. Ich stand auf und ging.

Heute nehme ich mir meine Flucht übel.

Zu Hause in meiner ungelüfteten Wohnung, wo mich Betty von vielen Bildern anstarrte, fand ich keine Ruhe. Marie hatte mich verzaubert, betört, verhext. Ich erkannte, dass es für einen Rückzug aus dieser zerstörerischen Beziehung zu spät war. Ich hatte mich schon seelisch zu sehr in Maries Fängen verstrickt. Bettys Lichtgestalt hatte längst ihre Aura verloren. Ich wusste nicht, wie ich das, was ich für Marie empfand, bezeichnen sollte. Es war so eine ganz andere Erfahrung als jene, die ich mit Betty gemacht hatte. Im Nachhinein finde ich, dass meine Ehe mit Betty einem ruhigen sicheren Hafen glich, ohne Stürme, Unwetter und hohen Wellengang, ja, dass sie ein bisschen langweilig war.

Noch in der gleichen Nacht kehrte ich zu Marie zurück, fegte die zerstörten Rosen zusammen und entsorgte sie im Müll. Marie lag, mit zugepflasterten Händen, friedlich schlafend im Bett.

Es folgte eine längere, ruhige Phase, in der meine Hoffnung wieder wuchs. Ich gewann den Eindruck, dass sich ihre Stimmung und damit auch unsere Beziehung stabilisierte. Vorsichtig versuchte ich, mit Marie über die Eskalation ihrer Launen zu sprechen.

«Mach doch kein Drama draus. Jeder Mensch hat seinen Schatten. Jeder! Man sieht ihn nur bei Licht, aber er ist immer da. Man kann nicht über ihn springen. Er macht immer die gleichen Bewegungen wie man selbst, und er ist immer schwarz, oder fast schwarz. Auf jeden Fall dunkel und nie farbig.» Ihre Stimme klang dabei irgendwie flach. Sie sah mich nicht an.

Dass die Ruhe trügerisch war, sollte ich nur zu bald erfahren. Die friedliche Phase nahm ein jähes Ende. Wir hatten uns wie jeden Morgen mit Küsschen und Umarmung verabschiedet und tagsüber noch zärtliche und neckische WhatsApp-Nachrichten ausgetauscht. Als ich abends heimkam, war die Wohnung dunkel. Ich legte meinen Schlüsselbund auf dem Schränkchen im Flur ab und rief Maries Namen, anfangs noch arglos, dann immer beunruhigter. Keine Antwort. Ich öffnete alle Türen, schaute in alle Zimmer.

Ich fand sie im Badezimmer in der Wanne, das Wasser war rotgefärbt von ihrem Blut, das blasse Gesicht zur Seite geneigt. Ein Speichelfaden hing an ihren blutleeren Lippen. Auf dem Boden lagen leere Blister von Schlaftabletten. Aber sie lebte noch, ihre Brust hob und senkte sich matt.

An die nun folgenden Stunden habe ich nur bruchstück-hafte Erinnerungen, obwohl sie noch keine Nacht alt sind. Ich um-wickelte Maries Handgelenke mit Handtüchern und alarmierte den Notarzt. Es dauerte eine Ewigkeit, bis die Ambulanz eintraf, währte aber sicher nur wenige Minuten. Ich wurde mit sanfter Ge-walt aus dem Badezimmer gedrängt. Dann die rasende Fahrt mit Blaulicht durch die nächtliche Stadt.

Und nun sitze ich hier und das Warten will kein Ende neh-men. Ich bin völlig neben der Spur, habe das Gefühl, als ob da eine ganz andere Person auf diesem schäbigen Kunststoffstuhl sitzt. Ir-gendwann nehme ich wahr, dass der Platz neben mir besetzt ist, wohl schon seit geraumer Weile. Eine ältere Frau mit verhärmten Gesichtszügen sitzt neben mir. Ich schaue sie an. Sie erwidert mei-nen Blick.

«Sie sind Angelo, nicht wahr», sagt sie.

Woher kennt sie meinen Namen, Maries Kosenamen für mich?

«Ach, meine Kleine», seufzt die Frau und ich begreife. Es ist Maries Mutter. Und während die Neonröhren an der Decke summen, das Martinshorn immer wieder ertönt, beginnt Maries Mutter zu reden. Ich erfahre, dass Marie nie in einem Waisenhaus war und dass es nicht ihr erster Suizidversuch ist.

«Ich konnte ihr nicht helfen. Sie lastet mir den Tod ihres Vaters an, den sie nie überwunden hat. Sie ist mir entglitten. Ich habe beide verloren, zuerst meinen Mann und dann meine Tochter. Es ist ein Verlust auf Raten.» Sie seufzt tief und berichtet dann mit erstaunlich gefasster Stimme, dass Marie nach dem ersten Selbst-tötungsversuch viele Monate in einer psychiatrischen Klinik weilte, wo man eine Borderline-Störung diagnostizierte.

«Sie hat nicht auf mich gehört, meine Kleine. Meine Worte hatten kein Gewicht. Irgendwann hat sie die Behandlung abgebrochen. Man kann doch niemanden gegen seinen Willen einsperren!»

Maries Mutter redet immer weiter. Es sei ihrer Tochter gelungen, wieder Fuß zu fassen im Leben und ihren Beruf wieder auszuüben, dank Medikamenten.

In meinem Kopf dreht sich das Wort ‚Borderline-Störung' und hakt sich fest. Sicher, ich habe diesen Begriff wohl schon gehört, kann aber nicht recht etwas damit anfangen.

«Ich habe immer über mein Kind gewacht, aus der Ferne. Ich habe die Miete für die Wohnung bezahlt. Ganz selten hat Marie meine Anrufe entgegengenommen oder zurückgerufen, wenn ich auf den AB gesprochen habe.» Wieder seufzt sie tief. Dann fügt sie hinzu, wie froh sie gewesen sei, dass ich in Maries Leben aufgetaucht sei, dass Marie einen Gefährten gefunden habe, der einen so Vertrauen erweckenden Eindruck mache. «Jemand, der sich um sie kümmert. Und dann hat sie wohl ihre Medikamente abgesetzt.»

Ich höre wie betäubt zu. Will etwas sagen, da öffnet sich endlich die Tür des OP-Raums und der diensthabende Arzt kommt auf uns zu. Ich springe auf, Maries Mutter ebenfalls.

«Sie hat es geschafft. Sie ist über den Berg. Es war knapp, sie hat viel Blut verloren.»

Marie lebt, Gott sei Dank sie lebt!

«Darf ich zu ihr?» Der Arzt, ein noch sehr junger Mann, sieht mich lange mit völlig übermüdeten Augen an. «Sie sind der Lebensgefährte? Wenn Sie jetzt zu ihr gehen, laden Sie eine große Verantwortung auf sich. Eine erneute Trennung würde die Patientin nicht verkraften. Borderline-Patienten erfordern viel Opferbereitschaft von Seiten ihrer Angehörigen und Bezugspersonen. Die seelische Unterstützung ist ein nicht zu unterschätzender Faktor...» Er redet weiter, Begriffe wie ‚Bipolare Persönlichkeitsstruktur‘, ‚seelische Instabilität‘ fallen, er erwähnt hilfreiche Therapien und wirkungsvolle Medikamente. Ich höre gar nicht mehr zu. Marie lebt! Nichts anderes zählt.

«Ich lasse sie nicht im Stich!», sage ich mit fester Stimme und schiebe den Arzt beiseite und eile in das Krankenzimmer. Marie schläft. Sie sieht winzig aus in diesem Krankenbett. Ein Infusionsschlauch ist an ihrem rechten Handrücken befestigt. Ihr Gesicht ist immer noch sehr blass, fast so weiss wie der Verband um ihre Handgelenke. Ihre Lippen sind zu einem erschöpften Lächeln verzogen. Vielleicht bilde ich mir das nur ein.

Hinter mir ist Maries Mutter an das Bett getreten. Ich suche verstohlen ihre Hand und drücke sie. Die Mutter erwidert den Druck.

Wer bin ich?

Ein Tierrätsel

Gar lustige Pinselohren
und ein seidig' glänzend Fell,
dazu ein sehr buschiger Schwanz,
so sind wir geboren,
wir sind gar lustig und schnell,
treiben gerne Firlefanz.

Der Wald ist unser Revier,
da leben wir mit Pläsier,
sind beliebt bei Jung und Alt.
Aber auch die Parkanlagen,
wo wir spielen und jagen,
sind ein lieber Aufenthalt.

Wir flitzen äußerst munter
Baumstämme rauf und runter.
Wagen uns mit anmutiger Geste
auf die Spitzen äußerster Äste.
Fliegen von Baum zu Baum
und von Ast zu Ast
über einen Fünf-Meterraum,
ohne Ruh und ohne Rast.

Wir nagen mit Behagen
Nüsse und Samen,
begehren und verzehren
auch köstliche Beeren,
ohne zu erlahmen.
Und halten allezeit
die leckere Mahlezeit
zierlich zwischen den Pfoten.
Diese Gepflogenheit
ist mit einer Eins zu benoten.

Wir leben lieber allein,
meiden drum entschlossen
unsere Artgenossen.
Wir können auch recht zutraulich sein.
Dann fressen wir Tierchen,
mit Anmut und Pläsierchen,
den dargereichten Proviant
frech aus der Hand.

Im Herbst vergraben wir
da und dort und hier
unsre Vorratsschätze.
Haben im Winter unterdessen
leider längst vergessen,
wo die ausgewählten Plätze.

Und plötzlich standen alle Fenster offen

Der lange, nicht enden wollende Sommer war unvermittelt in den Herbst übergegangen, der Spätsommer mit seinen Altweibertagen wurde ausgelassen. Endlich regnete es! Gegen Abend mischten sich gar Schneeflocken in den Regen, blieben aber nicht liegen.

Sophie schlüpfte in ihren gefütterten Parka, zog sich die Kapuze über den Kopf, stieg in Gummistiefel und stapfte los. Auf dem Bürgersteig tanzten müde, nasse Blätter schwerfällig im Wind, fielen in das Rinnsal neben der Bordsteinkante und verschwanden gurgelnd im Gully.

Sophie war erst vor kurzem in diesen Stadtteil gezogen. Die letzten Tage hatte sie mit Auspacken, Einräumen und Bilderaufhängen verbracht. Bei der Hitze der vergangenen Tage eine kräftezehrende Angelegenheit. Bis tief in die Nacht hinein schlitzte Sophie Umzugskartons auf, wickelte zerbrechliche Gegenstände aus Zeitungspapier und strich Seidenpapier glatt. Beim Auspacken gerieten ihr längst vergessene Gegenstände in die Hand, die sie einst auf ihren Streifzügen durch Flohmärkte und Trödelläden entdeckt hatte. Sie bestaunte ihre Schätze und stellte sie behutsam in den antiken Nussbaumschrank mit den geschliffenen Glastüren, den ihr ihr Ex nach der Trennung großzügig überlassen hatte, obwohl es sich um ein Erbstück aus seiner Familie handelte. Sophie erinnert sich, dass Hartmut einst die Zierstreben des Schrankes rausreißen wollte, damit man seine Bücher besser sehen könne. Und den Holzfuss einer hässlichen modern Tischlampe hatte er mit Nägeln auf dem antiken Sekretär festgenagelt! Er war ein Büchernarr, aber von Antiquitäten verstand er nichts!

Immer noch türmten sich nicht ausgepackte Umzugskartons im Schlafzimmer. Sophie hasste dieses Chaos. Sie wollte es gern möglichst schnell wieder wohnlich haben. Von den nackten

Wänden fühlte sie sich vorwurfsvoll angeblickt. Aber jetzt brauchte sie unbedingt eine Pause.

Ein bisschen planlos lief Sophie nun durch das ihr noch fremde Quartier. Es war eine recht vornehme Wohngegend. Die meisten Villen standen weit zurückgesetzt in gepflegten Gärten, die mit abweisenden, Lanzenbewehrten, schmiedeeisernen Gartenzäunen umgeben waren. Vermutlich wohnten hier nur wohlhabende Menschen. Sophie konnte sich glücklich schätzen, hier eine bezahlbare Wohnung gefunden zu haben.

Es dämmerte bereits. Sophie summte vor sich hin. Ein Song von Konstantin Wecker ging ihr nicht aus dem Sinn.

„Der Sommer ist vorbei
und all seine Lieder
legen sich bis zum nächsten Mai
zum Sterben nieder..."

Die melancholische Stimmung dieses Liedes setzte sich wie Mehltau auf ihr Gemüt und umfing sie mit Tristesse. Sophie versuchte, an etwas anderes zu denken. Die vielen noch nicht ausgepackten Umzugskartons schoben sich immer wieder in ihren Sinn. Es würde wieder eine lange Nacht werden. Sie würde die Schallplatten mit den alten Songs von Bob Dylan, Leonard Cohen und Nina Simone auflegen – Gott sei Dank war der Plattenspieler schon angeschlossen und funktionierte, die Akustik war in den neuen Räumen sogar eindeutig besser als in ihrer ehemaligen Mansardenwohnung. Und wenn Hartmut sich wieder in ihre Gedanken zu drängen versuchte, würde sie ihn davonjagen. Sie würde sich vielmehr gut zureden, ihre neue Freiheit in vollen Zügen auszukosten.

Jetzt hatte es aufgehört zu regnen. Der Himmel klarte auf, färbte sich golden. Die letzten Strahlen der untergehenden Sonne fielen auf eine weiße Villa linker Hand und verwandelten sie vorübergehend in ein Märchenschloss. Sophie blieb stehen. Die Villa schien nicht bewohnt zu sein, alle Fensterläden waren geschlossen, der Garten machte einen verwilderten Eindruck. Zögernd drückte sie auf das völlig verrostete Schloss der Gartenpforte. Zu ihrer Überraschung ließ sie sich ein Stück weit öffnen. Sophie zwängte sich durch den Spalt und wagte ein paar Schritte auf die verlassene Villa zu, die eine unerklärliche Anziehungskraft auf sie ausübte. Brombeerranken verfingen sich in ihren Haaren und zogen ihr die Kapuze vom Kopf.

Plötzlich hörte Sophie Musik. Die schwermütigen Klänge des 2. Klavierkonzerts von Rachmaninow erfüllten die Luft. Wieder blieb Sophie stehen und lauschte. Sie drehte sich um und blickte zurück zur Straße auf das halb geöffnete Gartentor. Dann zu den benachbarten Grundstücken, deren Häuser sich hinter noch dicht belaubten Bäumen und Büschen verbargen. Die Musik kam eindeutig aus der weißen, verlassenen Villa. Jemand spielte dort Klavier. Sophie wandte den Blick wieder zur Villa.

Und plötzlich standen alle Fenster offen. Die Fensterläden waren wie von Zauberhand aufgeklappt. Weiße Musselinvorhänge waberten sachte wie Feenschleier in den geöffneten hohen Sprossenfenstern. Dahinter konnte Sophie helle und dunkle Gestalten erkennen, die sich hin und her bewegten. Paare wiegten sich im Tanze zu den schwermütigen Rhythmen von Rachmaninows Klavierkonzert, professionell gespielt auf einem unsichtbaren Flügel.

Ich träume wohl, dachte Sophie verwirrt. *Ich habe Halluzinationen. Ich hätte nicht so wie von Furien getrieben auspacken müssen. Jetzt spielen mir meine Sinne einen Streich.*

Wie ein kleines Kind hielt sich Sophie die Hände vor die geschlossenen Augen, blinzelte ein paar Mal und zog sie dann weg.

Die Dämmerung hatte sich eingeschlichen. Die Villa stand stumm und träumend im Licht eines fahlen Mondes, der über dem

Giebel der Villa aufgestiegen war. Alle Fensterläden waren geschlossen.

Ein Krähenschwarm flog mit misstönendem Krächzen aus den Zweigen des mächtigen Birnbaums neben dem Eingang der Villa und verschwand stadtwärts. Dann schob sich eine Wolke vor den Mond. Es herrschte wieder Stille. Dunkelheit breitete sich aus.

Sophies Herz klopfte noch immer schnell und unregelmäßig, es schlug Purzelbäume und beruhigte sich nur langsam wieder. Sie wusste nicht, wo sie war, versuchte, sich zu erinnern, welchen Weg sie genommen hatte. Die Dunkelheit hatte die Gegend verändert. Als Sophie endlich nach etlichen Irrwegen wieder vor der Haustüre ihrer neuen Wohnung stand, atmete sie erleichtert auf. Mit zitternden Fingern kramte sie den Hausschlüssel aus der Tasche ihres Parkas. In der Wohnung angekommen, schlüpfte sie aus ihren Gummistiefeln und warf den Parka achtlos beiseite. Sie schaltete den Plattenspieler ein, räumte die Platten von Leonhard Cohen und Co. beiseite und suchte im Klassikfach ihrer Platten nach Rachmaninow. Da war sie, die einzige Platte, die sie von Rachmaninow besaß, das 2. Klavierkonzert. Ein Geschenk von Hartmut! Er hatte ihr großzügig seine gesamte Plattensammlung überlassen, weil er zu CDs übergegangen war. Beim weiteren Auspacken erfüllten Rachmaninows melancholische Klänge ihre immer vertrauter werdende neue Wohnung.

Bei ihren nächsten Spaziergängen durch das neue Quartier hielt Sophie immer wieder Ausschau nach der verlassenen weißen Villa. Sie fand sie nie wieder.

Blätterreigen

Pantun

Blätter tanzen im Wind,
im taumelnden Abschiedsreigen,
wirbeln durcheinander, wild und blind,
sinken herab und schweigen.

Im taumelnden Abschiedsreigen
tanzen Blätter im Wind,
sinken herab und schweigen,
sind Novembers flüchtig' Angebind.

Tanzen bunte Blätter im Wind,
lösen sich von trauernden Zweigen,
sind Novembers flüchtig' Angebind,
Nebelschwaden steigen.

Zwischen trauernden Zweigen
wirbeln Blätter, müde und blind,
Nebelschwaden steigen,
Blätter tanzen im Wind.

Rendezvous im Nebel

Es ist ihr wieder gelungen, sich heimlich davon zu stehlen. Sie nutzt eine lautstarke Auseinandersetzung zwischen der renitenten Renate von Zimmer Nr. 114 und der neuen Heimleiterin, schnappt sich ihren vorsorglich im Kleinen Salon deponierten Parka und setzt sich in Richtung der Wirtschaftsräume ab. Eigentlich ist der Aufenthalt der Bewohner hier und in der Küche nicht gern gesehen. Das kümmert Mathilda nicht. Sie legt mit verschwörerischer Miene den Zeigefinger an die Lippen, als der Koch mit einem Korb voller Gemüse aus einer der Vorratskammern tritt. Er starrt Mathilda mit großen Augen und offenem Mund an. Mathilda deutet rasch die Gebärden der drei Affen an, die nichts sehen, nichts hören und nichts sagen und verschwindet durch den Lieferanteneingang ins Freie.

Hastig biegt sie um die Ecke, eilt in die nächste Querstraße und wartet nun, bis ihr Herzschlag sich wieder beruhigt. Geschafft! Das Heim ist außer Sichtweite.

In gemäßigtem Tempo geht Mathilda weiter. Vorbei an Gärten, in denen die Rosenstöcke schon für den Winter mit Bastmatten oder Noppenfolie eingepackt und die Blumenrabatten mit Tannenzweigen abgedeckt sind. Eine Amsel fliegt auf und verschwindet zeternd im kahlen Fliedergebüsch. Mathilda staunt immer wieder über den krassen Gegensatz zwischen dem melodischen Amselgesang im Frühjahr und ihren keifenden Warnrufen.

Sie fröstelt nun. Es ist ein grauer und trüber Novembertag. In der Nacht hatte es heftig geregnet. Jetzt wölbt sich eine bleierne Hochnebelglocke über die Stadt.

In der Rinne neben dem Gehsteig schwimmen ein paar verlorene, braune Blätter und verschwinden glucksend im nächsten

Gully. *Ich hätte meinen Wintermantel anziehen sollen,* denkt Mathilda. Der Parka, dunkellila, die Kapuze mit fliederfarbener Seide gefüttert, sieht zwar sehr schick aus, hält aber überhaupt nicht warm. Weiter vorn im Rinnstein versperrt ein Obstakel den Weg des Wassers. Es hat sich bereits ein kleiner See gebildet. Eine tote Taube liegt dort, mit leicht geöffnetem Schnabel, die Flügel wie in segnender Gebärde ausgebreitet, dekoriert mit Müll. Erschrocken bleibt Mathilda stehen und starrt auf das makabre Arrangement. Ihr erster Impuls ist, niederzuknien, um das Tier aus seiner misslichen Lage zu befreien. Sie erkennt aber, dass die Taube eindeutig tot ist. Der heftige Regen der vergangenen Nacht hat die Blutflecke in der Brust zu einem wässrigen Rosa ausgewaschen.

Seufzend wendet Mathilda sich ab – und wird erst jetzt gewahr, dass sie Hausschuhe trägt, zum Glück geschlossene, keine offenen Schlappen. *Was soll's,* beschließt sie. *Jetzt bin ich schon unterwegs, jetzt muss es auch in Hausschuhen gehen. Vermutlich sind sie nachher ruiniert!*

Sie geht weiter, überquert ein paar Fußgängerampeln, wo sie gewissenhaft abwartet, bis sie grün aufleuchten, und erreicht schließlich den Stadtpark. Kein Mensch ist zu sehen. Der Weg führt jetzt sacht bergan, vorbei am verlassenen Kinderspielplatz und am Weiher, wo sich bei schönem Wetter die Besucher drängen, um den Enten, Blesshühnern und einem Schwanenpaar Brotbröckchen hinzuwerfen, obwohl ein unübersehbares Schild am Ufer das Füttern der Tiere verbietet.

Mathilda hat nun die Anhöhe erreicht. Ihr Herz klopft wegen der Anstrengung schneller. *Ihre* Bank ist frei, Gott sei Dank! Eigentlich sind alle Bänke im Park nicht besetzt. Das nasskalte und nebelige Wetter lockt wohl niemanden nach draußen. Und die ‚Hündeler' sind entweder noch früher oder später unterwegs. Mathilda nestelt zwei Alu-Sitzkissen aus den Taschen ihres Parkas, breitet sie sorgfältig nebeneinander auf der Bank aus und lässt sich nieder.

Hoffentlich braucht Leonard heute nicht so lange! Die feuchte Kälte überfällt sie wie ein Schwarm eisgewordener Schimären, kriecht durch ihre Kleidung und setzt sich fest. Sie friert bis auf die Knochen. Es sieht nicht so aus, als ob die Sonne es heute schaffen würde. Der abweisende Himmel wirkt völlig undurchdringlich. Der Lattenzaun, der den Park umgibt, verliert sich im Nebel, genau wie die Wiese hinter dem Zaun, in der im Sommer unzählige bunte Blumen blühen. Aus dem fast kahlen Ahorn über Mathildas Bank löst sich ein verlorenes gelbes Blatt, taumelt ein wenig unschlüssig in der Luft und fällt dann zur Erde.

Endlich hört Mathilda das unregelmäßige Tok Tok von Schritten auf dem feuchten Laub. Leonard ist gekommen. Er lässt sich ächzend neben Mathilda nieder und stellt seinen Stock an die geschwungene gusseiserne Lehne der Bank.

«Da bist du ja endlich! Wo warst du so lange?» In Mathildes Stimme klingt ein leiser Vorwurf mit. «Mir ist inzwischen arg kalt geworden.» Tatsächlich bebt und zittert Mathilda wie ein aus dem Nest gefallenes Vogeljunges.

«Ach Liebes, das tut mir sehr leid! Du weißt doch, ich kann nicht mehr so schnell gehen. Die müden Knochen mögen nicht mehr. Komm und lass dich wärmen.»

Leonard legt seinen Arm um Mathildas Schultern und zieht sie an sich. Sein feuchter Schnauz kitzelt wie immer. Er fühlt sich gleichzeitig weich und kratzig an, einfach vertraut. Mathilda muss niesen.

«Hoffentlich holst du dir keine Erkältung, mein   Liebes.» Leonards Stimme klingt besorgt. «Ich glaube, du bist viel zu dünn angezogen und du hast auch nicht das richtige Schuhwerk an für solch einen nasskalten Tag.» Taktvoll weist er auf Mathildas Hausschuhe hin.

«Tja, die sind wohl im Eimer! Und meine Füße auch! Aber weißt du, ich musste die Gelegenheit nutzen. Der Cerberus an der Pforte war abgelenkt. Die renitente Renate hat mal wieder den Aufstand geprobt. Sie behauptet ständig, ihr würden Dinge gestohlen, aus ihrem Zimmer. Dabei verlegt sie sie einfach, oder versteckt sie und vergisst dann, wo sie sie versteckt hat. Weißt du, sie ist nicht mehr ganz richtig da oben. In ihrem Dachstübchen herrscht ein heilloses Durcheinander.» Mathilda klopft sich mit der Hand an den Kopf und spürt dabei ihr feuchtes Haar.

«Oh sieh mal, was der Nebel mit meinen Haaren angestellt hat!» In gespieltem Entsetzen betastet Mathilda ihre langen weißen Haare, die sich in der feuchten Luft kringeln. «Ich hatte keine Zeit mehr, mir einen Zopf zu flechten.»

«Du siehst wunderschön aus, Liebes. Deine Haare fallen wie die eines Rauschgoldengels. Richtig mädchenhaft.» Leonard blickt Mathilda liebevoll an.

«Ach du alter Charmeur! Ich und mädchenhaft! Da sagt mir mein Spiegel etwas anderes. Ich besteh nur noch aus Falten.» Mathilda knufft scherzhaft Leonards Oberarm.

«Mathilda, glaub mir, du siehst schön aus. Dein liebes Gesicht ist so anmutig zerknittert wie…», Leonard sucht nach einem wirkungsvollen Vergleich, «… wie eine getrocknete Rose, die ihre Schönheit bewahrt hat. Sieh doch dagegen meine tiefen Furchen an.»

Mathilda kuschelt sich an ihren Gefährten und kichert leise. «Wer uns zwei Altchen zuhört, muss glauben, dass wir spinnen. Aber Altwerden ist tatsächlich verdammt hart!» Beide seufzen.

«Ja, ja. Da ist was Wahres dran. Was gibt es Neues von der Altenfront?»

Mathilda richtet sich wieder auf.

«Wir haben eine neue Pflegerin, aus Rumänien oder Tschechien. Ich weiss nicht so genau, jedenfalls aus Osteuropa. Sie rollt das R, kann kaum ein deutsches Wort und redet **alle** unterschiedslos mit Oma und Opa an. 'Ich bin nicht Ihre Oma', habe ich sie anfangs angefaucht. Da hat sie mich so treuherzig angeschaut. ‚Nix böse sein, bitte. Deutsche Namen sind so schwerrr. Oma klingt scheen. Bitte nix böse'. Ich glaube, sie ist eine Seele von Mensch und kümmert sich hingebungsvoll um uns, legt Pampers an, ob Männlein oder Weiblein, bezieht ohne Murren nass gepinkelte Betten neu, wischt Essensreste weg. Es ist kein angenehmer Job.» Mathilda streicht sich ihre weißen Strähnen hinter die Ohren und fährt dann übergangslos fort.

«Erinnerst du dich noch an den Ebi?»

«Ebi? Den Namen habe ich nie gehört. Das muss vor meiner Zeit gewesen sein. Was ist mit diesem Ebi?»

«Ich glaube, er hieß Eberhard mit vollem Namen. Erinnerst du dich wirklich nicht? Ist ja egal. Eigentlich gehörte der Ebi nicht wirklich zu unserer Clique. Aber er hatte einen fahrbaren Untersatz, deshalb duldeten wir ihn. Einmal als wir unterwegs waren zu irgendeiner Fête – wir haben ja damals dauernd gefeiert –, da überquerte eine alte Frau mit krummen Rücken elend langsam die Fahrbahn. Sie stützte sich dabei schwer auf ihren Stock. ‚Husch, husch, Oma, in die Urne!' sagte der Ebi und trommelte nervös mit seinen Fingern auf das Lenkrad. Weißt du, was das Schlimmste war? Ich musste lachen! Wir mussten damals alle lachen, obwohl das so makaber klang. Und jetzt ist der Ebi schon viele Jahre tot und seine Asche liegt selbst in einer Urne.» Mathilda seufzt wieder tief. Über Leonards zerfurchtes Gesicht läuft ein Schmunzeln.

«Ist dir aufgefallen, dass unsere Unterhaltungen fast nur noch aus ‚Weißt du noch?' und ‚Erinnerst du dich?' bestehen?»

Leonard nickt. «Ja, du hast Recht, Liebes. Aber das ist doch ein ganz natürlicher Prozess. Die Gegenwart ist für uns alte Menschen oft nur noch schwer zu ertragen. Die vielen Zipperlein, die einen plagen. Die Verluste, mit denen man fertig werden muss, die vielen Abschiede. Da verirren sich die Gedanken oft in die Vergangenheit. Die Jugend kommt einem vor wie eine ferne, lichtumhüllte Insel. Das Leben dort war so sorglos und unbeschwert...»

Wieder seufzen beide.

«Letzte Nacht habe ich wieder von ihr geträumt, Leonard. Von unserem kleinen Mädchen. Die Träume von ihr sind so selten geworden, ein rares Geschenk. Im Traum lebte sie, war gesund und munter, sie strahlte uns an. Ich wollte sie festhalten, nie mehr loslassen, aber sie löste sich auf, sie entwand sich meinen Armen. Sie war einfach nicht mehr da, Leonard.»

Mathilda spürt, wie ihr Tränen übers Gesicht laufen. Sie hindert sie nicht, wischt sich die Augen nicht.

«Weißt du, wovor ich Angst habe, Leonard? Ich habe Angst, dass ihr Bild verblasst, dass es einfach verschwindet wie die Baumstämme dahinten im Nebel, die man gar nicht mehr erkennen kann. Vielleicht erinnere ich mich eines Tages nicht mehr an unseren kleinen Engel!»

«Ach, Liebes, das glaube ich nicht. Sie wird für immer in deinem Herzen wohnen. Und in meinem auch.»

Leonard zieht Mathilda wieder tröstend an sich. Eine Weile schweigen beide, tief in wehmütige Gedanken versunken.

Jetzt ist das misstönende Ratschen eines Eichelhähers zu hören, der sich über das Auftauchen eines Fremden in seinem Revier aufregt.

«Alles in Ordnung mit Ihnen, Madame?» Mathilda öffnet erschreckt die Augen. Vor ihr steht ein Schäferhund und hechelt sie an.

«Rufen Sie Ihren Hund zurück!» fleht Mathilda mit zittriger Stimme den Hundebesitzer an, der hinter dem Hund aufgetaucht ist. Ihr ist unendlich kalt.

«Zurück, Holly, sitz! Sie tut nichts. Kann ich Ihnen behilflich sein? Sie irgendwohin ins Warme bringen? Mein Wagen steht nicht weit von hier.»

Der Fremde, eingepackt in Lodenmantel, Schal und Wollmütze, reicht Mathilda die Hand. Sie erhebt sich mühsam. Jetzt bloß nicht Falsches sagen oder tun, sonst landet sie wieder auf dem Polizeirevier.

«Ich habe nur einen kleinen Spaziergang gemacht. Wissen Sie, im Heim ist es immer so schwierig, ihn zu treffen. Zu viel Betrieb. Aber hier auf unserer Bank, da kommt er immer. Und dann unterhalte ich mich mit ihm.» Sie legt die beiden Alu-Sitzkissen sorgfältig zusammen und verstaut sie in den Taschen ihres Parkas.

«Ein heimliches Rendezvous im Nebel also», sagt der Fremde. Es klingt weder herablassend noch spöttisch. «Wie schön, Madame, dass Sie sich ihr romantisches Gemüt bewahrt haben. Ich bringe Sie zurück. Vielleicht scheint ja die Sonne morgen wieder oder übermorgen. Auf Holly!»

Der Schäferhund bellt kurz und springt dann in weiten Sätzen voraus.

Die grauen Frauen

oder

Getrocknete Rosen

Weit, weit am fernen Horizont,
dort, wo die Sehnsucht wohnt,
waren sie einst zu Hause,
vormals junge Frauen.
Leben nun im Niemandsland,
ihren Nächsten unbekannt,
in enger Altersklause,
die grauen Frauen.

Gebeugt von der Last der Jahre,
grau das Gesicht, grau die Haare,
gekleidet in Schemen und Schatten,
werden sie nicht wahrgenommen,
bleiben gesichtslos, verschwommen,
sind hungrig unter Satten,
die grauen Frauen.

Asche im Herzen, Asche im Haar,
ihre Schmerzen unsichtbar.
Steif sind ihre Glieder,
schwer die Augenlider,
verstellt der trübe Blick.
Treiben im Meer der Namenlosen,
Gesichter gleich welken Rosen,
verdorrt das frühere Glück.

In den Adern gefrorenes Blut,
in den Händen erloschene Glut,
es führt kein Weg zurück,
zu den einst jungen Frauen.
Nun leben sie im Schatten,
Träume, die sie hatten,
zerbrachen Stück um Stück.

Eingehüllt in Lebenslügen,
wehrlos sich dem Alter fügen,
dem Los der alten Frauen,
gilt's nun, auf den Tod zu warten,
Erlösung für die Erstarrten,
zu Ende das lange Grauen
für die grauen Frauen.

Adventsfeier im Wald

Die Advents- und Weihnachtszeit hat für Dinah im Laufe der Jahre längst den früheren Glanz verloren und ist einer nüchternen Haltung gegenüber dem Trubel um die Feiertage gewichen. Und doch geschieht es jedes Jahr wieder, dass ein Hauch von Melancholie sie streift bei der Erinnerung an jenen Abend in ihrer Kindheit, als sie mit ihren Geschwistern eine schlichte Adventsfeier im Wald zelebrierte. Der Duft nach feuchtem Moos, nach Tannenzweigen, Kerzentalg und Harz beschwört den damaligen Zauber wieder herauf und Wehmut schleicht in ihr Herz. Der Schrecken dagegen, mit dem jene Feier endete, ist verblasst und evoziert nur noch ein amüsiertes, nachsichtiges Lächeln.

Die Episode spielte in den Fünfzigerjahren. Die Eltern waren ausgegangen, sie waren bei Verwandten drunten im Dorf zu einem Geburtstagsfest eingeladen. Wie jeden Abend im Dezember wollten Dinah und ihre Geschwister ihre aus Talgresten selbstgezogenen Kerzen anzünden und Adventslieder singen. Die Dämmerung war früh hereingebrochen. Es schneite. Große, wässerige Flocken taumelten vom Himmel, blieben aber nicht liegen. Sobald sie auf die Erde trafen, tauten sie weg.

Der ältere Bruder Hendrik, ein Vogelnarr, hatte den gesamten Küchentisch mit seinen Bastelarbeiten in Beschlag gelegt. Unaufhörlich hämmerte er an einem neuen Vogelkäfig herum. Da die Küche im Winter der einzige Raum war, der an Werktagen geheizt wurde, bat Dinah den Bruder vorsichtig, doch seine Basteleien wegzuräumen, damit sie Platz hätten für den Adventskranz. «Ihr mit eurem blöden Advent!», fauchte Hendrik seine jüngeren Geschwister an. «Du bist so gemein», wagte Ulfried zu erwidern. Bei Hendrik musste man vorsichtig sein. Er war jähzornig und drangsalierte die jüngeren Geschwister oft. Zwischen den vier ‚Kleinen' und den beiden ‚Großen' verlief eine unsichtbare Trennungslinie.

Die jüngeren waren eine eingeschworene Gemeinschaft. Sie hatten zusammen die Schrecken der achtmonatigen Flucht vor den Russen erlebt, das hatte sie zusammengeschweißt. Vor den beiden ‚Großen' fürchteten sie sich, weil diese meist 'kritässig' waren, eine typische Familienwortschöpfung, zusammengesetzt aus den Wörtern kritisch und gehässig. Die ‚Großen' hatten das Sagen und bestimmten, wo es lang ging.

Geschlagen nach Hendriks barscher Abfuhr zogen sich Dinah und die anderen Geschwister zurück. «Ich hab' eine Idee!» rief Gerdis plötzlich und ihre Augen funkelten vor Unternehmungslust. «Wir feiern Advent im Wald!» Der Vorschlag fiel auf begeisterte Zustimmung. Nur Lisa, die Älteste, wagte leise Bedenken anzubringen, wurde aber von den anderen überredet. Sie bestand darauf, dass alle sich warm anzogen. Ulfried stülpte sich die Fellmütze des Vaters über die braunen Locken, die ihm aber viel zu groß war. Sie rutschte ihm ständig über die Augen, was ihm ein zugleich verwegenes und hilfloses Aussehen verlieh. Leise kletterten die Kinder aus dem Schlafzimmerfenster, das erst viele Jahre später zur Tür ausgebrochen wurde, huschten durch den Garten und verschwanden durch die Pforte im Jägerzaun im angrenzenden Wald.

Es schneite immer noch heftig. Die Schneeflocken blieben nun liegen und bildeten allmählich eine weiße Decke, in der die Fußstapfen der Kinder dunkle Löcher hinterließen. Es war inzwischen so dunkel geworden, dass sich die Geschwister kaum sehen konnten. Lisa befahl ihnen, sich an den Händen zu fassen, um sich nicht in der Dunkelheit zu verlieren. So stolperten sie über Baumwurzeln und Äste, immer auf der Suche nach dem schönsten kleinen Baum, den sie schmücken wollten. Kaum hatten sie sich für eine Tanne entschieden, lockte wenige Meter weiter eine vollkommenere Tanne. Dinah kam sich ein bisschen wie Rotkäppchen vor, das im Wald Blumen für die Großmutter pflückt und in der Ferne immer noch schönere Blumen entdeckt und sich so hoffnungslos verirrt. Schließlich sprach Lisa ein Machtwort. Mit klammen Fingern befreiten die Kinder die Zweige einer kleinen Tanne vom Schnee und versuchten, die mitgebrachten Kerzen an den nassen Zweigen zu befestigen und ein paar schon arg zerknitterte Lamettafäden darüber zu hängen. Die Kerzenhalter waren aus Blech und hatten die Form von stilisierten Tannenzapfen in ‚Gold' und ‚Silber'. Daran erinnert sich Dinah deutlich. Schließlich waren alle vier Kerzen angebracht. Jeder durfte seine eigene anzünden. Es kostete mehrere Versuche und etliche Streichhölzer, bis alle Kerzen brannten. Jetzt stimmten sie ein Adventslied nach dem andern an, 'Macht hoch die Tür' und 'Es kommt ein Schiff geladen' und 'Ich steh an deiner Krippe hier'. Ulfried bestand darauf, dass auch sein Lieblingslied gesungen wurde 'Oh Jesulein zart, dein Kripplein ist hart'. Die Melodien klangen in der kalten Luft ein wenig dünn und verloren.

Das Schneetreiben wurde dichter. Wenn eine Schneeflocke auf eine Kerzenflamme traf, erlosch sie zischend. Die Geschwister standen dicht zusammengedrängt. Lisa hatte sich mit dem Rücken an eine Kiefer gelehnt. Sie spürte die rissige Borke durch ihre dünne Jacke. Die Hände ruhten auf Ulfrieds Schultern. Rechts und links schmiegten sich Dinah und Gerdis an sie. So sangen sie und beobachteten, wie die die Flämmchen der Kerzen unstet in der Dunkelheit flackerten und eine nach der anderen erlosch, bis nur noch die größte Kerze einen schwachen Schein verbreitete.

«Ich erzähle euch noch eine selbst ausgedachte Geschichte, dann machen wir uns auf den Heimweg. Sie heißt ‚Waldweihnachtslichtlein'», sagte Lisa, als die letzte Strophe verklungen war. Nach einer kurzen Pause begann sie mit feierlicher Stimme: «Es war Weihnachtswetter, richtiges Weihnachtswetter…». Die jüngeren Geschwister lauschten andächtig.

Dinah erinnert sich noch gut an jene schlichte Feier im Wald vor mehr als sechzig Jahren, an Lisas Text allerdings nicht mehr. Nur dass es um einen 'zerlumpten Waisenknaben' ging und dass die Geschichte natürlich ein Happyend hatte, so wie alle Geschichten, die sich die Schwestern unermüdlich ausdachten, sich gegenseitig erzählten und manchmal auch aufschrieben.

«Und wenn sie nicht gestorben sind, dann leben sie noch heute.» Den Schlusssatz sagten die Geschwister im Chor. «Jetzt müssen wir aber unbedingt nach Hause!» schloss Lisa. Wie auf Kommando erlosch die letzte Kerze.

Es herrschte nun ein heftiges Schneetreiben. Die Flocken setzten sich in den Haaren und auf der Kleidung der Kinder fest. Der Wald hatte sich in einen Winterwald verwandelt und die Geschwister in wandelnde Schneemänner.

«Los jetzt!», drängte Lisa. Sie stapfte voran.

«Aber das ist die falsche Richtung! Wir müssen da lang.» Dinah wies in die entgegengesetzte Richtung. «Nein, hier geht es zurück.» Dinah erinnert sich deutlich, wie sich in Lisas Stimme ein unsicheres Timbre eingeschlichen hatte, aus dem Panik klang und wie ein Funke auf sie übersprang.

«Mach mal ein Streichholz an», schlug Ulfried vor, «damit wir sehen können, wohin hin wir gehen müssen.» Lisa schüttelte das Schächtelchen mit den Zündhölzern. «Da sind nicht mehr viele drin. Wir müssen sparsam damit umgehen.» Sie zündete ein Streichholz an, dessen Flamme aber gerade mal einen Umkreis von einem Meter erleuchtete und dann erlosch. Dinah erhaschte einen kurzen Blick auf die Mienen ihrer Geschwister, in denen die Augen wie angstvolle dunkle Höhlen aussahen.

«Wir müssen uns nach dem Stand der Gestirne richten», sagte Gerdis und klapperte mit den Zähnen vor Kälte.

«Siehst du hier irgendwelche Gestirne? Mach noch mal ein Streichholz an. Vielleicht sieht man unsere Fußspuren.» Das war Ulfried. Aber natürlich waren keine Fußspuren mehr zu erkennen. Sie waren längst zugeschneit.

«Wir gehen jetzt einfach!» befahl Lisa. Zögernd setzte sich die kleine Truppe in Bewegung.

«Ich habe kalte und nasse Füße!», klagte Ulfried. Wenn der große Bruder Hendrik nicht zugegen war, spielte sich Ulfried oft als Mann und Beschützer seiner Schwestern auf, obwohl er der Jüngste war. Aber jetzt war jegliche Selbstsicherheit aus seiner Stimme verschwunden. Dinah hatte Gerdis an die Hand genommen, die immer wieder in den Himmel starrte, um den Mond zu erkennen und damit einen Orientierungspunkt, natürlich vergeblich.

«Ich glaube, ich weiss jetzt, wo wir sind», erklang Lisas Stimme. «Ungefähr bei ‚Wolfram sein Hundegräbelchen'.» Die Kinder waren stehen geblieben und starrten sich ratlos an. «Meinst du?» Dinah war skeptisch. Früher, als die Geschwister noch klein waren, markierte das Hundegrab die Grenze im Revier, bis zu der sie sich trauten. ‚Wolfram sein Hundegräbelchen', diese grammatikalisch falsche Bezeichnung war in der Familie hängengeblieben. Mit Schaudern denkt Dinah an den schrecklichen Vorfall zurück, bei dem der Hund des Flüchtlingsjungen Wolfram zu Tode gekommen war. Wolfram hatte mit seinem Hund gespielt, den Welpen immer wieder in die Luft geworfen und wieder aufgefangen. Einmal gelang ihm das Auffangen nicht, der Hund klatschte auf das Pflaster und *war auf der Stelle tot. Blut kam aus seinem Maul.* Gott sei Dank war Dinah nicht dabei gewesen. Die Nachbarkinder hatten ihr davon erzählt.

«Wenn hier das Grab wäre, dann müsste es jetzt ein bisschen bergauf gehen, zum Dreitannenweg und Fünfkant. Aber hier geht nichts bergauf. Wir müssen umkehren.» Ulfried hatte den besten Orientierungssinn von den Geschwistern. Aber aus welcher Richtung waren sie gekommen?

«Immer, wenn du meinst, es geht nicht mehr, kommt von irgendwo ein Lichtlein her.» Lisa versuchte, eine nicht vorhandene

Zuversicht in ihre Stimme zu legen, als sie den gerahmten Spruch deklamierte, der bei Tante Anna im Flur hing.

«Ich seh aber kein Licht!», jammerte Gerdis. «Meine Füße sind erfroren. Und meine Hände auch!»

Es herrschte eine nahezu gespenstische Stille. Der Schnee verschluckte alle Laute. Umso unheimlicher ertönte nun der Ruf eines Waldkauzes, den die Geschwister aufgestört hatten: «Kiwitt! Kiwitt!» Der Kauz breitete seine Schwingen aus und löste dabei kleine Schneelawinen von den Ästen einer Fichte. Er verschwand in der Dunkelheit.

«Das heißt ‚Komm mit! Komm mit!'. Das hat das Amenauer Trinchen gesagt. Wenn man den Ruf hört, muss jemand sterben. Erinnerst du dich, Gerdis?» Dinahs Stimme klang beklommen. Das Amenauer Trinchen war die Haushaltshilfe im großväterlichen Pfarrhaus, wo Dinah und Gerdis nach der Flucht untergekommen waren. Die Dienstbotenkammer lag neben dem Schlafzimmer der Schwestern. Trinchen litt an Asthma. Dinah hatte deutlich das Bild vor Augen, wie die junge Frau abends am geöffneten Fenster stand und keuchend um Luft rang.

«Unsinn!» entgegnete Lisa. «Das sind Ammenmärchen!»

Die Geschwister hatten sich wieder in Bewegung gesetzt. Verzagt stolperten sie durch die weiße kalte Welt.

«Da vorne», rief Dinah plötzlich. «Da vorne ist ein Lichtschein!» Tatsächlich, unmittelbar vor ihnen tauchte durch den wilden Tanz der Flocken ein schwach schimmerndes gelbes Viereck auf, ein erleuchtetes Fenster. Und als sie näherkamen, erkannten die Kinder ihr Elternhaus. Dinah erinnert sich noch gut an das unendliche Gefühl der Erleichterung, das sie bei diesem tröstlichen Anblick durchströmte. Sie waren im Kreis gelaufen, in unmittelbarer Nähe ihres Zuhauses! Die Gartenpforte stand noch sperrangelweit auf. Die Kinder schlüpften hindurch, stampften durch den hohen Schnee im Garten, poltern die Treppe zur Haustür hinauf und läuteten Sturm. Es dauerte eine geraume Weile, bis geöffnet wurde. Hendrik stand mit ungehaltener Miene in der offenen Tür.

«Ihr seid ja verrückt, bei dem Wetter draußen herumzulaufen!» Er verschwand wieder in der Küche. Die Geschwister klopften sich den Schnee von den Mänteln und Jacken und schlüpften aus ihren nassen Schuhen. Sie folgten dem großen Bruder in die Küche. Das Feuer im Herd war heruntergebrannt, es herrschte aber noch eine mollige Wärme. Der Küchentisch war noch immer mit Bastelmaterialien und Werkzeugen belegt. Ein ,Vogelgefängnis' – das künftige ,Vogelverhängnis', wie Dinah mal in einem Gedicht gereimt hatte, – war jedoch war nahezu fertig gebaut.

Die Eltern waren noch nicht zurückgekehrt.

Die vier ,Kleinen' sahen sich an. Mit stillem Einverständnis verloren sie kein Wort über ihr Abenteuer, das wohl keine zwei Stunden gewährt hatte, obwohl es ihnen wie eine Ewigkeit vorgekommen war.

Warten auf den Märchenprinzen

Ein Märchen

Es war einmal ein Dorf. Das lag völlig abseits, versteckt hinter sieben Bergen. Niemand Fremder verirrte sich je in dieses Dorf. Und selbst die Obrigkeit, die in der nächsten Stadt residierte, setzte so gut wie nie einen Fuß in das abgelegene Dorf.

In diesem Dorf lebte ein rechtschaffener, aber armer Tagelöhner mit seinem ehrsamen Weibe. Das Paar bewohnte eine recht baufällige Kate am Rande des Dorfes auf der Heide.

Die Kätnersfrau gebar im Laufe der Jahre sechs Knaben. Der Kätner musste anbauen, um allen Mitgliedern der wachsenden Familie eine Schlafstatt zu bieten. Die wackeren Eheleute rackerten sich redlich ab bei den wohlhabenden Bauern des Dorfes. Sobald die Söhne alt genug waren, wurden sie als Hütebuben verdingt. In der Erntezeit mussten sie auf den Feldern helfen, beim Heuen und Getreideeinbringen. Sie lasen liegengebliebene Ähren auf dem Feld, auch Kartoffeln und Rüben. In der restlichen Zeit wurden sie in den Wald geschickt, um Beeren zu sammeln, Pilze und Holz.

So führte die Familie ein fleißiges und gottwohlgefälliges Leben. Am Sonntag durften die emsigen Hände ausruhen. Dann riefen die Glocken der kleinen Dorfkirche zum Gottesdienst, den die Familie niemals versäumte.

Es geschah, dass des Kätners Weib wieder in guter Erwartung war. Als die Zeit gekommen war, dass sie gebären sollte, wurde der Wunsch der Eheleute erfüllt: sie schenkte einem Mädchen das Leben. Die Geburt war aber dermaßen kräftezehrend, dass die Kätnerin vom Kindbettfieber dahingerafft wurde und unter der Anteilnahme der ganzen Dorfbevölkerung auf dem Gottesacker bei der Kirche begraben wurde.

Das kleine Mädchen war also Halbwaise. Es wurde auf den Namen Weglaya getauft und wuchs unter der Fürsorge ihres Vaters und der sechs Brüder auf. Erstaunlicherweise lastete man ihrer Existenz nicht den Verlust des Weibes und den Tod der Mutter an. Im Gegenteil, der Vater und die Brüder überboten sich, die Tochter und Schwester auf Händen zu tragen und sie zu verwöhnen und gewissermaßen auf Rosen zu betten.

Weglaya war ein sehr schönes Mädchen. Ihre Augen leuchteten in der Farbe eines Sommerhimmels, die Alabasterhaut ihres Antlitzes betonte die roten Lippen in der Form halberblühter Rosen und ihr blondes Haar fiel in flachsfarbenen Kaskaden über die Schultern. Mit Vorliebe kleidete sie sich in blaue Gewänder. Sie waren zwar aus einfacher Baumwolle und Linnen gefertigt, umgaben ihre Gestalt stets mit einer blauschimmernden Aura. Der Kätner, selbst grobknochig und dunkelhaarig, staunte immer wieder über die Schönheit seiner Tochter, denn auch sein Weib hatte schwarze Haare gehabt.

Weglaya musste nicht auf den Feldern der Bauern helfen. Sie spielte den lieben langen Tag, tanzte auf der Heide umher, haschte nach Schmetterlingen und sprach mit den Blumen, den Vögeln und den Wolken wie mit ihresgleichen.

Im Winter, wenn Stürme um die baufällige Kate tosten und klirrender Frost die Natur in Bann legte, saß sie im Kreis ihrer Brüder vor dem Kamin in der guten Stube und lauschte deren Geschichten. Sagen von Siegfried, dem Drachentöter und von Parzival und seiner Gralssuche. Am liebsten aber waren ihr die Märchen von Schneewittchen, Aschenputtel und Dornröschen. Dann spiegelten sich die Flammen des Kaminfeuers in ihren Augen und verliehen ihnen ein sehnsüchtiges Leuchten. Die wundersamen Geschichten von Hexen, Feen, verzauberten Prinzessinnen und erlösenden Prinzen fielen auf fruchtbaren Boden in ihrem Herzen.

Ihre Träume schillerten bunt wie Seifenblasen und zerplatzten so rasch wie diese, was Weglaya aber nicht anfocht. Sie war sich gewiss, dass die Träume in der folgenden Nacht wiederauftauchen würden, Nacht für Nacht, Jahr für Jahr. Des Sommers tanzte sie auf der Heide umher, haschte nach Schmetterlingen und sprach mit den Blumen, den Vögeln und den Wolken wie mit ihresgleichen.

Als Weglaya zur jungen Frau herangereift war und ihre Haare zur Krone geflochten trug, lockte ihr engelhaftes Aussehen viele Verehrer an, junge Bauern- und Handwerksburschen aus dem Dorf hinter den sieben Bergen und den Weilern ringsum. Weglaya jedoch erhörte keinen der Freier. Das beunruhigte den Kätner, der seine jüngste Tochter gern unter der Haube und damit versorgt gesehen hätte.

«Worauf wartest du?», fragte der Vater. «Glaubst du, es findet ein Königssohn den Weg in unser verstecktes Dorf hinter den sieben Bergen? Ein Prinz, der dich wachküsst?»

Weglaya lächelte nur vielsagend, strich mit den Händen ihr blaues Kleid glatt und schwieg. Es war nun in der Tat so, dass sie insgeheim wirklich auf einen Märchenprinzen wartete. Dornröschen musste hundert Jahre lang schlafen und warten. Daran gemessen hatte sie unendlich viel Zeit. So tröstete sie sich.

Die Zeit verging, die Brüder heirateten junge Mädchen aus dem Dorf und gründeten einen eigenen Hausstand. Der Kätner wurde alt und hinfällig. Die Sehkraft seiner Augen ließ nach. Seine Tochter erschien ihm immer noch als schönste Frau weit und breit. Weglaya musste nun für ihren Vater sorgen. Des Sommers tanzte sie noch immer auf der Heide umher, haschte nach Schmetterlingen und sprach mit den Blumen, den Vögeln und den Wolken wie mit ihresgleichen.

Schließlich, als der Vater starb, hatte eine gute Fee Erbarmen und erlöste Weglaya von ihrem Warten. Sie verwandelte die nicht mehr ganz so junge Frau in eine blaue Blume.

Wegewarte heißt diese Blume. Sie blüht im Sommer an Wegrainen und wartet dort auf den Liebsten, der nie gekommen ist. Des Morgens leuchten ihre Blüten wie der Himmel so blau, des Abends ist ihr Kleid unansehnlich geworden und verwelkt.

Die Treppe in der Sonne

Ein eMail-Wechsel

dunat@web.de

Hallo Mia, sorry, dass ich dich so früh überfalle, aber ich brauche deine Hilfe. Sofort! Du hast doch so eine reiche Fantasie. Knipse sie an! Vielleicht kannst du mir weiterhelfen. Was sage ich, du MUSST mir weiterhelfen. Ich soll einen Text über ein Foto schreiben, mit dem ich so gar nichts anfangen kann. Irgendwie stehe ich auf dem Schlauch. Deadline ist heute noch. Es sollte irgendetwas Besinnliches, Erbauliches sein. Ich habe das Foto gescannt und stelle es dir in den Anhang.

LG Duna

mia.gerrit@t-oneline.de

Guten Morgen erst mal!

Du bist gut! So auf die Schnelle fällt mir da auch nichts ein. Also ich habe mir das Foto lange angeschaut. Irgendwie hat es etwas Irritierendes, findest du nicht auch? Diese breite, sonnenbeschienene Treppe im Halbrund wirkt recht einladend. Die schmale schwarze Tür dagegen auffällig nüchtern und schmucklos. Hast du bemerkt, dass sie überhaupt keinen Türgriff hat? Keine Ahnung, was das soll! Die Tür hat etwas Abweisendes. Sie führt vielleicht in ein sakrales Gebäude. Das Dunkle der Tür kontrastiert mit dem Hell der Treppe. Da ist doch ein Haken bei dieser Aufgabe. Hast du keine näheren Hinweise bekommen?

LG Mia

dunat@web.de

Entschuldige! Natürlich wünsche ich dir einen guten Morgen! Nein, keine Hinweise. Also es soll natürlich **keine** Bildbeschreibung sein. Das Foto soll einfach Assoziationen wecken, einen Text anstoßen, einen positiven natürlich!

Ich bin echt mit allem in Verzug, musste Anna selbst in die Kita bringen, obwohl Annas Vater heute dran ist. Sein Auto streikt mal wieder, behauptet er jedenfalls.

Bitte, Mia-Schatz, nur eine Idee! Wenn der Plot erst mal steht, schreibt sich der Text von selbst.

mia.gerrit@t-oneline.de

Wann schickst du den Kerl endlich in die Wüste!!

dunat@web.de

Hab' ich doch längst! Er kommt immer wieder angekrochen. Und er ist nun mal Annas Vater. Sie liebt ihren Papa heiß und innig.

Einfach nur eine Idee! Ich sehe gerade, dass es sieben Stufen sind, die zu der Tür führen. Sieben, das ist doch eine Zahl mit Symbolwert. Kann man das nicht irgendwie einbauen? Die Woche besteht aus sieben Tagen. Jemand trägt Siebenmeilenstiefel… Was gibt es noch mit der Zahl sieben?

mia.gerrit@t-oneline.de

«Über sieben Brücken musst du gehen, sieben dunkle Jahre überstehn, siebenmal wirst du die Asche sein, aber einmal auch der helle Schein…»

dunat@web.de

??? Bist du unter die Verseschmiede gegangen?

mia.gerrit@t-oneline.de

Kennst du das nicht? Das ist doch so ein Oldie-Song von... Wie heißt er nur gleich? Peter Maffay!

Also zur Zahl sieben fallen mir im Moment nur die sieben Todsünden ein ;-). Die bringe ich aber gerade nicht auf die Reihe. Neid, Hochmut, Wollust...

Hat Gott nicht die Welt in sieben Tagen erschaffen?

dunat@web.de

Mia, um Himmelswillen, bloß nichts Religiöses!

mia.gerrit@t-oneline.de

Vielleicht finden die sieben Todsünden hinter dieser schwarzen Tür statt. Wer weiss!!

War nur ein Scherz, aber irgendwie eine prickelnde Vorstellung. Wie wäre es mit einem Märchen? Das wäre doch ganz unverfänglich. Die sieben Raben. Der Wolf und die sieben Geißlein. Schneewittchen lebte hinter den sieben Bergen bei den sieben Zwergen...In den Märchen wimmelt es doch nur so von der Zahl Sieben. Was gibt es noch mit der Sieben? Notabene: wir haben sieben Bundesräte in Bern...

dunat@web.de

Mia, bitte. Du weißt doch, Religion und Politik sind in einer Kolumne tabu. Das haben wir doch einst in der Journalistenschule eingetrichtert bekommen. Das ist vermintes Gelände, da kann jederzeit eine Bombe hochgehen. Ich will keinen Shitstorm auslösen. All' diese Hassmails...

mia.gerrit@t-oneline.de

Heutzutage wäre das eher ein #Hashtag. Sex sells! Wie wäre es mit einem etwas anrüchigen Sketch?

dunat@web.de

Bitte Mia, auch nichts mit Sex, nichts Ordinäreses, nichts Anrüchiges. Ich schreibe nicht für ein Boulevard-Blatt!

mia.gerrit@t-oneline.de

War doch nur ein Scherz. Aber wenn du schon die Journalistenschule erwähnst. Ist zwar schon ewig her, dass wir beide dort studiert haben. Das Einmaleins für einen guten Text ist haftengeblieben. Denk an die W's: Wer? Wo? Wann? Warum? Wie? Etc.

Wie wäre es, wenn du diese Treppe als Ort für ein romantisches Rendezvous wählst? Ein Pärchen trifft sich dort zum Stelldichein. Damit wäre das **Wer** und das **Wo** schon geklärt. Schreib doch so eine richtige Kitschgeschichte.

dunat@web.de

Hm, Liebe zieht immer. Vielleicht hast du recht…

mia.gerrit@t-oneline.de

Sag ich doch! Also ein Pärchen trifft sich auf dieser sonnenbeschienen Treppe des Lebens. Sie heiraten, nachdem sie etliche Hindernisse – also die sieben Stufen – überwunden haben und lassen sich in der Kapelle trauen. Denn natürlich befindet sich hinter der schwarzen Tür eine Kapelle… Versuch doch, in dieser Richtung etwas zu fabrizieren.

dunat@web.de

Du bist ein Schatz, Mia. Ja, ich werde so eine Schmonzette zusammenschmieren.

mia.gerrit@t-oneline.de

Du musst ihnen aber unbedingt Steine in den Weg legen! Diese Stufen wirken einfach zu flach… Das Happyend muss erleidet werden!

Ich mache immer noch an dieser schwarzen Tür rum. Eine Tür ist natürlich auch ein Symbol. Türen können sich in einen anderen Raum, eine andere Zeit, ein anderes Leben öffnen. Warum ist diese Tür so schmal und abweisend, so eine enge Passage?

dunat@web.de

Weißt du, was mir bei deinem letzten Satz über die enge Passage durch den Kopf ging? Ich dachte sofort an einen Geburtskanal. Hi, hi, hi…

mia.gerrit@t-oneline.de

Bloß nicht! Bleib bei der Romantik. Viel Glück!

LG Mia

dunat@web.de

Jetzt geht mir dauernd der Maffay-Song im Kopf rum «Über sieben Brücken musst du gehen…». Der hat so was Eingängiges. Ich glaube, ich google den Text und verwurschtele ihn mit der Liebesgeschichte…

Danke, Mia-Schatz!!

LG Duna

'Reisenotizen'I

Auf der Fahrt nach Reutlingen

In Dietikon steige ich in die S-Bahn nach Zürich. Der Wagen ist fast bis auf den letzten Platz besetzt. Ich bleibe deshalb mit meinem Rollköfferchen auf der freien Klappbank im Vorraum und packe den ‚Tagesanzeiger' aus. Aus der Zeitungslektüre wird allerdings nicht viel. Neben mir steht ein junger Mann mit Halbglatze und im Strampelanzug, sorry, ich meine Fahrraddress. Mit der linken Hand hält er sein Velo, die rechte Hand drückt ein Handy ans Ohr, und er redet ununterbrochen. Offensichtlich erzählt er eine dramatische Geschichte. Darauf lässt sein bewegtes Mienenspiel schließen. Ich verstehe aber so gut wie nichts. Zum einen übertönt das Bahngeräusch jegliche Konversation, zum anderen spricht er Schwyzerdütsch. Nur Wortfetzen dringen hin und wieder bis zu mir. «Buuchweh» höre ich mehrmals, und «um Mitternacht verwachet».

Als wir in den unterirdischen Hauptbahnhof von Zürich einfahren, stecke ich den ungelesenen ‚Tagi' wieder in den Rucksack und wende mich mit meinem Rollkoffer nach links, um auszusteigen.

«Meinet Sie, da isch de richtig Site», fragt der junge Mann und postiert sich mit seinem Fahrrad neben mich. Und als erkennbar der Bahnsteig auf der linken Seite auftaucht: «Fraue dörfet au a mol Recht han!» Dabei tätschelt er in einer plump-vertraulichen Geste meinen Arm. „Nit bös si". Ich ärgere mich, weil mir in Situationen wie diesen nie eine schlagfertige Antwort einfällt. Ich reagiere also gar nicht, schaue vermutlich sehr ungehalten.

Wider Willen überlege ich, was dieser Mann in der vergangenen Nacht so Aufregendes erlebt hat. Mir fehlt allerdings die

Lust, mich in die Lebenswelt eines fremden jungen Mannes einzufühlen. Ich mag mir nicht vorstellen, wie und wo er lebt, ob er eine Freundin hat oder noch bei seinen Eltern wohnt, was er beruflich macht etc.

Sei nicht so überheblich, sagt eine Stimme in mir. *Er ist nur ein harmloser Typ, der es nicht böse gemeint hat. – Aber genau diese harmlosen naiven Männer, die aus Dummheit oder Gedankenlosigkeit so ein Machogehabe draufhaben, diese Typen nerven mich,* sagt eine andere Stimme. Sie hat mehr Gewicht. Es ist meine wirkliche, richtige Stimme. *Man sollte ihnen die Augen öffnen, ihnen klar machen, dass solche dummen Sprüche bei den meisten Frauen nicht ankommen.*

Im ICE von Zürich nach Horb komme ich endlich zum Zeitunglesen. Ich stoße auf einen Artikel über den FDP-Vorsitzenden Brüderle und seinen flapsigen Ausspruch vom Dirndlausfüllen, der eine leider notwendige Sexismus-Debatte ausgelöst hat.

Reisenotizen II

Auf dem Weg zur Landi oder Glatteis

Ich machte mich auf den Weg, um in der ‚Landi' eine Orchidee zu kaufen. Es hatte getaut, dann wieder gefroren und darüber geschneit. Die Gehwege waren nicht vollständig geräumt. Ich ging wie auf Eiern, weil der neu gefallene Schnee heimtückische kleine Eisbuckel verbarg.

Aus dem nächsten Hauseingang kam eine junge Mutter mit ihrer Tochter an der Hand. Das kleine Mädchen plapperte fröhlich und hüpfte unbesorgt auf und ab, wie kleine Mädchen das nun einmal tun. Es glitt aus, fiel aber nicht zu Boden, weil die Mutter es fest an der Hand gepackt hatte. Trotzdem begann das Mädchen zu weinen. Es hatte sich wohl erschreckt. Zudem muss es recht schmerzhaft gewesen sein, so heftig am Arm gerissen zu werden.

Bevor ich die Hauptstraße erreichte, überholte ich einen etwa sechsjährigen Jungen, der abseits des Gehweges durch den tiefen Schnee stapfte. Er hatte seine Kapuze weit über das Gesicht gezogen und pflügte mit seinen himmelblauen Gummistiefeln durch den über Nacht gefallenen Neuschnee, so wie Kinder auch raschelndes Herbstlaub aufwirbeln. Sicher bekam er nasse Füße, denn die Stiefel waren viel zu kurz.

Ein älterer Mann im roten Anorak und ebenfalls roter Wollmütze kam mir entgegen und grüßte freundlich. Ich kannte ihn nicht. Das leuchtende Rot seiner Kleidung setzte farbliche Akzente an diesem grauweißen Tag.

Kurz bevor ich die Hauptstraße erreichte, hörte ich das laute ‚Tatütata' eines Martinshorns, das sich rasch näherte. Tatsächlich, in der nächsten Minute bog ein Krankenwagen in die Straße zu unserem Quartier ein und hielt mit kreischenden Bremsen vor dem Eingang zum ersten Wohnblock. Kaum stand der Wagen, wurden beide Vordertüren aufgerissen. Der Fahrer hechtete aus dem Wagen und rannte zur Haustür, wo er Sturm läutete. Der andere Sanitäter, ebenfalls im Eiltempo, wandte sich zur Hecktür des Wagens, glitt aus und fiel so unglücklich, dass er mit dem Schädel an den rechten hinteren Kotflügel knallte. Sein Schrei übertönte den dumpfen Schlag des Aufpralls und ging in unterdrücktes Fluchen über, seine Beine lagen irgendwie merkwürdig verrenkt, soweit ich das aus meiner Distanz erkennen konnte. Sein Kollege eilte umgehend zu dem Gestürzten und versuchte, ihm aufzuhelfen, musste aber kapitulieren, weil dessen Stöhnen in Schmerzenslaute überging. Er redete ununterbrochen auf seinen Gefährten ein, ich verstand allerdings nichts.

Inzwischen wurde die Haustüre von einer verstört wirkenden Frau geöffnet. Ihren Protest konnte ich eben so wenig verstehen, ihre entrüsteten Gesten, die ganze Körpersprache sagte genug.

Ich war stehengeblieben, zwang mich aber zum Weitergehen, weil ich mich in der Rolle einer sensationslustigen Zuschauerin nicht wohl fühlte. Der Bub in den himmelblauen Gummistiefeln kannte solche Hemmungen nicht. Er war quer über die Wiese gestapft und beobachtete mit großen Augen und offenem Mund die Szene nun aus allernächster Nähe. Dabei musste er seine Kapuze immer wieder nach hinten schieben, weil sie ihm ständig über die Augen fiel.

Plötzlich tauchte der Mann in Rot ebenfalls am ‚Tatort' auf. Er hatte wohl die Sirene des Krankenwagens gehört wie ich und war umgekehrt. Vielleicht wohnte er im ersten Wohnblock.

Ich blieb wieder stehen. Der Mann im roten Anorak redete auf die lamentierende Hausbewohnerin ein und versuchte dann gemeinsam mit dem ersten Sanitäter, den Gestürzten in eine sitzende Position zu bringen. Vorher hatte dieser wohl über Funkspruch einen zweiten Rettungswagen geordert, der sich erstaunlich schnell näherte. Er hielt hinter dem ersten Wagen, die Türen wurden aufgerissen, zwei Sanitäter sprangen heraus und verschwanden mit der Anwohnerin im Haus. Inzwischen hatte der erste Sanitäter die Hecktür seines Wagens geöffnet und eine Liege ausgefahren. Zusammen mit dem Mann in Rot schaffte er es, seinen Kumpel auf die Liege zu hieven. Dann kramte er in seinem Arztkoffer herum.

Ich setzte meinen Weg fort, ging aber noch vorsichtiger als vorher und verwünschte das tückische Glatteis. In der ‚Landi' fand ich keine Orchidee. Ich entschied mich für ein amethystfarbenes Usambaraveilchen und   brachte es – und mich – ohne zu stürzen nach Hause.

Im Novemberwind

Bäume mit leeren Ästen,
einst von Blättern bewohnt,
trauern mit müden Gesten,
stehen kahl am Horizont,
biegen sich im Novemberwind,
der sie beraubt,
der sie entlaubt.
Sommer verzog sich geschwind.

Die Blätter wirbeln, tanzen
ein munteres Menuett,
umgaukeln welke Pflanzen,
bereiten ein Blätterbett.
Mit mattem Winken
zur Erde sie sinken.
Winter schwingt sein Florett.

Bunte Sonntage

Ein Streitgespräch zwischen Gegenwart, Vergangenheit und Zukunft

*I**ch möchte dem grauen Alltag entfliehen»*, klagt die Gegenwart.

«*Dann mach' das doch! Du hast es gut. Du kannst dich nämlich in jeder Minute entscheiden, was du tun willst»*, antwortet die Vergangenheit. *«Bei mir ist alles zu spät. Alles ist schon längst passiert.»*

«Was soll ich denn da sagen?» jammert nun die Zukunft. *«Ich kann gar nichts tun. Ich muss abwarten, wie du, liebe Gegenwart, dich entscheidest. Diese Ungewissheit ist eine Pein, eine Folter, ein... "»*

«Hört mir auf mit eurem Gejammer», unterbricht die Gegenwart. *«Wenn man es genau nimmt, spielst du, Vergangenheit, eine nicht unbedeutende Rolle, weil ich mich in gewisser Weise an dir orientiere. Das bedingt irgendwie auch, dass ich mich vor dir, Zukunft, fürchte. Ich fühle mich eingeengt und fremdbestimmt!»* Die Stimme der Gegenwart klingt frustriert.

«Grauer Alltag! Grauer Alltag! Willst du etwa lauter bunte Sonntage haben?» Die Zukunft blickt die Gegenwart vorwurfsvoll an.

«'Grau, teurer Freund, ist alle Theorie und grün des Lebens goldner Baum'». Die Stimme der Vergangenheit klingt bedeutungsvoll.

«Also das hilft uns jetzt auch nicht weiter», entgegnet die Zukunft. *«Du willst ja nur mit diesem Zitat zeigen, wie belesen du bist. Im Übrigen weiss ich, dass der alte Goethe das gesagt hat.»*

«Ihr habt mich nicht ausreden lassen», seufzt die Gegenwart. *«Ihr wisst ja gar nicht, wie schwer es ist, sich täglich, stündlich, minütlich, ja in jeder Sekunde neu entscheiden zu müssen, wie die Ereignisse ablaufen sollen. Die ganze Verantwortung für das Weltgeschehen lastet auf mir. Sie erdrückt mich! Mir scheint wirklich, du hast den besseren Teil erwischt, du Vergangenheit. Du musst überhaupt nichts tun, kannst dich einfach zurücklehnen und …»*

Die Zukunft interveniert und lamentiert:

«Was soll ich denn erst sagen? Mein Los ist das unerträglichste von allen! In jeder Sekunde bange ich, wie du, Gegenwart, dich wohl entscheiden wirst. Du bestimmst meinen Weg, mein Schicksal. Ich bin dir vollkommen ausgeliefert. Und von der Vergangenheit habe ich rein gar nichts! Die mag passiert sein, wie sie will, das ändert nichts an meinem Los!» Die Zukunft stöhnt aus tiefstem Herzensgrund.

«Ich habe eine Idee», meldet sich nach einer kurzen Pause die Vergangenheit zu Wort. *«Wir vertauschen einfach unsere Rollen»*.

Wieder Stille. Alle drei schweigen und denken angestrengt über den Vorschlag der Vergangenheit nach. Dann fragt die Gegenwart:

«Und wer übernimmt welchen Part? Also wie schon gesagt, ich wünsche mir lauter bunte Sonntage. Vielleicht mal einen grauen Alltag dazwischen. Aber sonst viele bunte Sonn- und Feiertage.»

Jetzt erhebt die Vergangenheit wieder ihre Stimme und erläutert:

«Ich meinte das mit dem Vertauschen so, dass man seine alte Rolle behält und zusätzlich in die andere Rolle schlüpfen kann,

180

je nach Belieben. Jeder ist und kann alles sein: Gegenwart, Vergangenheit, Zukunft.»

«*Das wird das reinste Chaos werden*», gibt die Zukunft zu bedenken.

«*Ich lasse mir von euch doch nicht in mein Tun dreinreden! Ich beharre auf meiner Entscheidungsfreiheit.*» Die Gegenwart überschlägt sich fast vor Empörung.

«*Aber vorhin hast du dich beklagt über zu viel Verantwortung!*» meint die Zukunft. «*Was willst du eigentlich?*»

«*Bunte Sonntage!*»

An einem heißen Sommertag

Hanna besucht ihren Großvater. Seit sie in den Süden der Republik gezogen ist, sieht sie ihn nur noch selten. Der Großvater hat die Achtzig weit überschritten, lebt aber immer noch allein in seinem Einfamilienhaus, in dem Hannas Mutter aufgewachsen ist und wo Hanna und ihre Schwester so manche Ferien verbracht haben, als sie Kinder waren und die Großmutter noch lebte.

Es ist ein kalter Wintertag mit vielen Schneeschauern. Da es zuvor Frost gegeben hat, bleibt der Schnee liegen. Trotz Winterreifen ist Hanna ist nicht so schnell wie gewünscht vorangekommen, weil die Straße zu dem Dorf, wo der Großvater wohnt, noch nicht geräumt ist.

Hanna wird bereits erwartet. Als sie in die Einfahrt des großväterlichen Hauses einbiegt, öffnet sich die Haustür und Winston, Großvaters Langhaardackel, saust wie ein braunroter Blitz aus dem Haus, auf Hanna zu und umspringt sie mit Freudengejaule. Hanna bückt sich und krault das Tier hinter den seidigen, wehenden Ohren.

«Dass er mich noch wiedererkennt!», sagt sie staunend und umarmt dann ihren Großvater, der aufrecht dasteht und wie immer nach einem altmodischen Rasierwasser und Pfeifentabak riecht. Es dünkt Hanna, er sei ein wenig kleiner geworden.

«Willkommen, meine Schöne!», entgegnet der Großvater. «Du siehst gut aus. Du gleichst deiner Mama immer mehr. Herein in die gute Stube.»

Hanna stampft sich den Schnee von den Stiefeln und folgt dem alten Mann ins Wohnzimmer, wo bereits der Tisch gedeckt ist und ihr ein verführerischer Duft nach frisch gebrühtem Kaffee und Streuselkuchen entgegenwabert.

«Ich habe Rosa gebeten, dir Hausschuhe parat zu stellen. Sitz, Winston!» Der Dackel hört nicht auf, Hanna winselnd zu umkreisen.

«Greif zu, Schätzchen. Den Kuchen hat Rosa extra für dich gebacken.» Das lässt Hanna sich nicht zweimal sagen, der Kuchen schmeckt einfach himmlisch, nach Kindheit und Geborgenheit. Mit Behagen verbannt Hanna die Gedanken an Kalorien und verzehrt zwei Stücke hintereinander, wohlwollend beobachtet vom Großvater.

«Du isst ja gar nichts», sagt Hanna, der erst jetzt auffällt, dass der Großvater nur seinen Kaffee trinkt.

«Meine Zuckerwerte gestatten das leider nicht.»

Während Hanna kaut, isst und genießt, lässt sie ihre Blicke durch den Raum schweifen.

«Hier hat sich gar nichts verändert. Deine Orchideen sind wie immer eine Blütenpracht. Du hast einfach einen grünen Daumen.» Auf der Fensterbank stehen viele Orchideen, deren Blüten in Rosa, Weiss und Gelb leuchten und dem Raum eine exotische Note verleihen.

«Ach, sie sind dankbar und anspruchslos. Ein wöchentliches Tauchbad in lauem Wasser, mehr braucht's nicht. Iss, Schätzchen! Nimm dir noch ein Stück!»

«Ich kann nicht mehr. Ich platze fast! Kein Platz mehr da drin.» Hanna tätschelt sich den Bauch.

«Na, dann darf ich mir jetzt meine Pfeife anzünden. Lass nur, ich räume später ab. Setz dich zu mir, Kind.»

Hanna bringt das Geschirr in die Küche, wobei sie aufpassen muss, dass sie nicht über den Dackel stolpert, der um ihre Beine herumwuselt.

«Komm setz dich zu mir und erzähl mir, wie es dir geht», wiederholt der Großvater, der in seinem am Fenster stehenden Sessel Platz genommen hat.

«Ach, da gibt es nicht viel zu erzählen», meint Hanna zögernd und zieht sich einen Stuhl zum Großvater ans Fenster. «Ich habe viel zu tun, der Beruf ist oft stressig.» Hanna weiss, dass der Großvater eigentlich hören möchte, dass sie die Trennung von ihrem Exmann überwunden und einen anderen kennengelernt hat, aber er ist viel zu taktvoll, um sie direkt danach zu fragen.

Der Großvater hat sich seine Pfeife gestopft, sie angezündet und zieht nun genussvoll daran. Der würzige Geruch nach Tabakqualm überlagert den Kaffeeduft.

«Das Rauchen steht eigentlich auch auf der Verbotsliste, aber was soll's! Rosa jammert, dass die Gardinen nach Tabak stinken und grau werden. Ich habe sie gebeten, sie abzunehmen und nach dem Waschen gar nicht wieder aufzuhängen. Hier braucht es keine Gardinen. Was sollen die Nachbarn schon groß sehen? Einen alten Mann, der Pfeife raucht, die Zeitung liest und die Vögel beobachtet.»

Hannas Blick fällt aus dem Fenster. Es schneit noch immer. Hinter den blühenden Orchideen versinkt der Garten immer mehr im Schnee. Am Futterhäuschen, das eine dicke Schneekappe trägt, tummeln sich Meisen.

«Wenn wir Glück haben, kannst du auch ein Rotkehlchen bewundern. Das kommt immer erst, wenn die anderen fort sind. Da schau, da ist es ja schon.» Der Großvater weist mit dem Pfeifenstiel aus dem Fenster. Hanna kann nichts erkennen außer einem unscheinbaren grauen Vogel, der sich jetzt wendet und seine orangerote Brust präsentiert, ein Flämmchen im Schneegestöber.

«Schätzchen», sagt der Großvater nun. «Ich habe eine Bitte. Könntest du mal auf dem Dachboden nachschauen. Da oben muss noch ein altes Fernglas liegen. Meine Augen wollen auch nicht mehr so recht. Ich mag Rosa nicht bitten. Sie ist ja auch nicht mehr die jüngste.»

«Klar, Großvater!» Hanna springt auf.

«In der Küche liegt eine Taschenlampe, aber es muss auch Licht da oben haben. Das sollte noch funktionieren.»

Der Großvater begleitet Hanna die Treppen hinauf ins Obergeschoss. Sie ist erschrocken, wie schwer ihm das Treppensteigen fällt.

«Ach weißt du», sagt er schwer schnaufend. «Ich betrachte es Kreislaufgymnastik. Ich warte hier.»

Hanna steigt die Treppe zum Dachboden hinauf, findet den Lichtschalter und knipst ihn an. Eine schwache Glühbirne verbreitet ein funzeliges Licht. Die Dielen knarren. Es ist kalt und zugig auf dem Dachboden. Hanna leuchtet mit der Taschenlampe über das Regal, das der Großvater erwähnt hat. Tatsächlich, da liegt der Feldstecher. Sie greift danach, etwas bleibt an der Schnalle des Riemens hängen und fällt auf den Boden. Es ist ein Abakus, ein alter Rechenrahmen aus gedrechseltem Holz. Behutsam pustet Hanna den Staub weg. Von den einst bunten Perlen ist die Farbe etwas abgeblättert. Hanna eilt mit ihrem Fund nach unten.

«Darf ich den haben, Großvater?»

«Ach der alte Rechenrahmen! Ich wusste gar nicht mehr, dass er noch da oben herumliegt. Freilich darfst du ihn haben. Ich bin ja froh, wenn die jungen Leute solche alten Dinge noch wertschätzen.» Mit etwas steifen Fingern schiebt der Großvater die Perlen hin und her. «Komm, ich erzähle dir eine Geschichte.»

Im Wohnzimmer stopft sich der Großvater eine neue Pfeife. «Ich weiss nicht, ob du dich noch an deinen Patenonkel Johannes erinnerst», beginnt er. Sein Blick ruht auf dem alten Rahmen.

»Nur ganz schwach», antwortet Hanna. «Er warf mich immer in die Luft und fing mich sicher wieder auf. Er humpelte, glaube ich.»

«Ja, das tat er. Hannes liebte diesen Rechenrahmen. Er war ganz versessen darauf, alles was in seiner Umwelt passierte, zu berechnen. Ach, er nervte uns damit ein bisschen. Er war ja fast zehn Jahre jünger als ich, und auch etliche Jahre jünger als Hedda und Robert. In unseren Augen war er fast noch ein Baby, ein richtiges Nesthäkchen halt. Und jetzt ist er schon so lange tot.»

Der Großvater seufzt. Hanna nimmt ihren Großvater genauer in Augenschein. Er sieht alt aus. Er **ist** alt. Mit seinem hageren faltigen Gesicht, die schlohweißen Haare akkurat gescheitelt, gleicht er ein wenig dem Schriftsteller Ernst Jünger, der über hundert Jahre alt geworden ist. Dann hatte der Großvater ja noch einige Jährchen vor sich! Das war beruhigend.

«An einem heißen Sommertag vor vielen, vielen Jahren», fährt der Großvater fort, «veränderte sich für mich und meine ganze Familie die Welt von Grund auf. Es war Krieg, die Väter waren an der Front, was für uns Kinder keine so große Rolle spielte. Wir hatten uns fast schon daran gewöhnt, dass sie nicht da waren. An jenem fernen heißen Sommertag lungerten wir in unserem Garten herum, unter dem Schatten eines großen Birnbaums, der leider nicht mehr steht. Es waren Ferien, die großen Sommerferien. Wir, das waren wir Geschwister, die Nachbarskinder und unsere Schulfreunde. Wir langweilten uns, wussten nicht so recht, was wir spielen sollten. Die verschiedenen Vorschläge gingen hin und her wie die Schläge bei einem Pingpong-Spiel, wurden begutachtet und verworfen. ‚Wir müssen alle Ideen abwägen‘, sagte Irina und machte mit den Händen die entsprechende Bewegung einer Waage mit zwei Schalen. Sie war die Freundin meiner Schwester Hedda und ich hatte mich ein bisschen in sie verliebt. ‚Ideen kann man nicht wiegen!‘, maulte Robert oder einer der anderen.

‚Räuber und Gendarm' war uns aus irgendeinem Grund ein bisschen verleidet. Die Mädchen schlugen ‚Deutschland erklärt den Krieg gegen…' vor. Das war so eine Art Hüpfkästchenspiel. Hickelkästchen, sagten wir damals. Das fanden wir Jungen natürlich ziemlich doof und unter unserer Würde. Dann spielen wir ‚Russen erschießen'. Ja, es gab tatsächlich ein Spiel, das so hieß. Die Erwachsenen wussten das und tolerierten es. ‚Nur ein toter Russe ist ein guter Russe', hieß es damals. Es war Krieg. Ach, ihr wisst ja gar nicht, wie privilegiert ihr heutzutage seid, dass ihr in Friedenszeiten aufwachsen dürft.» Der Großvater seufzt wieder und erzählt dann weiter:

«Schließlich einigten wir uns auf ‚Winnetou und Old Shatterhand'. Bei uns Jungs kursierten gerade die Winnetou-Bände von Karl May. Ich war eigentlich viel zu alt für derlei Spiele, aber ich war wie gesagt verliebt in Irina und suchte deren Nähe. Also machte ich mit bei diesem kindischen Vergnügen. Die Kleinen schleppten Wolldecken herbei, die überall im Haus parat zum Verdunkeln lagen, wenn Bombenalarm drohte. Wir Jungs drapierten die Decken über Bohnenstangen aus dem Geräteschuppen. In den so entstandenen Tipis war es eng und stickig, aber es gestattete, dass Irina und ich nah beieinander kauern konnten. Es entbrannte ein Streit darüber, wer eine Rothaut sein durfte und wer Old Shatterhand. Der kleine Hannes kurvte unermüdlich um die Tipis und stieß ein Indianergeheul aus, indem er in schnellem Wechsel seine Hand vor den Mund schlug. Deine Tante Hedda hatte in der Küche ein Glas Erdbeermarmelade stibitzt, mit der sie uns die Gesichter rot anmalte. Schließlich hockten wir alle völlig verschwitzt als Rothäute in den Wollzelten. Ich weiss nicht mehr, wer den Vorschlag machte, Fallschirmspringen zu spielen. Wahrscheinlich war es Franz, Irinas Bruder. Ihr Vater war bei den Fallschirmspringern stationiert, worauf Franz mächtig stolz war. ‚Und wovon willst du springen?' fragte Irina ihren Bruder. ‚Vom Turm natürlich', meinte Franz.

Es war uns Kindern strengstens verboten, auf diesen Turm zu steigen. Vermutlich, weil die Stufen der Wendeltreppe nicht mehr intakt waren. Ich glaube eher, weil jemand dort Suizid begangen hatte, er hatte sich vom Turm gestürzt.

Verbote kümmerten uns damals nicht sonderlich. Es gab sie, um sie zu übertreten. Vielleicht hätte ich als Ältester intervenieren sollen. Ich meldete zwar Bedenken an, wurde aber überstimmt. Ich muss zu meiner Schande gestehen, dass ich mich nur allzu schnell überreden ließ. Irinas Anwesenheit machte mich ganz kirre. Also zogen wir los zum Turm auf dem Hügel im Westen. Du kennst ihn ja. Es ist nicht weit von hier. Aber die Tür des Turms war abgeschlossen. Damit hatten wir nicht gerechnet. Das war aber für uns kein Hindernis. Wir nahmen Steinbrocken und mit ein paar Schlägen zertrümmerten wir das Türschloss. Das ging überraschend schnell und einfach. Die schwere Tür ließ sich knarrend nach innen öffnen. Wir drängten uns in die wohltuende Kühle, die im Inneren herrschte. Und schon polterten die ersten die Stufen der Wendeltreppe hinauf. ›Gebt acht!‹ rief ich warnend nach oben. Ich hörte Hedda kreischen ‚Igitt, Spinnweben!‘ Irina hielt sich in meiner Nähe auf. Es war dunkel. Durch die schmalen Scharten in den dicken Turmmauern drang nur wenig Licht. Ich fasste nach Irinas Hand und sie nach meiner und dann küssten wir uns. Es war himmlisch! Der Kuss schmeckte nach Erdbeermarmelade und nach Irina.»

Der Großvater schweigt. Über sein Gesicht huscht ein verklärtes Lächeln. Hanna betrachtet ihren Großvater staunend und mit Rührung. Sie tut sich schwer mit der Vorstellung, dass die eigenen Eltern oder gar der Großvater mal jung und verliebt waren.

Der Großvater räuspert sich und fährt dann fort:

«Es war eine atemberaubende Erfahrung, dieser erste Kuss. Ich hatte noch nie ein Mädchen geküsst, es gab nur die keuschen Gute-Nacht-Küsschen von Mama. Irina schien es ebenso zu gehen.

‚Fühl mal, wie mein Herz klopft‘, sagte sie, suchte nach meiner Hand und legte sie auf ihre Brust. Ich spürte unter dem dünnen Stoff ihres Sommerkleides die sanfte Rundung ihrer noch kindlichen Brust und das schnelle Klopfen ihres Herzens.

Unmittelbar darauf hörten wir einen Schrei, einen ganz furchtbaren Schrei, den ich heute noch manchmal höre. Ich raste wie ein Verrückter die restlichen Stufen nach oben. ‚Hannes ist runtergefallen!‘ Mit starren Gesichtern standen die anderen auf der Plattform und wiesen nach unten. Ich machte auf dem Absatz kehrt und rannte die Wendeltreppe wieder runter, nahm zwei Stufen auf einmal, sie kam mir trotzdem endlos vor. Draußen schwappte mir die Hitze wie eine Saunawelle entgegen. Mein kleiner Bruder hing mit totemblassen Gesicht im Gebüsch, das seinen Aufprall gebremst hatte. Mit der linken Hand hielt er den Rechenrahmen an sich gepresst. Wir befreiten ihn. Er wimmerte vor Schmerzen, aber er lebte! Ich nahm ihn Huckepack, die Mädchen hielten seine Hände und redeten tröstend auf ihn ein. Die anderen Jungs trotteten schweigend hinterher. So setzte sich unser kleiner Tross in Bewegung. Es war immer noch sehr heiß. Die Sonne stand nicht mehr ganz so hoch, brannte aber nach wie vor unbarmherzig.

Zuhause ging es dann schnell. Hannes wurde in die Klinik der nächsten Kreisstadt gefahren und noch am selben Tag operiert. Ob die Ärzte gepfuscht hatten, weiss ich gar nicht, jedenfalls musste er viele Monate lang so eine Art Korsett tragen und dann das Laufen wieder mühsam lernen. Das Hinken ist ihm geblieben. Am Abend dieses fernen Sommertages erhielt meine Mutter eine Depesche mit der Nachricht, dass unser Vater im Krieg gefallen war. Von jenem Tag an trug unsere Mutter Schwarz. Sie legte die Witwentracht nie mehr ab.»

Der Langhaardackel Winston vernimmt den traurigen Tonfall in der Stimme seines Herrchens, tapst heran und winselt leise. Dann wedelt er zaghaft mit seinem Schwanz und stupst die Hand des Großvaters an. Dieser streicht dem Hund abwesend über den Kopf. Seine Stimme klingt belegt.

«Irgendwie verloren wir an diesem Tag nicht nur unseren Vater, sondern in gewisser Weise auch unsere Mutter, die fortan ihre Trauer wie ein Panier vor sich hertrug. Sie schützte oft Migräne vor und verzog sich dann auf ihr Zimmer. Ihre Mutterliebe sank auf Sparflamme herab. Zum Glück gab es Rosa, unser Kindermädchen.»

Hanna sieht den Großvater erstaunt an.

«Nein, nicht die jetzige Rosa, die eigentlich gar nicht Rosa heißt. Ich nenne halt alle Haushälterinnen so, was wohl politisch nicht so ganz korrekt ist. Sie haben nichts dagegen.»

Der Großvater legt die Pfeife auf das Beistelltischchen. Seine Blicke fallen wieder hinaus auf den verschneiten Garten. Hanna kommt es so vor, als ob er die Winterwelt da draußen gar nicht wahrnimmt, seine Augen sind nach innen gerichtet und wandern zurück in die Vergangenheit.

«Die Trauer meiner Mutter, diese unselige Koinzidenz der Ereignisse bewirkte, dass ich mich schuldig fühlte am Tod meines Vaters, den ich bis heute vermisse. Für mich sind die Ereignisse jenes Tages untrennbar verknüpft: die brütende Hitze, der erste Kuss, der Sturz meines kleinen Bruders vom Turm herab und der Tod meines Vaters. Es lebt niemand mehr von meinen damaligen Spielgefährten. Sie sind mir alle vorausgegangen. Mir ist eine lange Zeit hier auf meinem Erdenweg vergönnt. Ich durfte meine erste Liebe heiraten. Ja, Irina ist meine Frau geworden. Wir hatten viele gute Jahre und solche, die weniger gut waren.

Aber Schluss jetzt mit den alten Geschichten. Danke, dass du mir zugehört hast, Schätzchen. Weißt du, ich habe viel Zeit jetzt. Da lebt man oft in der Vergangenheit. Das geht wohl allen alten Menschen so. Die Gegenwart ist wenig erbaulich. Dazu die

Zipperlein, die einen plagen… Du willst doch bei dem Wetter nicht zurückfahren?»

Es ist dunkel geworden. Die kurze Zeit der Abenddämmerung ist einer schwarzen Winternacht gewichen.

«Ich glaube, Rosa hat das Gästezimmer für dich hergerichtet. Ich mach uns jetzt Spiegeleier mit Speck. Und dann genießen wir ein gutes rotes Tröpfchen. Und du erzählst deinem alten Großvater etwas aus deinem Leben.»

«Ach Großvater», antwortet Hanna lachend. «Du hast es drauf angelegt, dass ich hier übernachte. Stimmt's? Mein Leben ist nicht so interessant – momentan wenigstens.»

«Das ändert sich, Schätzchen, Ganz bestimmt!»

Die Brautsuche

Ein Märchen

E s war einmal vor langer, langer Zeit, vor mehr als hundert
Jahren, ein junger Bauernbursche. Er wuchs als einziger
Sohn wohlhabender Eltern auf und führte das sorglose Dasein eines Menschen, der nie Armut kennengelernt hat. Der väter-
liche Hof lag in einem weltabgeschiedenen Dorf, das umgeben war
von Feldern, Wiesen und ausgedehnten Wäldern.

Als die Eltern alt und hinfällig wurden, drängten sie Emanuel – auf diesen Namen war der Sohn getauft –, dass er sich unter
den Schönen des Dorfes nach einer Braut umsehe, um den Hof und
Verantwortung zu übernehmen. Emanuel aber schlug die Mahnun-
gen seiner Eltern in den Wind, flirtete mit dieser Dorfmaid, machte
jener schöne Augen und auf der nächsten Kirchweih führte er eine
dralle Dritte zum Tanze. Im Jahr darauf wieder eine andere. Es bedurfte keiner großen Überredung seinerseits, dass die eine oder andere mit ihm im Heu verschwand oder das Lager im Kornfeld
teilte, denn er war ein ausnehmend gutaussehender Bursche von
einnehmendem Wesen.

Am Rande der Tanzfläche, am Rande des Lebens stand
Jahr für Jahr ein eher unscheinbares Mädchen. Ihre Augen waren
so blau waren wie die Blumen, deren Name sie trug: Ehrenpreis.
Sie war eine sittsame, gottgefällige Erscheinung, die niemals offen
mit ihrem Schicksal haderte: in ihrer Kindheit war Ehrenpreis Op-
fer einer schweren Krankheit geworden, die sie in den Augen der
Dorfbevölkerung zum Krüppel machte. Obwohl es nur ein Bein
war, das gelähmt blieb und ihr einen hinkenden Gang verlieh,
wurde sie von den Dorfkindern als Hinkebein verspottet.

Wenn nun alljährlich die Kapelle an der Kirchweih zum Tanze aufspielte und sich die Dorfjugend zum Jauchzen der Fiedeln im Takt drehte, stand Ehrenpreis am Rande des Tanzbodens und beobachtete mit sehnsuchtsvollen Augen das ausgelassene Treiben. Immer wieder fiel ihr Blick auf Emanuel, seine wohlgebaute Gestalt, die wehenden Haare, die feurigen Blicke und die geschmeidige Eleganz seiner Bewegungen. Und sie verlor ihr Herz an ihn. Niemals aber wurde sie zum Tanze gebeten, weder von Emanuel noch von einem anderen Dorfburschen.

So verging Jahr um Jahr. Eine Dorfjungfer nach der anderen freite, freite einen anderen, schließlich hatte Emanuel auch bei keiner um die Hand angehalten. Er avancierte zum Hagestolz. Die Freuden der Liebe schmeckten ihm nach so leicht gewonnener Beute allmählich schal.

Eines Nachts hatte er einen Traum, in dem ihm eine gute Fee verkündete, dass er die Liebe seines Lebens fände, wenn er mit offenen Sinnen durch das Leben gehen würde.

«Ich werde auf Brautschau gehen», teilte er am nächsten Morgen seinen Eltern mit. Die Mutter barmte, klagte und jammerte, der Vater aber sagte: «Lass ihn ziehen. Er soll sich die Hörner abstoßen.»

Also schnürte Emanuel sein Ränzel, gut gefüllt mit Proviant und zog von dannen. Er wanderte den lieben langen Tag, ohne einer Menschenseele zu begegnen. Der Wald nahm kein Ende. Die Wipfel der Bäume raunten und rauschten über ihm und versperrten den Blick in den Himmel.

Gerade als Emanuel rasten wollte, sah er etwas Weißes zwischen den dunklen Baumstämmen aufleuchten. Er sprang hoch und riss die müden Augen auf. Da, unweit von ihm bewegte sich eine helle Gestalt. Es war eine weiße Hirschkuh. Nein, keine Hirschkuh, sondern ein Einhorn. Emanuel traute seinen Augen kaum. Auf der Mitte der Stirn trug das Wesen in der Tat ein sanft gebogenes Horn. Das Tier wendete Emanuel den majestätischen Kopf zu und blickte ihn aus samtenen, lang bewimperten Augen an. In diesem Moment drängte sich die Sonne durch die Baumwipfel, fiel auf das Tier und sein Horn, das nun glänzte wie abertausend Diamanten. Emanuel holte tief Atem. Noch nie hatte er so etwas Schönes gesehen! Wie gebannt schlich er sich auf das Einhorn zu, das sich in Bewegung setzte, langsam davonschritt, aber immer wieder den Kopf wendete, als wolle es sich vergewissern, dass Emanuel ihm folgte. Dann fiel es in Trab, in Galopp und verschwand mit eleganten Sprüngen in der Dunkelheit des Waldes. Emanuel hetzte hinterher. Die Äste schlugen ihm ins Gesicht, Wurzeln hemmten seinen Lauf. Er stolperte und fiel längelang auf den Boden. Als er sich wiederaufgerichtet hatte, war das Einhorn verschwunden.

Vielleicht war es doch nicht die Liebe meines Lebens, dachte Emanuel. Der Tag ging zur Neige, die Dämmerung vermählte sich mit der Nacht, die ihr samtschwarzes Gewand anzog und die Flügel ausbreitete. Emanuel bettete sein Haupt auf grünes Moos, deckte sich mit Tannenreisern zu und versank in tiefen Schlummer. Der Mond zog seine Bahn am sternenbestickten Himmel und warf seine bleichen Strahlen durch die Wipfel der Bäume auf den friedlichen Schläfer im Wald.

Anderntags erwachte Emanuel ausgeruht und mit frischem Mut. Er verzehrte einen Teil des von der Mutter liebevoll eingepackten Proviants aus seinem Ränzel und setzte seine Wanderung fort. Noch immer dehnte sich der Wald endlos vor ihm. Immer neue Wegkreuzungen tauchten auf, die einander glichen wie ein Ei dem anderen. Emanuel zögerte nie, welche Richtung er einschlagen sollte. Unbeirrt schritt er voran.

Plötzlich vernahm er aus der Höhe eine wundersame Melodie, so wie er sie noch nie gehört hatte. Er blickte hinauf und entdeckte in der Krone einer Eiche, die ihre Knospen gerade erst entfaltete, einen goldenen Vogel. Emanuel kniff die Augen zusammen, um besser sehen zu können. Ja, das Gefieder des Vogels leuchtete in reinstem Gold. Auf dem Kopf trug er ein Federkrönchen, sein Schwanz hing lang über die Zweige herab wie die Schleppe eines Pfaus. Aus seinem Schnabel erklang ein zu Herzen gehendes Flötensolo. Beim Singen plusterte sich die Brust auf und die Schwanzfedern schlugen ein beeindruckendes Rad. Fasziniert betrachtete Emanuel dieses Schauspiel. *Das ist sie*, schoss es ihm durch den Kopf. Auf der Stelle verliebte er sich in dieses goldschimmernde Vogelgeschöpf und sein Herz schlug Purzelbäume. Er griff nach den untersten Zweigen der Eiche, zog sich daran empor und schwang sich auf die nächsthöheren Äste. Der Goldvogel unterbrach sein Flötensolo, hüpfte auf die Spitze der Eiche und spreizte dann aufs Neue seinen Schwanz zu einem goldglänzenden Bogen. Wie betört kletterte Emanuel höher und höher. Er hatte die Spitze fast erreicht, da breitete der Vogel seine Fittiche aus und flog wie ein goldener Traum von dannen. Frustriert und erschöpft stieg Emanuel wieder herab, zerkratzte sich die Hände und das Gesicht und landete erschöpft auf dem Waldboden. Er ließ seine Augen umherschweifen und suchte die umliegenden Wipfel und Kronen ab, da war aber nichts zu sehen, das wie reinstes Gold glänzte.

Wieder war es Abend geworden, die Nacht breitete ihren samtschwarzen Mantel aus und Emanuel bettete sein Haupt auf grünes Moos und deckte sich mit Tannenreisern zu. Und der Mond zog seine Bahn durch den sternenbestickten Himmel.

Am nächsten Morgen setzte Emanuel seine Wanderung fort. Das Ungemach der vergangenen Tage begann, seine Spuren zu hinterlassen. Verzagtheit schlich sich in sein Herz. Sein Proviant ging allmählich zur Neige. Und noch immer war er keiner Menschenseele begegnet. Er folgte nun einem kleinen Bächlein, stillte seinen Durst mit dessen klarem Wasser. Der Wald öffnete sich jetzt zu einem Tal mit Wiesen und Weiden. In der Ferne stiegen Nebelschleier auf, waberten sacht, lösten sich auf, nur um in noch dichteren Schwaden herumzutanzen. Emanuel beschleunigte seinen Schritt, denn auf dem schilfumkränzten Weiher tummelten sich nicht Nebelschwaden, wie er ursprünglich meinte, sondern es waren Nymphen, die in durchsichtigen Schleiergewändern einen anmutigen Reigen tanzten. Es war ein zauberhafter Anblick. Wie verzaubert blieb Emanuel stehen, streckte die Arme aus, um eines dieser ätherischen Wesen festzuhalten und als Braut heimzuführen. Aber es entwand sich seinen Armen. Er fühlte, wie die durchsichtigen Schleier sein geschundenes Gesicht und seine Hände streiften. Es war eine Berührung, so unglaublich zart und wohltuend. Immer wieder griff er nach einer der Nymphen, vergebens, sie hatten sich in Nichts aufgelöst.

Die Müdigkeit überfiel ihn nun mit Macht. Er fühlte sich so mutterseelenallein wie noch nie im Leben. Schleppenden Schritts überquerte er die Wiese, erreichte den jenseitigen Wald. Dort bettete er sein Haupt auf grünes Moos und deckte sich mit Tannenreisern zu. Und der bleiche Mond zog seine Bahn durch den sternenbestickten Himmel.

Als der neue Tag aufzog und die Flügel der Morgenröte den östlichen Himmel in Rosenlicht tauchte, erwachte Emanuel aus einem erquickenden Schlaf. Er fühlte sich frisch und munter, die Hoffnung verlieh ihm neue Kräfte. Unermüdlich schritt er wieder voran, ließ Meile um Meile hinter sich und geriet nun an einen Hügel, auf dessen Gipfel eine weiße Kapelle thronte. Es führte kein Weg um den Hügel herum, so war es beschlossene Sache, dass er da hinaufmusste. Schritt für Schritt erklomm er die Höhe. Die Kapelle stand inmitten eines alten Gottesackers. Viele Grabsteine waren eingesunken, die Kreuze hingen schief. Die Inschriften waren kaum mehr zu entziffern. Sie waren von Wind und Wetter ausgebleicht, mit Efeu überwachsen und mit Moosflechten bedeckt. Emanuel ließ sich im Schatten neben einem Rosenbusch nieder und lehnte sich mit dem Rücken an die kühle Kapellenmauer. Er ließ seine Blicke über das weite Land schweifen. In der

Ferne leuchteten die roten Dächer eines Häusermeeres. Dort hinten lag eine Siedlung, dort lebten Menschen, viele Menschen und dort würde er die ersehnte Braut finden. Dessen war er gewiss.

Gedankenverloren spielte er mit den Händen im Erdreich neben ihm. Plötzlich stießen seine Finger auf einen glatten, länglichen Gegenstand. Sie gruben weiter und förderten schließlich eine weiße Flöte zu Tage. Es fehlten nur noch die Löcher, um unterschiedlich hohe Töne zu spielen. Entzückt und arglos betrachtete er seinen Fund. Im Nu stanzte er mit seinem Dolch eine Reihe kleiner runder Löcher hinein, setzte die Flöte an den Mund und blies sachte hinein. Und im selbigen Augenblick erklang eine derart klagende Melodie, dass das Blut in seinen Adern erstarrte. Voller Schrecken blickte er auf das Instrument in seinen Händen, das von selbst immer weiterspielte. Die herzzerreißende Klage stieg zum Himmel auf, der seine Schleusen öffnete und eine Sturzflut von Tränen fiel herab.

Der Rosenbusch neben Emanuel sprach: "Oh störe die Ruhe der Toten nicht!"

Emanuel sprang auf. Das Totenbeinlein entfiel seinen Händen und wurde von der Trauerflut des Himmels weggeschwemmt. Erst jetzt gewahrte Emanuel, dass unter dem Rosenstrauch ein Grabstein aus Marmor stand. Er schob die Rosenranken beiseite. 'Dornröschen' entzifferte er die Inschrift. Gleich daneben ruhte Schneewittchen. Weiter vorn Rapunzel. Schneeweisschen und Rosenrot teilten sich ein Grab. Auch Hänsel und Gretel ruhten nahe beieinander. Hans im Glück begnügte sich mit einem schlichten Kreuz. Weiter vorn lag das Grab von Frau Holle. Um die Ecke war Aschenputtel begraben. Ein Marmorengel, in Trauer erstarrte Anmut, wachte über ihrem Grab.

Emanuel erschauerte. Er war auf dem Märchenfriedhof gelandet. Er fiel auf die Knie und drückte das Flötenknöchelchen wieder in das Erdreich von Dornröschens Grab neben dem Rosenbusch. Dann hastete er davon.

Die klagende Weise war verstummt und dem Trommeln der Regentropfen gewichen. Im Nu war Emanuel bis auf die Haut durchnässt. In langen Sätzen eilte er den Hügel hinab und tauchte wieder in den Wald ein. Er rannte und rannte, sein Herz raste. Dann ließ der Regen nach und die Sonne drängte sich durch die schwarzen Wolken. In der Ferne läuteten Glocken. Sie klangen sehr vertraut. Als Emanuel um die nächste Wegbiegung kam, nahm er voller Stauen wahr, dass er vor seinem Heimatdorf stand. Es waren die Glocken der alten Dorfkirche, deren Geläute zu ungewohnter Zeit die Luft erfüllte. Er erkannte, dass er die ganze Zeit im Kreis gewandert war!

Wie von einem Magneten angezogen erreichte er das Dorf, hastete durch die verlassenen Gassen des Dorfes zur Kirche und riss die schwere Tür auf. Vor dem Altar stand ein Brautpaar. Es war Ehrenpreis, die er in ihrem Spitzenbrautkleid kaum wiedererkannte. Sie sah wunderschön aus, ihre Lippen rot wie Blut, das Gesicht weiss wie Schnee und ihr ebenholzschwarzes Haar fiel in lockeren Kaskaden auf die Schultern. Ehrenpreis hatte dem Drängen ihrer Eltern nachgegeben, die ihre Tochter versorgt wissen wollten, ehe sie zu Grabe getragen wurden. Sie hatte sich bereit erklärt, einen vermögenden Witwer zu ehelichen, der um ihre Hand angehalten hatte.

Die Glocken verstummten, der Geistliche erschien aus der Sakristei, trat vor das Brautpaar und begann mit der Trauungszeremonie.

«Ehrenpreis», psalmodierte er, «bist du hierhergekommen, um mit dem hier anwesenden ehrenwerten Wilhelm…»

«Nein!», schrie Emanuel, stürzte durch den Gang zwischen den vollbesetzten Bankreihen vor den Altar und stieß den Witwer beiseite.

Der Pfarrer warf einen indignierten Blick auf den Neuankömmling, der zerzaust und wie aus dem Wasser gezogen aussah, rückte seinen Kneifer wieder zurecht und fuhr dann ungerührt mit der Trauungsformel fort:

«... dem hier Anwesenden ehrenwerten Emanuel den heiligen Bund der Ehe einzugehen, deinen Mann zu lieben und achten und ihm die Treue halten alle Tage deines Lebens, so antworte mit ‚Ja'.»

«Ja, ich will», sagte Ehrenpreis mit fester Stimme, aber ihre Finger bebten, als sie Emanuel den Ring über den Finger schob.

«Ja, ich will!», stieß Emanuel hervor, ohne den zweiten Teil der Trauungsformel abzuwarten.

Durch die Bankreihen ging ein vernehmliches Seufzen und so manches alte Weiblein wischte sich verstohlen eine Träne ab.

«So erkläre ich euch hiermit für Mann und Frau», schloss der Geistliche und hob die Hände zum Segen.

Ehrenpreis sah zu ihrem frisch angetrauten Ehemann hinauf, strich ihm die nassen Locken aus der Stirn und zupfte ein Grashälmchen von seinem feuchten Wams.

«Du darfst mich jetzt umarmen und küssen», flüsterte sie. Das ließ sich Emanuel nicht zweimal sagen. Er zog Ehrenpreis an sich und ließ sie nie mehr los.

Und so lebten sie glücklich bis ans Ende ihrer Tage.

Kinderglück

Rondell

Sieh, welch eine Wonne, Kinder zu sehen beim Spiel:
Singen und scherzen, Puppen füttern und herzen,
sich fangen und verstecken, hinter Busch und hinter Hecken.
Ach, welch ein Wonne, Kinder zu sehen beim Spiel.
Reifen schlagen, Teddys tragen, Falter jagen,
auf der Schaukel wippen, Sandeimer kippen,
mit dem Seile schwingen, Hüpfkästchen springen...
Oh, welch eine Wonne, Kinder zu sehen beim Spiel!

«Halslose Ungeheuer!»

Ein Sturmtief fegt über das Land. Er tobt um das Haus, rüttelt an den Fensterläden und zerrt wütend an den Ästen der betagten Fichte, die vorm Wohnzimmerfenster steht. Der Regen prasselt derart heftig an die Fensterscheiben, dass Ella sich besorgt fragt, ob sie dem Druck standhalten.

Ella hat sich gerade ihren allabendlichen Whisky eingegossen, die Beine hochgelegt und eine Zigarette angezündet, als der Alarm ihres Smartphones losschrillt und das Toben der Elemente draußen übertönt. Am Klingelton erkennt sie, dass der Anruf von ihrer Dienststelle kommt. Sie hat Bereitschaftsdienst, – keine Chance also, den Anruf zu ignorieren. Ella nimmt einen tiefen Zug von ihrer Zigarette und drückt sie dann wie ein lästiges Insekt im Aschenbecher aus.

„Endemann!", meldet sie sich kurz angebunden wie immer und lauscht der nüchternen Meldung des diensthabenden Beamten am anderen Ende der Leitung. „Ein Kind. Es geht um ein Kind. Ein Kind ist zu Tode gekommen. Die Mutter hat uns benachrichtigt." Die mehrmalige Erwähnung, dass ein Kind betroffen ist, verleiht seiner Meldung eine große Dringlichkeit.

„Warum sind wir involviert? Was hat die Mordkommission mit dem Fall zu schaffen?" Bellas ruppiger und barscher Umgangston wirkte anfangs im Kollegium irritierend, jetzt hat man sich daran gewöhnt. Es ist für Bella die einzige Möglichkeit, ihre Betroffenheit zu verbergen und Empathie zuzulassen und dennoch ihre Arbeit neutral und unbeeinflusst auszuüben.

„Die Mutter behauptet, jemand habe ihre kleine Tochter umgebracht. Mit einem Kissen erstickt. Ihr Assistent Ben ist bereits vor Ort, die Sanität ist informiert, der Doc ebenfalls, beziehungsweise seine Stellvertretung." Der Beamte spult weitere Einzelheiten ab, nennt Straße und Hausnummer. Seine Stimme zittert merklich. Ella notiert sich das Wesentlichste. „Bin schon unterwegs", brummt sie und drückt den Anruf weg. Dann langt sie nach dem Glas Whisky und schwenkt es behutsam. *Nur einen winzigen Schluck,* wispert eine verlockende Stimme im Hinterkopf. *Nur einen klitzekleinen Schluck!* Ella hält das Glas gegen das Licht, bewundert wie jeden Abend das bernsteinfarbene Leuchten des Inhalts, hört das zarte Klirren der Eiswürfel und erhebt sich dann mit einem Ruck. *Während des Dienstes kein Alkohol!* Diese Regel hat sie in etlichen Berufsjahren noch nie gebrochen. Ella marschiert in die Küche und kippt den Inhalt entschlossen in das Spülbecken. Während der Whisky gurgelnd im Abfluss verschwindet, steigt sein köstlicher Duft in Ellas Nase. Sie dreht den Wasserhahn auf und kommt sich sehr heroisch vor.

Das Unwetter dauert an, als Ella aus der Tiefgarage fährt und sich in den zähflüssigen Verkehr Richtung Stadtmitte einfädelt. Die Scheibenwischer schaffen es kaum, die auf sie einstürzenden Wassermassen zu bewältigen. Ihr misstöniges Schlurren und Quietschen zerrt an Ellas Nerven. Sie ist gezwungen, ihr Tempo zu drosseln und sich ganz auf den Verkehr zu konzentrieren. Das hilft, sich von dem vermutlichen Schreckensszenario abzulenken, das sie am Ende ihrer Fahrt erwartet.

Jetzt meldet sich Ben, ihr Assistent, in der Freisprechanlage. Auch seine Stimme klingt verstört, ohne seine sonstige forsche Munterkeit. Ella möge sich doch bitte beeilen. Er werde mit der Mutter des getöteten Kindes nicht fertig. Sie gebärde sich wie ein verzweifeltes, verwundetes Tier. Ja, genau so drückt sich der junge Mann aus. Ella versucht, ihn zu beruhigen. Der Doc wohne ganz in der Nähe und sei bestimmt gleich da.

„Der ist doch in Urlaub!", schreit Ben. „Sie haben seinen Stellvertreter aufgeboten und den aus einer Opernaufführung oder einem Konzert geholt!" Bens Stimme überschlägt sich fast. Ella gibt Gas. Sie kann das Verhalten ihres jungen Mitarbeiters sehr gut nachvollziehen. In ihrem langen Berufsleben ist ihr der gewaltsame Tod eines Menschen in seinen verschiedensten Gesichtern und Ausprägungen begegnet. Der Anblick eines toten Kindes ist ihr Gott sei Dank bisher erspart geblieben.

Ein leerer Plastiksack tanzt vor Ellas Wagen wie ein flügellahmes Huhn und gerät dann unter die Reifen. Noch immer schüttet es wie aus Kübeln. Die Rücklichter des vor ihr fahrenden PKWs leuchten rot auf. Bremsen kreischen. Der Verkehr gerät ins Stocken und kommt dann zum Erliegen. Ein Unfall! Ergeben langt Ella ins Handschuhfach und platziert das Blaulicht auf dem Dach ihres Wagens. Widerwillig und ansatzweise wird ihr Platz gemacht. Ella informiert die Kollegen des Verkehrsamtes per Funk und kämpft sich meterweise voran. Den Blick auf die ineinander verkeilten Wagen des Unfalls, den sie nun passiert, vermeidet sie. Sie hat das Gefühl, als ob der heftige Regen das flackernde Blaulicht verschluckt und das Hupen des Martinhorns zum Quäken verunstaltet.

„Halslose Ungeheuer!" Wie aus dem schwarzen Nichts taucht dieser Ausruf plötzlich in Bellas Hirn auf. Sie hört, wie jemand mit Nachdruck „Halslose Ungeheuer!" schimpft und damit Kinder meint. Wer war das? Wer hatte das gesagt? Wer hatte Kinder auf derart gehässige und verächtliche Weise tituliert?

Ella überholt einen BMW, der schon seit geraumer Zeit vor ihr fährt und das Blaulicht und Martinhorn ignoriert. Als sie an ihm vorbei jagt, ist sie versucht, dem Idioten am Steuer den Stinkefinger zu zeigen, lässt es dann aber bleiben.

„Halslose Ungeheuer!" Jetzt fällt es ihr wieder ein. Es ist die Stimme ihres Ex-Mannes. Hartmut hat die Buben ihrer Wohnungsnachbarn so bezeichnet. Ella und Hartmut lebten damals in der Mansardenwohnung eines Mehrfamilienhauses. Die Wohnung unter der ihren wurde von einem jungen Paar bewohnt, das sie nie

zu Gesicht bekommen hatten. Jedenfalls kann Ella sich nicht daran erinnern. Das wohl berufstätige Gespann hatte zwei Söhne in Vorschulalter, die die Wohnung niemals verließen. Immer wenn Hartmut und Ella durch das Treppenhaus kamen, morgens, mittags, abends, sahen sie die beiden Jungen hinter der Glasscheibe der Korridortür stehen, seltsam verzerrt durch das Riffelglas. Mit erhobenen Armen, die Augen gleich dunklen leeren Höhlen, die Münder aufgerissen zu einem stummen Schrei wie auf Munchs bekanntem Gemälde. Zu hören waren diese Kinder nie, kein Toben, kein Lärmen, kein Weinen, geschweige denn ein Lachen. *„Halslose Ungeheuer!"* sagte Hartmut jedes Mal verächtlich beim Vorbeigehen.

Jetzt erinnert sich Ella auch wieder, woher ihr Ex diese Bezeichnung hatte, nämlich aus dem Film ‚Die Katze auf dem heißen Blechdach‘. Liz Taylor hatte die Rolle der Maggie in diesem Tennessie-Williams-Stück gespielt. Sie war es, die die Kinder ihres Schwagers mit Inbrunst als halslose Ungeheuer beschimpfte – und sich doch insgeheim nach eigenen Kindern verzehrte.

„Oh Gott!", seufzt Ella. Wie hatte sie diese gespenstischen Szenen im Flur nur vergessen können! Fassungslos wird ihr bewusst, wie erfolgreich sie Hartmut und die Jahre ihrer bewegten Ehe aus ihrem Leben verdrängt hat. Mit Wucht stürmt nun die Erinnerung auf sie ein. Sie erinnert sich, wie das widersprüchliche Verhalten Maggies in dem Film ihre eigenen Wünsche, Hoffnungen und Ängste widerspiegelte und wie abscheulich sie Hartmuts Haltung fand. Letztlich war ihre Ehe an seiner ablehnenden Haltung Kindern gegenüber gescheitert. „Man setzt in die heutige Welt keine Kinder. Das ist egoistisch und verantwortungslos", pflegte er zu sagen, wenn die Rede auf Nachwuchs kam.

Als Ella trotz aller Verhütungsmaßnahmen unerwartet doch schwanger wurde, vollzog Hartmut eine erstaunliche Kehrtwendung. Keine Vorwürfe, kein Lamento, keine angedrohte Abtreibungsforderung. Er behandelte sie aufmerksam und überfürsorglich, schleppte Bücher über Babypflege und teure Fruchtsäfte aus dem Reformhaus herbei und schwelgte in vorweggenommenen Vatergefühlen.

Ella seufzt tief. Die Schwangerschaftsmonate empfindet sie im Rückblick als die friedlichsten ihrer stürmischen Ehe. Sie hatte keine Beschwerden, litt nicht unter Übelkeit und genoss es, wenn die Blicke ihrer Umwelt auf ihren Bauch fielen, der sich allerding kaum wölbte. Bei ihrer hochgewachsenen, stattlichen Figur sah man ihr die Schwangerschaft kaum an, auch in den letzten Monaten nicht.

Das Ende war furchtbar! Im siebten Monat erlitt Ella eine Totgeburt, deren Ursache nie genau diagnostiziert wurde. Sie nahm es Hartmut übel, dass er nicht da war, als sie ihn am dringendsten gebraucht hätte. Allein fuhr sie im Taxi ins Krankenhaus, allein wand sie sich in Krämpfen und Wehen, allein – abgesehen vom Klinikpersonal – brachte sie ihr totes Kind auf die Welt. Zu wissen, dass das Kind in ihrem Leibe tot war und es dennoch unter Schmerzen gebären zu müssen, war eine unglaubliche Strafe. Strafe wofür? Sie weigerte sich, einen Blick auf den Fötus zu werfen, dessen Entwicklung und Wachsen so viele Wochen ihres Lebens beseelt hatte. Als Hartmut endlich im Spital an ihrem Krankenbett aufkreuzte, mit bestürzter, schuldbewusster Miene, würdigte sie ihn keines Blickes und blieb stumm. Dass man ihn bei seiner Kollegin und Geliebten aufgetrieben hatte, erfuhr sie erst später. Sie hatte geahnt, dass es eine solche gab, denn in den letzten Wochen der Schwangerschaft hatte sie den Sex verweigert, um dem ungeborenen Kind nicht zu schaden.

Was das Fass zum Überlaufen gebracht hatte, war Hartmuts theatralische Trauerattitüde. Er, der anderer Leute Kinder als halslose Ungeheuer bezeichnet hatte, legte nun Abend für Abend zu Hause Mahlers Kindertotenlieder auf, rauchte eine Zigarette nach der anderen und ließ sich volllaufen.

Ella seufzt wieder abgrundtief. Während sie durch die schwarze Regennacht fährt, fällt ihr der Text der letzten Strophe von Mahlers Liederzyklus ein:

„In diesem Wetter,
in diesem Braus,
nie hätte ich gelassen,
die Kinder hinaus!"

Wie absolut passend diese Verszeilen doch klingen für diese heutige Nacht!

Damals hatte sie Hartmut angeschrien:

„Dein Verhalten ist so was von krank!" Sie war zum Plattenspieler gestürzt und hatte den Tonarm hochgerissen. Die Klage des Sängers verstummte mitten im Satz mit einem hässlichen Kratzen.

Wenige Monate später waren sie geschieden. Ella zog in eine andere Stadt und meldete sich auf der Polizeischule an. Sie stürzte sich mit Besessenheit in die Ausbildung, schnitt als Lehrgangsbeste beim Schlussexamen ab und machte Karriere bei der Kriminalpolizei. In ihrer Haltung Kindern gegenüber vollzog sie eine ähnliche Kehrtwendung wie ihr Exmann, nur in die entgegengesetzte Richtung. Sie verschloss sich Kindern gegenüber total, suchte und fand keinen Zugang zu ihnen. Es waren für sie Wesen von einem fremden Stern.

Und nun ist sie auf dem Weg zu einem Kind, einem toten Kind.

Ella ist bei der angegebenen Adresse angekommen. Mit einem tiefen Atemzug wappnet sie sich für die Herausforderung, die die Konfrontation mit jeder Bluttat, jedem gewaltsamen Tod für sie bedeutet. Entschlossen schaltet sie den Motor ab und sprintet durch den Regen zur geöffneten Tür, wo Ben sie mit kreidebleichem Gesicht erwartet.

Regen

Pantun

Schwere Wolken verdüstern den Himmel,
Sonnenstrahlen eingesperrt und gefangen.
Nichts durchdringt das Wolkengetümmel,
Sonnendurstige Blumen bangen…

Sonnenstrahlen eingesperrt und gefangen,
es regnet, regnet ohne Unterlass,
sonnendurstige Blumen bangen,
ihre Kelche hängen blass und nass.

Es regnet, regnet ohne Unterlass,
Tropfen trommeln im Stakkato,
Blumenkelche hängen blass und nass,
die Sonne versteckt sich im Nirgendwo.

Tropfen trommeln im Stakkato,
nichts durchdringt das Wolkengetümmel,
die Sonne versteckt sich im Nirgendwo,
schwere Wolken verdüstern den Himmel.

Begegnung an der Tür

*I*ch habe sie nicht gebeten, die Türe aufzuhalten. Und es nützt mir ehrlich gesagt, auch nicht viel. Die Frau läuft so weit vor mir her, da könnte man x-mal die Türe auf- und zumachen in der Zwischenzeit. Und es wäre für mich auch kein Aufwand, die Türe selbst aufzumachen. Aber wie ich sehe, dass die Frau stehen bleibt, dass sie mir die Türe aufhält und auf mich wartet, da fange ich an, mich zu beeilen. Fühle mich verpflichtet, schneller zu laufen, einfach, damit die dort nicht so lange stehen und mir die Tür aufhalten muss. Und wie ich endlich dort bin, durch die Türe durch, sagt die Frau, noch bevor ich etwas sagen kann...*

«Hallo Peter, wie schön, dass du doch gekommen bist. Ich freu mich ja so...»

Und ehe ich mich versehe, fällt mir die fremde Frau um den Hals. Mit Ungestüm! Ich kenne sie nicht! Sie ist mir völlig unbekannt. Sie erdrückt mich schier in ihrer Überschwänglichkeit und klammert sich an mich wie eine Schlingpflanze. Nein, eher wie ein Klammeräffchen. Ein fremder Parfümduft steigt mir in die Nase. Ihre offenen roten Haare kitzeln mich. Ich muss nießen, mehrmals!

Sie lässt mich endlich los. Das Nießen und das anschließende Naseputzen verschafft mir etwas Zeit. Der Name stimmt. Woher weiss die Fremde, dass ich Peter heiße? Ich wende mich etwas ab und versuche, das Schnäuzen so diskret wie möglich zu absolvieren.

Mein Gehirn rattert auf Hochtouren. Sollte ich diese junge Person tatsächlich kennen? Während ich mein Nastuch wieder verstaue, versuche ich, mein Gegenüber so diskret wie möglich zu mustern. In der Tat, eine aparte, ja attraktive Erscheinung, soweit ich das bei dem dämmrigen Licht erkennen kann, denn die Tür, die sie mir so eilfertig aufgehalten hat, ist bei ihrer stürmischen Begrüßung mit einem Rumms ins Schloss gefallen. Nur durch das Oberfenster fällt ein mattes Licht. In Blitzesschnelle versuche ich, meine Begegnungen mit der holden Weiblichkeit Revue passieren zu lassen. Ein Seitensprung? Da klingelt nichts in meinem Hirn, nicht mal der Hauch von schlechtem Gewissen. Eine frühere Freundin? Null Erinnerung. Eine Klassenkameradin? Da gab es keinen Rotschopf in der Klasse. Allerdings ist das kein schlüssiges Kriterium. Annegret, mit der ich es ein paar Jahre aushielt, färbte sich alle paar Monate die Haare in einer anderen Farbe. Vielleicht die Frau eines Freundes? Eine Sandkastengespielin? Mein Gehirn liefert keine Antwort.

Während ich noch zögere und verzweifelt nach einem Anfang suche, plappert die Rothaarige ununterbrochen. In meiner Schockstarre kann ich kaum zuhören.

«Peter, du sagst ja gar nichts. Findest du es nicht wunderbar, dass wir uns wiedergefunden haben? Vor allem, wenn man bedenkt, was zwischen uns vorgefallen ist. Das war ja schon recht heftig. Ich meine, das musst du doch zugeben. Lydia hat sich meiner angenommen, als es mir so schlecht ging, weil du… Schwamm drüber! Allein die Tatsache, dass du gekommen bist, zeigt doch, dass…?»

Um Himmelswillen, wovon redet diese Frau? Was sollen diese Andeutungen, diese unausgesprochenen Vorwürfe? Wer ist sie? Ich stehe stumm und steif wie ein Stockfisch da. Es hat mir schlicht die Sprache verschlagen. Und wer ist Lydia?

Die Fremde nähert sich mir wieder und zupft meinen Hemdkragen zurecht. Das ist eine sehr vertraut anmutende Geste. Wieder rieche ich ihr Parfüm. Meine Nase fängt wieder an zu kribbeln. Eine neue Niesattacke überfällt mich. Ich wende mich ab.

«Mein Gott, Peter, seit wann reagierst du so allergisch auf mich?» Sie lacht glucksend eine kleine Koloratur.

In diesem Moment wird die Türe von außen geöffnet und ich komme herein. Nein, natürlich nicht. Ich bin ja schon drin! Mein Doppelgänger tritt ein, ein Mann, der so aussieht wie ich! Die Rothaarige verstummt mit offenem Mund und weit aufgerissenen Augen.

«Peter?», stammelt sie dann.

«Hallo Sabina, sorry, ich habe mich etwas verspätet.» Er drückt die Rothaarige an sich. «Großartig, dass es nun doch funktioniert hat. Du hast dich überhaupt nicht verändert!» Erst jetzt scheint er mich wahrzunehmen.

«Und wer sind Sie?» Er beäugt mich argwöhnisch, soweit ich das in diesem diffusen Licht erkennen kann.

«Sie war so freundlich, mir die Türe aufzuhalten», sage ich mit fester Stimme und weise auf die Rothaarige, die nun ihrerseits das Verhalten eines Stockfisches angenommen hat.

Gott sei Dank habe ich sie wiedergefunden, meine Stimme, meine ich. Nicht meine Erinnerung oder mein Gedächtnis. Ich weiss nämlich nicht mehr, was ich in diesem Haus zu suchen hatte.

„Broken Windows..."

D a wären wir», sagt der Taxifahrer und stellt den Motor ab. «Sind Sie sicher, Madame, dass Sie hierher wollen? Ich frag ja bloß. Diese Schrebergartensiedlung ist ja schon seit Jahren nicht mehr in Betrieb. Das hat damals viel Wirbel gegeben, als sie geschlossen wurde. Altlasten, verstehen Sie. Der Boden ist kontaminiert mit Schadstoffen.»

Der Fahrer ist einer von der redseligen Sorte. Schon auf der Herfahrt hat er ununterbrochen geredet, Fragen gestellt und vergeblich versucht, Johanna in ein Gespräch zu verwickeln.

«Wenn hier die Schrebergärten ‚Mein Gartenparadies' sind, dann bin ich hier genau richtig», entgegnet Johanna und versucht, so viel Würde wie nur möglich in ihre Antwort zu legen. «Ich bin alt, aber nicht gaga, junger Mann!» In Wahrheit ist die Nachricht von der Stilllegung ein Schock! Aufgeben ist allerdings keine Option. Es hat so viel Zeit und Grübeln gekostet, sich überhaupt an den Namen der Siedlung zu erinnern.

«Was bin ich Ihnen schuldig?»

Der Chauffeur zeigt auf das Display, das zwischen den Sonnenblenden oben an der Windschutzscheibe befestigt ist. Johanna erkennt nur ein verschwommenes rotes Zahlengewirr. Fatalerweise hat sie bei ihrem überstürzten Aufbruch ihre Brille vergessen. Ihr Stolz lässt keine Nachfrage zu. Also nestelt sie einen Hundert-Euroschein aus ihrem Portemonnaie. Im ersten Moment ist sie versucht, zu sagen: «Stimmt so!» Das wäre vermutlich doch ein bisschen übertrieben.

«Runden Sie auf», sagt sie gönnerhaft und überreicht dem Fahrer den Schein. Erstaunlicherweise bekommt sie zwei Zwanziger Noten zurück.

«Merci, Madame», der Fahrer springt auf, geht um die Kühlerhaube seines Wagens herum und hilft Johanna beim Aussteigen.

«Ich würde mich an Ihrer Stelle nicht allzu lang hier aufhalten, Madame. Schau'n Sie dahinten, da braut sich was zusammen.» Er weist auf schwarze Wolkentürme, die sich am Horizont ballen.

«Nichts für ungut, Madame». Grüßend legt er Zeige- und Mittelfinger an die Schläfe und steigt wieder in seinen Wagen. Johanna wartet, bis er den Motor gestartet und gewendet hat und hinter der letzten Wegbiegung der Schotterstraße verschwunden ist. Dann amtet sie tief ein und lässt ihre Blicke schweifen. Nichts, rein gar nichts kommt ihr hier bekannt oder vertraut vor. Die Tristesse des Ortes, die Unwirtlichkeit teilt sich ihr auch ohne Brille mit.

'Ihr glücklichen Augen', der Titel einer Erzählung von Ingeborg Bachmann kommt ihr in den Sinn. Miranda, die Heldin dieser Geschichte, nutzt ihre extreme Kurzsichtigkeit dazu, nur das zu sehen, was sie sehen will. So erspart sie sich den Anblick der gelben Zähne ihres Liebhabers. Dieses Verhalten hat Johanna damals sehr imponiert.

Jetzt stakst sie los. Staksen ist der passende Ausdruck. Warum um Himmels Willen hat sie dermaßen ungeeignetes Schuhwerk angelegt wie diese Pumps? Obwohl, so richtige Pumps sind es ja nicht, halt feine Schuhe aus schwarzem Leder mit etwas erhöhtem Absatz. Stöckelschuhe nannte man die Pumps früher. Heute hatten diese Dinger einen amerikanischen Namen, der Johanna aber einfach nicht einfallen will. Viel schlimmer ist, dass sie nicht mehr weiss, warum sie mit solcher Dringlichkeit hierher wollte. Sie erinnert sich nur, dass sie in eine beschwingte, ja selige Stimmung geriet, als ihr endlich der Name dieser Schrebergartensiedlung wieder eingefallen ist. ‚Mein Gartenparadies‘. Warum hat sie danach gesucht? *Vielleicht werde ich doch allmählich gaga.*

Frustriert befreit sie sich von einer Brombeerranke, die sich an ihrem Mantel verhakt hat. *Meine Strapse im Hirn funktionieren nicht mehr richtig,* geht es ihr durch den Kopf.

Strapse? Johanna bleibt stehen und lacht. Das hat etwas Befreiendes. *Strapse, Synapse... Gott, wie komisch!* Johanna stellt sich ihr Hirn vor, eine vergrößerte Walnusshälfte, behängt mit Strapsen. Ein bizarres Bild! Amüsiert erinnert sie sich an einen Liebhaber, der wohl auf Strapse stand, ein Strapsenfetischist. Als er mit seiner Bitte herausrückte, Johanna möge doch Strümpfe mit Strapsen anlegen, damals, vor einer Ewigkeit, hatte sie ihn einfach ausgelacht. «Geh zu Nutten!», hatte sie gesagt, war aufgestanden, in ihre Jeans geschlüpft und verschwunden.

Es waren Jeans mit Schlag, eine modische Katastrophe! Komisch, dass ihr jetzt diese Einzelheit in den Sinn kommt. Unsicher stolpert Johanna durch die Wildnis, zu der die einst idyllische Siedlung mit den liebevoll angelegten Gärtchen und Lauben verkommen ist. Viele Gartenhäuschen sind ohne Dach, Regenrinnen halb heruntergerissen, die Türen und Fenster leere schwarze Höhlen. Überall wuchern Brennnessel und dorniges Gestrüpp. Die Natur hat sich ihr Revier zurückerobert. Im verdorrten Gras liegt Fallobst, von dem ein fauliger Geruch aufsteigt. Lediglich die blasslila Kelche einiger Herbstzeitlosen setzen farbige Akzente. Zumindest nimmt Johanna an, dass es Herbstzeitlose sind. Krokusse können es ja in dieser Jahreszeit nicht sein. *Wie passend!* denkt Johanna. *Blumen im Herbst meines Lebens.* Eine Stimme im Hinterkopf wispert vernehmlich: *Winter des Lebens, meine Liebe! Du bist im Winter deines Lebens!* Johanna seufzt und stöckelt weiter.

Altwerden ist wirklich ein Massaker! Das hat der kürzlich verstorbene amerikanische Autor Philipp Roth gesagt. Johanna schätzt ihn nicht, vielmehr seine Bücher. Ehrlicherweise kann sie das nicht beurteilen, denn sie hat nie ein Buch von ihm gelesen. Aber diese Aussage hat sie irgendwo aufgeschnappt und findet sie gut! Die trifft es! *Wahrlich ein Massaker!* Johanna seufzt wieder aus tiefstem Herzensgrund. Was um alles in der Welt sucht sie hier?

Vom kahlen Apfelbaum rechts vorn fliegt eine Krähenschwarm auf und zieht krächzend von dannen. Das misstönende Geschrei erschreckt Johanna. Sie zuckt zusammen. Jetzt fängt es doch tatsächlich an zu regnen. Der Taxifahrer hatte Recht. Johanna steuert die nächste Laube an, um dort Unterschlupf zu finden. Sie landet vor einer einst weiss gestrichenen Tür, von der die Farbe abblättert. Hinter den abweisenden, gezackten Glasresten im Türrahmen hängt ein schmutziger Vorhang, der vom aufkommenden Wind ins Innere geweht wird. Versuchsweise drückt Johanna die Türklinke, erstaunlicherweise ist die Tür nicht abgeschlossen, sie lässt sich nach innen öffnen.

'*Broken Windows…*', eine melancholische Ballade aus einer längst vergangenen Zeit, geistert beim Anblick der zerbrochenen Scheibe durch Johannas Kopf. Sie summt die erste Zeile vor sich hin, ziemlich falsch. '*Broken windows in empty hallways…*'. Die nächsten Zeilen sind ihr entfallen, nur der Refrain fällt ihr ein: '*And I think it's gonna rain today*'. Der Name der Sängerin ist auch da: Dusty Springfield. Johanna sieht das Porträt auf dem Plattencover deutlich vor sich, die hochtoupierten blonden Locken, der verträumte Blick aus kajalumränderten Augen.

Wie passend für meine derzeitige Situation, registriert Johanna seufzend. Sie summt die letzte Liedzeile vor sich hin: «And I think it's gonna rain today» und wagt ein paar Schritte ins Innere der verlassenen Laube. Und als sie so durch die Türe tritt, weiss sie plötzlich: Hier war es! Diese Gartenhütte hat sie gesucht, durch diese Tür ist sie oft gegangen.

Dumpfe modrige Luft schlägt ihr entgegen. Etwas wischt an ihrem Gesicht vorbei. Angewidert streift sie die Spinnenweben ab. Wartet, bis sich ihre Augen an das Halbdunkel gewöhnt haben.

In der Ecke steht tatsächlich noch die alte, abgesessene Couch, aus deren Mitte eine Sprungfeder ragt.

Ach Gott, wie lange ist das her! Mehr als ein halbes Jahrhundert ist vergangen, seit sie zuletzt hier war. Es war die Zeit der friedlichen Flower-Power-Bewegung, die den wilden Achtundsechzigern gefolgt war. Johanna, beseelt von einem unbändigen Freiheitsdrang, immer in vorderster Front dabei. Die lustvolle Auflehnung gegen die Erwachsenen, gegen Eltern und Lehrer, gegen das Establishment, gegen den NATO-Doppelbeschluss, gegen Atomkraftwerke. Das Leben in der Kommune, APO und Demos, Ho-Chi-Minh-Rufe, Protestmärsche, der Vietnam-Krieg der USA… ein Flashback reiht sich an den anderen. Der Sponti-Spruch *«Wer zweimal mit derselben pennt, gehört schon zum Establishment!»* Ehe, Treue und kleinbürgerliche Familie… die Achtundsechziger streiften die Fesseln der Konvention ab und träumten von der freien Liebe. *„Make peace, no war!"* hieß es dann. Die Mädchen trugen lange Kleider, (die vermutlich in Indien in Kinderarbeit hergestellt wurden!) und Blumen im offenen Haar. *Himmel, welch zügellose, wilde Zeit!*

Und dann war Johann in ihr Leben getreten! Johanna vollzog eine radikale Kehrtwendung, ließ sich ihre taillenlangen braunen Haare raspelkurz schneiden und färbte sie schwarz, mit einer lila oder feuerroten Strähne. Sie trug dunkle Klamotten und schwere Springerstiefel, an heißen Sommertagen eine unglaubliche Strafe! Und sie ließ sich nur noch Jo nennen wie Johann, was ihre androgyne Erscheinung verstärkte. Zusammen waren sie JoJo, ein unbesiegbares Gespann. Zum ersten Mal war Johanna richtig verliebt. Das wilde Herumvögeln hatte seinen Reiz verloren. *Mal ehrlich, irgendwie müffelten die Kommunarden doch alle ein bisschen ungewaschen!* Im tiefsten Innern war Johanna trotz ihres rebellischen Gehabes konservativ und bürgerlich geblieben, eine Gefangene ihrer uneingestandenen Hoffnungen, Wünsche und Sehnsüchte.

Johanna setzt sich auf den Rand der ramponierten Couch und streicht ihre grauen Haare hinter die Ohren. Während der Regen auf das Dach trommelt, lässt sie die Zeit mit Johann Revue passieren. Die Gartenlaube gehörte Johanns Eltern, hart arbeitenden Leuten aus dem Arbeitermilieu. JoJo nützten jede Gelegenheit und zogen sich zu romantischen Schäferstündchen in diese Laube zurück. Das war manchmal gar nicht so einfach, denn auf den Parzellen ringsum herrschte meist emsige Betriebsamkeit. Die meisten Gärtchen waren von Rentnern gepachtet, die über alle Zeit der Welt verfügten. Natürlich blieb ihnen nicht verborgen, was JoJo in der gemütlich eingerichteten Laube so trieben. Es blieb bei verständnisvollem Augenzwinkern. Johann war ein fantasievoller, zärtlicher Liebhaber. Wehmütig seufzend erinnert Johanna sich, wie sie es genoss, wenn er sie von ihren schwarzen Klamotten befreite. Manchmal ‚organisierte' Johann eine Flasche Wein im Supermarkt, den sie dann aus Plastikbechern tranken. Einmal goss er in den Rest seines Bechers in ihren Bauchnabel und leckte ihn dann genussvoll auf, seine Lippen bewegten sich immer weiter nach unten und vollbrachten wahre Zauberstücke. Johanna erschauert.

Und dann? Wann, wo und vor allem warum war diese Affäre oder vielmehr Beziehung zu Ende gegangenen? Und wie hatte Johann ausgesehen? Da klafft eine Erinnerungslücke. Johanna weiss nicht, wie groß sie ist. Umfasst sie Wochen, Monate, Jahre? Sie hat gehofft, hier eine Antwort zu finden, vergeblich.

Sie hört dem Stakkato der Regentropfen auf dem Dach zu. Der schmutzige Vorhang vor der Tür wird von Böen immer wieder wie ein Riesenfalter auf der Flucht ins Innere geweht. Staub wird aufgewirbelt. Johanna muss niesen.

Überall Staub, denkt Johanna, *Staub auf meiner Erinnerung. Mein Gehirn ist völlig verstaubt, ist mit Rost bedeckt, mit Mehltau und Schimmel überzogen, mit den Sedimenten des Altwerdens.*

Im Metaphern-Finden funktioniert es aber noch ganz gut, immerhin. Johanna lächelt gequält.

Plötzlich verdunkelt sich der Eingang, die kaputte Tür wird geöffnet und jemand tritt ein. Johanna springt auf und stößt einen kleinen Erschreckensschrei aus, erkennt aber dann den Taxifahrer. Das Erschrecken weicht der Erleichterung. Der Fahrer faltet seinen Regenschirm zusammen, an dessen Spitze sich sofort eine Pfütze bildet.

«Ich habe vermutet, dass ich Sie in einem dieser Dreckslöcher finde, Madame. Kommen Sie, ich bringe Sie nach Hause.»

Er reicht Johanna die Hand.

«Ich kann mich einfach nicht mehr erinnern, wie die Geschichte zu Ende ging», sagt Johanna mit zittriger Stimme, aus der alle Kratzbürstigkeit verschwunden ist.

«Ach, das ist vielleicht ganz gut, Madame. Nicht alle Erinnerungen wollen geweckt werden. Es gibt Gründe, weshalb man sie ruhenlassen sollte.» Das ist eine einleuchtende, für einen gesprächigen Menschen wie den Taxichauffeur eine erstaunliche Aussage. Seltsam getröstet lässt sich Johanna zum Taxi führen.

Morgenstimmung

Pantun

Nebelschwaden schweben überm Wiesengrund,
weben ihre zarten Schleier.
Dämmerung küsst die Morgenstund',
ein neuer Tag hält seine Feier.

Der Nebel webt zarte Schleier,
schmückt Halme und Gräserspitzen,
ein neuer Tag hält seine Feier,
Tautropfen funkeln und blitzen.

Geschmückt nun Halme und Gräserspitzen
mit diamant'nem Perlensaum,
Tautropfen funkeln und blitzen,
vergänglich wie ein schöner Traum.

Mit diamant'nem Perlensaum
küsst Dämmerung die Morgenstund',
vergänglich wie ein schöner Traum,
schweben Nebelschwaden über Wiesengrund.

Die kirschrote Tasche

Nach einer längeren Regenphase bescherte uns die Natur einen Frühlingstag mit traumhaftem Wetter. Am Horizont war die dunkelblaue Silhouette der Alpen deutlich zu sehen. Ich wagte es mal wieder, die kleine Kapelle auf dem Hasenberg anzusteuern.

Wie fast jeden Morgen machte ich einen Umweg über den Friedhof und verweilte einige Minuten an Ninas Grab. Die Vinca-minor-Pflanzen, die ich voriges Jahr gesetzt hatte, standen nun in voller Blüte. Nina liebte die blauen Blüten des Immergrüns. Sie hätte ihre Freude an diesem Anblick gehabt.

Als ich am letzten Haus unseres Weilers vorbeikam, hielt ich Ausschau nach meiner Freundin, einer schwarzweiß gefleckten Katze. Sie saß nicht auf ihrem gewohnten Platz auf der Fensterbank, was mich ein bisschen enttäuschte. Für gewöhnlich bleibe ich stehen und plaudere mit ihr. Manchmal schenkt sie mir sogar einen Blick, meist ist ihr Gesicht desinteressiert in die Ferne ins Innere gerichtet. Ganz selten springt sie von ihrem Platz herunter, drückt sich schnurrend um meine Beine und lässt sich streicheln.

Der Weg führte mich nun durch die Felder, hinauf durch die Villen auf der Imbissmatt, wo die Schönen und Reichen residieren, bis zum Wäldchen unterhalb der Kapelle. Ich war etwas außer Atem geraten, das Bergaufgehen hatte mich doch mehr angestrengt als erwartet. Meine alten Gelenke wollten nicht mehr so recht. Erschöpft ließ ich mich auf der Bank am Waldrand nieder und lauschte dem vielfältigen Gesang der Vögel. Beim Aufsteigen hatte ich den ersten Zilpzalp gehört. Auch die Grasmücken waren aus dem Süden zurückgekehrt und jubilierten ‚ohne Punkt und Komma‘, wie Nina sich immer ausdrückte.

Ich schloss die Augen, lehnte mich zurück und versuchte, die Gedanken an Nina zu verdrängen. Sie hätte nicht gewollt, dass ein melancholischer Schatten diesen wunderbaren Frühlingstag trübte. Die Frühlingssonne ‚liebkoste' mein Gesicht, – auch das ein Ausdruck von Nina. Nach einer Weile öffnete ich die Augen wieder. Von hier oben hatte man einen wunderbaren Ausblick. Drunten im Tal schimmerte an einigen Stellen das silbrig dunkelgrüne Band der Reuss zwischen Büschen und Bäumen. Die Bergkette am Horizont war im Dunst verschwunden. Ein Aurorafalter taumelte vorbei, ließ sich auf Wiesenschaumkraut nieder, das seine ersten Blüten im Gras zu meinen Füssen entfaltete, und gaukelte dann weiter. Ich beschloss, den letzten Aufstieg in Angriff zu nehmen, die Höhe war noch nicht geschafft. Ich griff nach meinen Stöcken, die ich an die Rückenlehne der Bank gestellt hatte. Sie blieben an einem roten Lederriemen hängen, den ich vorher in meiner Erschöpfung gar nicht wahrgenommen hatte. Der Riemen gehörte zu einer Handtasche, einer kirschroten, quadratischen Damenhandtasche aus feinstem Leder. Sie fühlte sich warm und trocken an, keine Spuren von Feuchtigkeit vom Morgentau oder dem Regen der vergangenen Tage. Eine Spaziergängerin musste vor mir diesen Weg gegangen sein und sich wie ich auf dieser Bank ausgeruht haben und hatte dann die Tasche vergessen. Neugierig ließ ich mich wieder nieder und wagte einen kurzen Blick ins Tascheninnere, hatte dabei aber fast ein schlechtes Gewissen. Manche Frauen machen ein großes Aufheben um den Inhalt ihrer Handtasche. Nina gehörte nicht dazu. Meines Wissens nach hatte sie überhaupt nur eine Handtasche besessen, ein schlichtes schwarzes Modell, das sie für Theater- und Konzertbesuche benutzte. Ansonsten war sie mit Rucksack und diversen Stoffbeuteln unterwegs gewesen. Ich erinnere mich, wie Nina sich empörte, als sie mitkriegte, dass die Handtasche eines Promis für mehr als Dreihunderttausend Euro versteigert wurde. «Das ist unmoralisch!», hatte sie erklärt. Ach Nina, es war so schwer, sie aus meinem Dasein zu verbannen. Sie beseelte meinen Alltag und schlich sich des Nachts in meine Träume. Sie fehlte mir!

Ich widmete mich wieder meinem Fund, förderte einen Kugelschreiber mit verspieltem Blümchendekor, aber abgebrochenem Clip zutage, einen Schlüssel ohne Nummer, an dem eine Plakette der Vogelschutzwarte hing, ein leeres grünes Parfümfläschchen mit dem Aufdruck ‚Uralt Lavendel' und ein halb eingewickeltes Lakritz-Bonbon. Am vielversprechendsten erschien mir ein schlichtes schwarzes Notizheftchen. Vielleicht entdeckte ich darin einen Hinweis auf die Besitzerin der Handtasche, eine Telefonnummer oder eMail-Adresse oder Ähnliches. Das abgegriffene Büchlein enthielt erstaunlich viele Einträge, alle in einer flüchtigen, kaum leserlichen Schrift. Ich bin kein Graphologe, aber es handelte sich eindeutig um eine weibliche Handschrift. Ich versuchte, die Notizen zu entziffern. Es war ein Konvolut von Notaten, auf die ich mir keinen Reim machen konnte: Gedichtzeilen, Sprichwörter, Zitate, Bibelverse, Buchtitel, Wörterlisten. Einige Aufzeichnungen hatten ein vorangestelltes Datum, es waren offensichtlich Tagebuchnotizen. Andere begannen mit *'Ich träumte...'*. Nicht bei allen Eintragungen war ein Verfasser oder eine Quelle aufgeführt. Einige Eintragungen kreisten um die Themen ‚Alter' und ‚Tod'.

'Darüber nachzudenken, ob man glücklich ist, macht einen ohne Umwege depressiv', las ich und musste schmunzeln.

Was tun? Die Tasche wieder an die Banklehne hängen? Vielleicht würde die Besitzerin dort am ehesten nachschauen. Sie auffällig auf der Bank oder an einem überhängenden Ast platzieren, wo sie auf jeden Fall gesehen würde? Irgendwie sträubte ich mich gegen diese Lösung, so als befürchtete ich, dass sie in unrechte Hände fallen könnte. Blieb noch die Möglichkeit, sie anderntags ins Fundbüro zu bringen.

Ich war so vertieft in das Entziffern der Notizen, dass ich gar nicht mitbekommen hatte, wie jemand den Weg herauf gekeucht kam und vor mir stehenblieb.

«Da ist sie ja!», rief die Person außer Atem und griff nach der kirschroten Tasche, die neben mir auf der Bank lag. «Gott sei Dank! Ich habe erst zu Hause gemerkt, dass ich sie vergessen oder verloren hatte.»

Ich kam mir ein bisschen ertappt vor. «Entschuldigen Sie.» Ich reichte der Frau das schwarze Notizheft. «Ich habe versucht, herauszufinden, wem die Tasche gehört. Ich wollte nicht indiskret sein.»

«Ach, da steht nichts Geheimnisvolles drin, was das Licht scheuen müsste. Es sind Fundstücke, die mir beim Lesen oder Fernsehen in die Hände gefallen sind.» Die Frau ließ sich neben mir auf der Bank nieder. Sie nahm das Notizbuch und blätterte darin herum. Ich versuchte, sie unauffällig von der Seite zu mustern, ihr Alter zu schätzen. Ich konnte nicht genau erkennen, ob ihre Haare, die sie zu einem Pferdeschwanz zusammengebunden hatte, blond oder grau waren. Sie war schlank, ihre Stimme klang jung.

«Also eigentlich ist diese Tasche völlig unpraktisch. Es passt ja kaum etwas rein. Aber genau diese Farbe dominiert auf meiner Bluse, genau dieses aparte Rot.» Sie hielt die Tasche an ihren Blusenärmel. «Sie lachte mich heute Morgen so an und wollte mitgenommen werden. Da konnte ich nicht widerstehen. Und dann habe ich sie vergessen! Sie ist ein Erinnerungsstück, die Tasche. Ein Geschenk von einer Freundin, die nicht mehr lebt.»

«Das tut mir leid», entgegnete ich etwas hölzern. «Ach, ich habe mich gar nicht vorgestellt. Philipp Rehling.» Ich erhob mich ein wenig und deutete eine Verbeugung an. Die fremde Frau warf mir einen etwas skeptischen Blick zu, stellte sich ihrerseits aber nicht vor, sondern sichtete die wenigen Gegenstände ihrer Tasche und ließ sie wieder verschwinden.

«Wussten Sie, dass das Riechen der Sinn des Menschen ist, der die Erinnerung am vollkommensten konserviert?» Sie schraubte den Verschluss des grünen Parfümfläschchens auf und schnupperte daran. «Es ist leider schon fast leer, bewahrt aber noch immer seinen Duft und damit die Erinnerung an meine Großmutter». Dann griff sie nach dem Notizheft und blätterte darin herum.

«Hier, das müssen Sie hören: *'No Job, no Girl, no Money – no Problem'*. Das war ein Ausdruck auf einem rabenschwarzen T-Shirt. Der Träger des Shirts war ein wohlgenährter Lockenschopf, so Buddha-mäßig. Er las in einem Buch und lachte immer wieder glucksend vor sich hin. Ein herzerquickender Anblick. Leider konnte ich nicht erkennen, welches Buch der junge Mann gelesen hat. Es war auf der Bahnfahrt zwischen Dietikon und Bremgarten. Ich halte Fundstücke hier drin fest. Alles, was mir gefällt oder auffällt. Nichts, was mir missfällt. Hören Sie mal, das klingt doch wunderbar *'Der Augenblick ist nichts als der wehmütige Punkt zwischen Verlangen und Erinnerung'*. Das stammt von Robert Musil. Was mir immer wieder auffällt, wie schön die Sprache der Bibel ist. Nicht dass ich in der Bibel lesen würde. Hier, das müssen Sie hören: *'Würde ich fliegen bis an die Grenzen der Morgenröte und ließ mich nieder am fernsten Meer, so würde mich deine Hand daselbst führen und deine Rechte mich leiten'*. Das klingt poetisch und so tröstlich. Finden Sie nicht? Das stand mal in einer Todesanzeige.» Sie blätterte weiter.

«Nun, das könnte man auch anders interpretieren», wandte ich ein. «Wo immer man sich aufhält, man wird beobachtet und bewacht.»

«Ach, was sind Sie für ein oller Griesgram!» Sie warf mir einen indignierten Blick zu. Ich erkannte nun, dass ihre Haare eindeutig grau und ihre Augen von Krähenfüßen eingefasst waren. «*'Griesgram'*, *'Griesgram'*, das ist auch so ein schönes altes Wort. Das klingt so richtig verdrießlich. Ich sammle schöne alte Wörter. Das muss ich festhalten.» Sie blätterte in ihrem Heft. «Hier, das passt zu *'Tunichtgut'* und *'Taugennichts'*». Mit dem Blümchenkuli trug sie das Wort ein. Die leise Missstimmung, die sich in unsere Unterhaltung eingeschlichen hatte, war verflogen.

«Wissen Sie, was das Lieblingsgedicht von Reich-Ranicki war? Es ist sehr melancholisch und doch nicht ohne Hoffnung.» Feierlich deklamierte sie:

> *'Langsame Tage.*
> *Alles überwunden.*
> *Und fragst du nicht, ob Ende oder Beginn,*
> *dann tragen dich vielleicht die Stunden*
> *noch bis zum Juni mit den Rosen hin'.*

Ist das nicht wunderbar? Das hätte ich dem alten Ranicki gar nicht zugetraut. Ich meine, dass ihm dieses Gedicht gefällt. Es ist von Gottfried Benn und heißt *'Letzter Frühling'*».

Ich stimmte zu. Auch mich berührten diese Zeilen sehr, zumal ich sie irgendwie stimmig fand für meinen jetzigen Lebensabschnitt. Natürlich hoffte ich, dass ich derzeit nicht den letzten Frühling erlebte.

«Oder dieses Gedicht, das gefällt mir auch so gut. Hören Sie mal:

> *'Graue Tage. Es ist mitunter,*
> *als wären alle Fäden abgeschnitten...,*
> *als wäre alles um dich her*
> *weitab und leer,*
> *ein toter Raum,*
> *und du dir selbst ein fremder Traum...'.*

Manchmal gibt es solche Tage.» Sie seufzte tief. Dann sprang sie unvermittelt auf.

«Oh, ich wollte Sie nicht so lange aufhalten. Danke, dass Sie meine Tasche bewacht haben.» Sie reichte mir die Hand.

«Es war mir ein Vergnügen. Ihr Heftchen ist eine wirklich wahre Fundgrube. Sehen wir uns wieder?»

«Wer weiss. Vielleicht, vielleicht auch nicht», war ihre rätselhafte Antwort. Ihren Namen nannte sie nicht.

Wir begegneten uns nie wieder. Ich suchte die Bank am Waldrand noch häufig im Laufe des Jahres auf, die Fremde mit der kirschroten Tasche tauchte nie wieder auf.

Am Fenster

Jetzt fängt es doch tatsächlich an zu regnen! Dabei haben die im Wetterbericht gestern Abend im Fernsehen doch schönes Wetter versprochen! Ich finde, die liegen in letzter Zeit oft daneben mit ihren Prognosen! Na, dann muss ich schon nicht gießen. Wird mir sowieso zu viel, dieser große Garten. Immer diese Kannenschlepperei! Er wollte mir ja so eine Art Bewässerungssystem installieren, der Erwin. Ist leider nicht mehr dazu gekommen. Hat sich viel zu früh davongemacht, der Erwin, und mich allein gelassen mit der großen Wohnung und dem Garten. Der hat ihm viel bedeutet, war sein ganzer Stolz. War immer am Herumwerkeln und Pflanzen und Graben. Jede freie Minute. Er hatte aber auch den grünen Daumen, mein Erwin.

Wenn's schifft so wie jetzt, dann ist auf der Straße nach vorne raus nicht viel los. Da laufen die Leute nur mit Schirm vorbei und du kannst nicht mal erkennen, wer sich darunter verbirgt. Dem Erwin war es sowieso nicht recht, wenn ich hier Posten beziehe. Ich mein, gesagt hat er das ja nicht so direkt. War halt ein Feiner, mein Erwin. Aber jemand muss doch dafür sorgen, dass alles mit rechten Dingen zugeht!

Was soll ich sonst tun? Der Haushalt ist schnell gemacht, jetzt, wo ich allein bin. Alles picobello. Da bin ich im Nu mit durch. Ich kann mich doch nicht schon am frühen Morgen vor die Glotze hocken! Da bringen sie eh nur Wiederholungen und Talks und so'n langweiligen Kram.

Ah, jetzt hör' ich die Madame von oben die Treppe runterklacken. Die mit ihren hohen Stöckeln! Die bricht sich noch mal den Hals, wenn sie so hetz, hetz die Treppen runtermacht. Und wie immer lässt sie die Haustür mit Wucht ins Schloss fallen. So was von rücksichtslos! Keine Manieren, die jungen Leute von heute! Die muss ihre Nase gar nicht so hoch in die Luft strecken. Letzte

Nacht ging das ja mal wieder hoch her bei der. Wenn die glaubt, ich kriege das nicht mit, hat sie sich geschnitten! Meine Ohren sind nämlich noch ok und meine Augen auch. Ich hab' die ganze Nacht kein Auge zugemacht. Letzte Nacht, das war doch wieder ein neuer Kavalier. Immer wieder andere Kerle! Ich versteh' gar nicht, was die Männer an der finden. So ein Hungerhaken! Kein Fleisch auf den Rippen! Ein dürres Gestell! Da lob ich mir doch meine Polster! Dem Erwin haben sie auch gefallen. ‚Hüftgold', so hat er sich immer ausgedrückt, der Erwin. War halt ein feiner Kerl. Warum hat er sich so früh davon gemacht? Lässt mich hier einfach allein zurück!

Aber schick aussehen tut sie schon, die Madame. Das muss man ihr lassen. Immer piekfein wie aus dem Ei gepellt. Manchmal wäre ich auch gern arbeiten gegangen, hätte morgens gern was Schickes angezogen. Ein Schwatz mit den Kolleginnen und kichernd über den Chef herziehen. Das hätte mir schon gefallen. Mein Erwin, das war ja so ein schweigsamer Typ, kein redseliger. Ein ‚großer Schweiger vor dem Herrn', so hat der Onkel Arthur sich immer ausgedrückt und dann dröhnend gelacht, so dass sein dicker Wanst auf und ab hüpfte. Der Onkel Arthur war mir nicht geheuer. Der hat mich immer so abschätzig gemustert. Ich höre immer noch, wie er feixend fragte, wo denn unser Nachwuchs bliebe, bei dem ‚gebärfreudigen Chassis'. Ja, genau so ordinär hat er sich ausgedrückt! Ich hab' ihm keine Träne nachgeweint! Nur die Tante Käthe, die hat mir immer ein bisschen leidgetan. Sie kam mir immer so duckmäuserisch vor. Ich glaube, die hatte er ganz schön unter Kuratel. Die hatte nichts zu melden. Da war mein Erwin doch ganz anders. Aber arbeiten gehen durfte ich trotzdem nicht. Er selbst hat geschuftet von früh bis spät. Und ich hab' den Haushalt gemacht. Alles picobello. Bei mir kann man vom Fußboden essen. ‚Was sollen denn die Leute denken!' hat er gesagt. ‚Dass ich meine Frau nicht ernähren kann! Nein, du hast es nicht nötig zu arbeiten!' Ja, so hat er immer gesagt, der Erwin. War halt noch vom alten Schrot und Korn.

Jetzt lässt der Regen nach. Gott sei Dank kam er nicht vom Westen. Da hätte ich die Fenster im Wohnzimmer glatt nochmal putzen müssen. Wo ich das doch erst vorige Woche hinter mich gebracht habe. Ist nämlich gar nicht mehr so einfach. Ich muss die Trittleiter beischaffen, damit ich auch oben drankomme. Das wäre beinah schief gegangen, weil ich irgendwie wohl das Gleichgewicht verloren habe oder schwindlig geworden bin, weiss der Geier warum. Konnte mich im letzten Moment noch halten. Bin ja nun auch nicht mehr die Jüngste.

Jetzt zieht die Nachbarin von schräg gegenüber vorbei. Wie immer auf den letzten Drücker. An jedem Rockzipfel hängt ein Balg. Die 7er Straßenbahn schafft die bei dem Tempo nicht. Ich glaub, die ist tatsächlich schon wieder schwanger. Ich fass es nicht! Ach, wie dumm, jetzt dreht sie sich so, dass ich nichts mehr sehen kann. Ich glaub, die hat sich tatsächlich wieder ‚*einen Braten in die Röhre schieben lassen*‘. Nicht, dass der Ausdruck von mir wäre! So ordinär hat sich nur einer ausgedrückt, und das war der Onkel Arthur. Von Erziehung hält sie wohl auch nicht so viel, die junge Person da. Ihre Jungen toben oft noch bei Dunkelheit draußen rum. Donnern den Ball gegen das Garagentor, bumm, bumm. In einer Tour geht das so. Als ich mal wagte, das zu monieren, hat sie mich bloß groß angeguckt. «Es sind doch noch Kinder», hat sie gesagt. Kinder muss man halt an die Kandare nehmen.

So klein wie sie sind, so frech sind sie. Kleine Luder! Lass die erst mal groß werden! Für die lege ich keine Hand ins Feuer. Diese samtäugigen Ungeheuer! Am schlimmsten ist der Rotzbengel von nebenan. Natürlich auch Ausländer! Als ich ihn mal zur Rede stellte, weil er seinen Müll neben die Tonne schmiss und nicht in die Tonne, die war nämlich noch gar nicht voll, lachte er mich doch ganz frech aus. Ich hörte, wie er zu seinem Kumpan sagte: «Die soll bloß aufpassen, dass ihr nicht mal die Augen aus dem Kopf fallen, diese fette, alte Kuh!» Ich war so perplex, dass mir im Moment keine passende Antwort einfiel. Da hab' ich ihm einfach die Zunge rausgestreckt. Das war so 'ne Art Reflex. Der hat sich ausgeschüttet vor Lachen, der Bengel. Die heutige Jugend kennt keine Sitte mehr und keinen Anstand. Ist doch so! Unsereins weiss, was sich gehört.

Überhaupt diese vielen Flüchtlinge, die sich hier breit machen. Kommen her und halten die Hand auf. Unsereins hat sich krummgelegt und die, die kriegen alles nachgeschmissen. Aber man darf ja nichts sagen. Dann heißt es gleich, man sei... Die da oben in Bern machen ja doch was sie wollen. Ich meine, wo kommen wir denn da hin, wenn wir...

Ach, der Postbote. Der grüßt immer so freundlich. «Wieder nichts für Sie», sagt er und zuckt bedauernd die Achsel. Der nimmt wenigstens noch Anteil an unsereinem. Ich würd' ihn ja gern mal zu einem Käffchen einladen, aber er ist immer so in Eile. Der muss sehen, dass er seine Post in einer bestimmten Zeit loswird. Früher war das noch anders. Manchmal ist für die feine Madame von oben was dabei. Die Leute bestellen ja wie verrückt im Internet. Er ist dann immer froh, wenn ich die Sendung annehme. Ich darf auch unterschreiben, das habe ich mit dem Hungerhaken vereinbart.

Tja, wer sollte mir auch schreiben? Von wem sollt ich Post kriegen? Mein Patenkind hält es ja nicht mal für nötig, mir wenigstens zum Geburtstag ein Kärtchen zu schicken! Was habe ich mich abgemüht all' die vielen Jahre, ein passendes Geschenk für sie zu finden. Dem Fräulein war ja nichts gut genug. Hat immer ihre feine Nase gerümpft. Und wenn ich Gerda deswegen angegangen bin, hat die mich nur angefaucht, ich solle mich aus der Erziehung ihrer Tochter raushalten. Davon verstünde ich nichts. Sie hat mich immer deutlich spüren lassen, dass ich als kinderlose Frau dazu keine Meinung haben dürfte. Dass ich als Frau weniger wert wäre. Ich meine, so direkt gesagt hat sie das nicht, aber so gemeint. Und was hat sie jetzt davon? Hat vier Blagen in die Welt gesetzt und die sind jetzt alle auf und davon, in Kanada und Timbuktu, Gott weiss wo. Statt dass sie mir mal schreibt oder sich bei mir meldet, wurschtelt sie sich jetzt auch allein durchs Leben, genau wie ich.

Also eigentlich, wenn ich's recht bedenke, bin ich heute ganz froh, dass es nie funktioniert hat mit dem Kinderkriegen. Kinder machen so viel Lärm und Dreck. Dauernd muss man hinter ihnen her wischen. Und dieses ständige Plärren zerrt an den Nerven. Damals, ja da war ich schon enttäuscht. Keine Frage! Und mein Erwin auch. Er hat sich so sehr einen Stammhalter gewünscht. Man kann uns nicht vorwerfen, dass wir es nicht versucht hätten. Weiss Gott nicht. All' dieses nächtliche Herumgehampel und Verrenken, nix hat's gebracht außer einer Sauerei im Bett. Also das muss ich jetzt nicht mehr haben. Gott sei Dank! Aber der Erwin, der hat mich immer so bekümmert angeguckt, wenn es wieder nichts wurde. Hat mich zum Frauenarzt geschickt, weil es bestimmt so eine Frauensache sei. Gott, wenn ich daran denke! Der hat mir nur so unanständige Wörter wie '*Spermienqualität*' und '*Infertili-Dingsbums*' an den Kopf geschmissen und nach unseren Sex-Gewohnheiten gefragt und dass der Erwin vielleicht zeugungsunfähig sei, so ein Schweinkram halt.

«Lass mal, Erwin», hab' ich zu ihm gesagt, «das überlassen wir lieber dem lieben Gott als diesen Ärzten, die nur unser Geld kassieren wollen.» Gott, es war eine furchtbare Zeit! Da will ich jetzt gar nicht mehr dran denken!

Ich mein, wenn ich tatsächlich ein Kind bekommen hätte, das wäre ja jetzt längst ausgeflogen. Ich mein, ob's den lieben Gott da oben überhaupt gibt, da hab' ich inzwischen auch so meine Zweifel. Der Erwin nie. Der hatte so ein unheimliches Gottvertrauen. Ist Sonntag für Sonntag brav in die Kirche marschiert. «Komm doch auch mal mit», hat er oft gesagt. «Und wer macht dir dann deinen Sonntagsbraten?», hab' ich dann gesagt. «Wir können doch auch mal auswärts essen gehen», hat er geantwortet. Haben wir hin und wieder auch gemacht. Aber ehrlich gesagt, an meine Kochkünste kam das nie ran. Die Gerichte in den Restaurants haben nur hochtrabende Namen, aber nichts dahinter. «Alles auf die Schnelle in der Mikrowelle», hat der Erwin gespottet. «Für deinen Sauerbraten, Grittli, könntest du wer weiss welche Summen verlangen.»

Ach, der Erwin. Er war der Einzige, der mich mit dem Kosenamen Grittli gerufen hat. Für alle anderen war und bin ich die Margaret.

Ich glaube, ich mache mir heute einen Sonntagsbraten, nur für mich allein.

Sturm

Pantun

Ein Sturm wandert wütend über die Felder,
zerrt an jedem Busch und Baum,
fegt durch die Kronen der Wälder,
und sucht grenzenlosen Raum.

Der Sturm zerrt an jedem Busch und Baum,
rüttelt sich und schüttelt sich wild
und sucht grenzenlosen Raum,
sein Hunger bleibt ungestillt.

Der Sturm rüttelt und schüttelt sich wild,
folgt innerem Toben und Wüten,
sein Hunger bleibt ungestillt,
zerfetzt der Blumen zarte Blüten.

Der Sturm folgt innerem Toben und Wüten,
er fegt durch die Kronen der Wälder,
zerfetzt der Blumen zarte Blüten
und wandert wütend über die Felder.

Schutzengel

Vorbemerkung

Warum nur habe ich mich für dieses Schutzengelbild entschieden? Eine passende Geschichte dazu will mir nicht in den Sinn! Die Auswahl der Bilder, die eine Geschichte anstoßen sollten, war groß: Frauen, Männer, Kinder in unterschiedlichen Situationen, dazu verschiedene Landschaften, Blumen, Tiere, Gegenstände...

Als ich das Bild entdeckte, flackerte ganz kurz meine längst eingeschlafene Leidenschaft für Schutzengel-Darstellungen wieder auf. Vor einigen Jahren sammelte ich Schutzengelbilder. Das Motiv bildete einen Schwerpunkt meiner Postkartensammlung. Noch heute hängen über meinem Bett an die vierzig Schutzengelbilder, einige große und viele kleine, die meisten in schönen alten Zierrahmen. Dabei glaube ich nicht an Schutzengel! Die Vorstellung allerdings, ein solch himmlisches Wesen würde meinen Schlaf, ja meinen Alltag, mein ganzes Dasein bewachen, hat etwas ungemein Tröstliches.

Im 19. Jahrhundert waren Schutzengel nicht nur ein begehrtes Postkartenmotiv, sondern auch Protagonisten von beliebtem Wandschmuck in den kleinbürgerlichen Kinderzimmern, quasi das Pendant zu den Elfenreigen und röhrenden Hirschen über den Sofas im Salon. Der Glaube an die himmlischen Boten, die vor allem Kinder vor allerlei Unbill bewahren, war weit verbreitet, vielleicht, weil Engel greifbarer und vorstellbarer sind als der der Höchste selbst. Allen diesen Bildern haftet etwas Sentimentales an, eine naive Frömmigkeit. Sie erheben zudem keinerlei Kunstanspruch.

Die Engel sind ausnahmslos als hehre weibliche Wesen dargestellt, gehüllt in fließende Gewänder und mit offenen Haaren, das ihnen in lockeren Wellen auf die Schultern fällt. Viele tragen einen angedeuteten Heiligenschein oder einen freischwebenden leuchtenden Stern über dem Haupt. Die Flügel sind groß und oft sehr naturalistisch gemalt.

Auf den Bildern sind herausgeputzte Kinder in allerlei Gefahrensituationen dargestellt. Am häufigsten ist das Motiv, das einen Engel darstellt, der die Kleinen auf einem Steg über einen reißenden Fluss bewacht. Meist ist der Steg kaputt, es fehlen Planken oder das Geländer ist zerbrochen. Fast genauso häufig sind die Abgrundbilder, auf denen Kinder im Spieleifer – der Knabe hascht nach Schmetterlingen, das Mädchen pflückt Blumen – vor dem Sturz in die Tiefe bewahrt werden. Auf vielen Bildern ringelt sich zu Füssen der Kinder zudem eine giftige Schlange, die ihnen nach dem Leben trachtet. Und auf dem Waldboden leuchten giftige Pilze. Ein anderer Gefahrenbereich ist das Wasser. Auch hier ist die Rollenverteilung festgelegt: kleinen Mädchen ist die Puppe ins Wasser gefallen, sie beugen sich weit über den Bootsrand, um sie herauszufischen. Knaben langen nach davondriftenden Papierschiffchen.

Auf dem Flohmarkt entdeckte ich ein Bild, auf dem ein Engel mit schützender Gebärde über ein kleines Mädchen im Wald wacht, das im hochgerafften Kleidchen Pilze gesammelt hat und Beeren in ein Körbchen, während im dunklen Hintergrund zwei Wölfe mit gelben Augen lauern – und die giftigen Pilze am Boden bleiben.

Im Zuge der technischen Errungenschaften bewahren die Schutzengel die Kinder auch vor heranbrausenden Automobilen und Lokomotiven.

Das himmlische Geleite durch Schutzengel findet aber nicht nur im Freien statt, auch im Haus lauern Gefahren. Eine umgestürzte Petroleumlampe oder Kerze könnte einen Brand entfachen, aus hohen Fenstern kann man stürzen, wenn man sich zu weit hinauslehnt, um dem Lied eines Vogels zu lauschen.

Eine häufige Form der Schutzengelbilder zeigt einen Engel mit ausgebreiteten Flügeln über kleinen Mädchen im Nachthemd, die beim Abend- oder Morgengebet vor einem hölzernen oder eisernen Bett knieen.

Auf dem Bild, das den folgenden Text auslöste, geleitet ein Schutzengel im ärmellosen und damit fast frivol wirkenden Gewand ein kleines Mädchen, das anmutig über einen Steg schreitet. Dieser führt über einen tosenden Gebirgsbach, das Geländer ist zerbrochen. Das Mädchen trägt ein weißes Sonntagskleid, um das eine rote Seidenschärpe gebunden ist. Es hält in der linken Hand einen Blumenstrauß, die rechte trägt ein mit Beeren gefülltes Spankörbchen.

Eine passende Geschichte zu diesem Bild kann nur entsprechend rührselig und sentimental sein.

Der Schutzengel

Es war Sonntag. Der Tag machte seinem Namen alle Ehre, denn die Sonne schien von einem seidig blauen Himmel, auf dem nur ein paar duftige weiße Wölkchen als Zierrat dahinschwebten. Über den Bergen am Horizont hingen letzte Nebelfetzen wie 'vergessene Elfenschleier', so poetisch empfand Luisa den Anblick, als sie am frühen Morgen aus den Federn sprang und aus dem Fenster schaute. Sie hütete sich aber, ihren Vergleich laut auszusprechen, besonders in Gegenwart ihres Bruders Wilhelm. Zu deutlich war ihr sein Ausspruch in Erinnerung, dass es überhaupt keine Elfen und Feen gäbe, und das Christkind schon gleich gar nicht! Andererseits machte er sich ihre Märchengläubigkeit zunutze und erzählte ihr oft noch abends nach dem Abendgebet, wenn die Mutter das Zimmer verlassen hatte, wahre Schauergeschichten, in denen es nur so von bösen Hexen und Zauberern und anderen furchterregenden Wesen wimmelte.

Nun aber war es hell und sonnig und Luisa durfte zum ersten Mal ihr neues Sonntagsgewand anlegen, ein weißes Kleid mit Spitzen und Volants. In der Taille wurde es mit einer roten Seidenschärpe zusammengehalten, die die Mutter im Rücken zu einer riesigen Schleife band. Dazu gab es Strümpfe im gleichen Rot. Luisa fühlte sich im neuen Kleid wie eine Prinzessin. Und weil Sonntag war, verzichtete die Mutter darauf, Luisas Haare zu Zöpfen zu flechten. Sie fielen ihr in braunen Wellen über die Schultern. Luisa drehte sich selbstverliebt vor dem dreiteiligen Schlafzimmerspiegel im elterlichen Ankleidezimmer und warf den Kopf zurück, damit die kleinen roten Schleifen auf den Schultern nicht von den Haaren verdeckt wurden.

Die Glocken läuteten und riefen zum Kindergottesdienst. Wilhelm maulte wie jeden Sonntag, der Besuch dort wäre wie Schule am Sonntag, nein, schlimmer, weil man sich in der Kirche mucksmäuschenstill verhalten müsse. Es half ihm nichts, die Eltern bestanden auf dem Besuch. Luisa dagegen ging gern zur Kirche. Sie mochte das Orgelspiel und kannte alle Lieder, die gesungen wurden. Und heute würde sie ihr neues Kleid vorführen. Pech nur, dass ihre Freundinnen, die Zwillinge Emma und Martha, ausgerechnet an diesem Sonntag nicht da waren, weil sie ihre Großeltern besuchten, die in einer anderen Stadt lebten.

Gleich nach dem Kirchgang stürmte Wilhelm los, um mit seinen Kumpanen *Räuber und Gendarm* zu spielen. Natürlich war Luisas Anwesenheit dabei nicht erwünscht. Nie, nicht nur heute, so sehr sie ihren Bruder auch anflehte und bekniete. Selbst die Mutter ergriff in diesem Fall die Partei ihres Sohnes und erklärte recht bestimmt, dass sich wilde Knabenspiele für ein Mädchen nicht geziemten. «Was ist geziemen?», hatte Luisa gefragt und die Mutter hatte mit entnervtem Augenaufschlag erläutert, dass es nicht *gesittet sein* bedeute, nicht *schicklich,* halt nicht *anständig*, etwas in dieser Richtung.

So saß Luisa nun allein auf der Schaukel im Garten, schwang sachte hin und her und dachte über Sitte und Anstand nach. Warum galten die nur für Mädchen? Große Brüder waren einfach eine Strafe. Sie durften spielen, was sie wollten, beinahe jedenfalls. Sie mussten nicht im Haushalt helfen. Sie mussten nicht stricken und häkeln lernen... Der noch immer nicht vollendete Topflappen kam ihr in den Sinn, den sie in der Handarbeitsstunde stricken sollte. Immerzu fielen dabei heimtückisch die Maschen von den Nadeln und die einst weiße Wolle war inzwischen grau und unansehnlich geworden.

Andererseits durften Jungen nicht mit Puppen spielen! Das war hochbefriedigend! Als Wilhelm noch kleiner war und sich an ihren Puppen vergriffen hatte, war Luisa wie eine Furie auf ihn losgegangen und hatte ihre Lieblinge mit Kreischen und Haare zerren verteidigt. Die Mutter hatte den Streit geschlichtet. Wilhelm durfte ihre Puppen nicht mehr anrühren. Aus Rache hatte er dann ihrer Lieblingspuppe Amelia ein Auge eingedrückt. Bei Luisas Versuch, den Schaden zu beheben, waren plötzlich beide Augen mit einem lauten Plopp ins Innere des Porzellanpuppenkopfs gefallen, Amelia starrte ihre Besitzerin mit leeren Augenhöhlen an. Es war eine entsetzliche Katastrophe! Und dann war Amelia plötzlich verschwunden. Luisa hatte das Kinderzimmer, ja das ganze Haus nach ihrem Liebling abgesucht. Sie hatte sich sogar in Wilhelms Zimmer gewagt, absolutes Sperrgebiet, vergeblich, Amelia blieb verschwunden. Als Weihnachten kam, saß dann Amelia unversehrt unter dem Christbaum. Sie sei in der Puppenklinik gewesen, hatte Mama erklärt.

Derzeit waren Amelia und ihre Genossinnen in den Hintergrund getreten. Luisa hielt sich nun viel im Freien auf. Jetzt an diesem schönen Sonntag begann sie, sich zu langweilen. Sie sprang von der Schaukel, griff sich ein Stöckchen und malte ‚Hickelkästchen' auf den sandigen Gartenweg. Aber allein machte das Hüpfkästchenspiel keinen Spaß. Ihre Gespielinnen Emma und Martha fehlten ihr.

Ich werde Mama einen Blumenstrauß pflücken! Diese Idee schoss Luisa durch den Sinn. Natürlich keine Blumen aus dem Garten. Auf den Wiesen und Wegrainen wuchsen jetzt so viele Wildblumen. Die würden einen bunten Strauß hergeben. Oder sollte sie lieber Walderdbeeren sammeln, deren Aroma die Mutter so schätzte? Eine schwierige Entscheidung. Luisa krauste die Stirn und drehte sich unentschlossen einmal um sich selbst. Dann kam ihr die geniale Idee: warum nicht beides? Schnell entschlossen schnappte sie sich aus der Küche, wo die Küchenmamsell Lisette am Herd hantierte, ein kleines Spankörbchen, schlüpfte durch das hintere Gartentürchen und stapfte los.

Gleich hinterm Garten schlängelte sich ein Feldweg durch Wiesen und Getreidefelder zum nahen Wald. Luisa bückte sich eifrig nach Mohn- und Kornblumen, Margariten und Wiesenschaumkraut. Rasch hatte sie einen großen Straus beisammen, den ihre kleinen Hände kaum umfassen konnten. Am Waldrand leuchteten tatsächlich die roten Früchtchen der Walderdbeeren. Luisa legte ihren Strauß beiseite und begann, die Erdbeeren ins Körbchen zu sammeln. In ihrem Eifer geriet sie immer tiefer in den Wald, denn von der Ferne lockten immer neue rote Fleckchen. Das Tosen des Wasserfalles wurde lauter und übertönte inzwischen den Gesang der Vögel. Luisa achtete nicht darauf.

Nun gelangte sie an den Bach, über den ein schmaler Steg auf die andere Seite führte. Es war den Kindern strengstens verboten, diesen Steg zu benutzen, denn das Geländer war zerbrochen. Luisa blieb stehen und rang mit ihrem Gewissen. Vielleicht war es nicht so schlimm, ein Gebot zu missachten, wenn man etwas Gutes beabsichtigte. Denn dort drüben auf der anderen Seite leuchteten und lockten wunderbare Blumen, die viel edler aussahen als die Wiesenblumen. Luisas Füße bewegten sich wie von selbst. In wenigen Schritten gelangte sie über den Steg ans andere Ufer und pflückte hastig einen neuen Strauß. Das war ein gar nicht so einfaches Unterfangen, denn Dornranken zerstachen ihr die Hände und hakten sich am neuen Kleid fest. Immer wieder musste sie den zarten Stoff aus den Fängen der Ranken befreien. Schließlich war es geschafft. Luisa hielt die exotischen Blumen in der linken Hand, das mit Walderdbeeren gefüllte Spankörbchen in der rechten Hand und trat den Rückweg an.

Die Sonne hatte sich verzogen. Am Himmel ballten sich dunkle Wolken zusammen und die Berge waren im Dunst verschwunden. Erst jetzt gewahrte Luisa das dumpfe Donnergrollen. Wie angewurzelt blieb sie stehen. Sie traute sich nicht über den Steg. In schwindelnder Tiefe rauschte und schoss das Wasser des Baches dahin. Wie hatte sie es nur vorher geschafft, diese gefährliche Stelle zu passieren? Das Donnern wurde immer lauter, das Gewitter rückte näher. In immer kürzeren Abständen zuckten Blitze aus den dunklen Wolkengebirgen am Himmel.

Stocksteif vor Furcht verharrte Luisa vor dem Steg, unfähig sich zu bewegen. Auf einmal fühlte sie, dass jemand hinter ihr stand, ein helles, leuchtendes Wesen, das mit besänftigender Stimme auf sie einredete, obwohl nichts zu sehen oder zu hören war. Seltsam ermutigt betrat sie den Steg, setzte einen Fuß vor den anderen, starr geradeaus blickend. Auf der anderen Seite angelangt, warf sie einen Blick zurück, erhaschte gerade noch den Schimmer großer, weißer Flügel, ein vages Leuchten vor dem dunklen Tannenhintergund, das rasch erlosch.

Luisa rannte los, ungeachtet der Tatsache, dass sie dabei Beeren aus dem Spankörbchen verlor. Gerade als sie zu Hause anlangte, öffnete der Himmel seine Schleusen und es begann sintflutartig zu regnen, als wolle die Welt untergehen. Luisas Herz trommelte immer noch wie wild und ihr Atem ging hastig, als sie über die Schwelle des Elternhauses trat. Das würde eine mächtige Strafpredigt absetzen, die auch nicht durch die beabsichtigten Gaben für die Mutter gemildert würde, denn der Strauß sah recht mitgenommen aus und das Spankörbchen war halb leer.

Die erwartete Schelte blieb aus, als Luisa ihr Abenteuer beichtete und von dem hellen Wesen erzählte, das sie über den zerbrochenen Steg geleitet hatte.

«Das war dein Schutzengel», sagte die Mutter, die überglücklich war, ihre Tochter unversehrt in die Arme schließen zu können. «Gott sei Dank hat er deinen Ungehorsam missachtet und dich auf deinem gefährlichen Weg behütet».

Ein Taufbecher erzählt

Ich bin ein Taufbecher, ein silberner Taufbecher und schon ziemlich alt. Ja, ich kann mit Fug und Recht behaupten, dass ich im Laufe meines Lebens zu einer Antiquität geworden bin. Ein Stempel auf meinem Boden bestätigt, dass ich aus Silber geformt wurde. Man kann ihn zwar kaum mehr erkennen, aber ich weiss ja, dass ich echt bin, also echt alt. Im Vertrauen gesagt: ich vermute, dass ich nur versilbert bin. Ich lasse aber meine Besitzerin in dem Glauben, dass ich voll und ganz aus diesem edlen Material bestehe. Ohnehin zählt für sie der ideelle Wert.

Ich finde mich schön! Wie ich aussehe, wollen Sie wissen. Nun, wie gesagt, ich bin aus edlem Silber, meine Form ist konisch, knapp sieben cm hoch und ich habe einen Durchmesser von ungefähr fünf cm. Mich ziert am oberen Rand eine anmutige, geprägte Rosenborte, die mich dem Jugendstil zuweist. Mein eckiger Henkel sieht allerdings eher nach Art Déco aus. Das datiert mich so ungefähr auf den Anfang des vorigen Jahrhunderts.

Wenige Tage vor Ausbruch des Zweiten Weltkrieges wurde im fernen Kontinent Afrika in Nkoaranga ein kleines Mädchen geboren. Nkoaranga ist oder vielmehr war eine Missionsstation am Fuße des Mount Meru in Ostafrika. Ein Freund der Familie überreichte der Wöchnerin eine Schale mit Seerosen vom Duluti-See und bei der Taufe wenige Tage später mich, den silbernen Taufbecher als Patengeschenk. Ich bin also mit Sicherheit um einiges älter als meine Besitzerin. Ich begleitete ihr Leben bis zum heutigen Tage. Ob ich einst von Europa nach Tanganjika-Territory, dem heutigen Tansania, eingeführt wurde oder ob ich auf dem Schwarzen Kontinent hergestellt wurde, verliert sich im Dunkel.

Feststeht, dass wir, meine Besitzerin und ich, turbulente Zeiten hinter uns haben. Nach Ausbruch des zweiten Weltkrieges wurden alle Deutschen aus Tanganjika des Landes verwiesen, da es britisches Mandatsgebiet war. Auf einem italienischen Passagierdampfer trat die Familie die tagelange Reise durch den Suezkanal quer über das Mittelmeer zum Hafen Triest an. Die Flüchtlinge wurden streng kontrolliert. Die Mutter meiner Besitzerin erzählte später, dass sie den Säugling vor den Augen der Zollbeamten auspacken musste. Die wollten sicher gehen, dass sich nichts Unerlaubtes in den Windeln verbarg!

Die wirklich dramatischen Geschehnisse ereigneten sich wenig später, als die Familie meiner Besitzerin von ihrem neuen Wohnort im Warthegau zu spät in den Westen aufbrach und von den Russen eingeholt und überrannt wurde. Ich versichere Ihnen, das war eine schwere Zeit, die ihre Spuren hinterlassen hat. Es herrschte ja noch immer Krieg. Der Vater war an der Front, die Mutter irrte mit vier kleinen Kindern heimatlos durch verlassene und zerstörte Orte. Und ich war dabei. Ich befand mich mit anderen Dingen, überwiegend Kleidung, einem Nagelscherchen und ein paar silbernen Löffeln in einem von zwei Getreidesäcken.

Ich erinnere mich gut an den aufregenden Vorfall, als ich beinahe verlorenging.

Es war ein heißer Sommertag. Die Mutter trug die beiden Säcke mit ihren wenigen Habseligkeiten ein Stück weit auf der Landstraße nach vorn, legte sie in Sichtweite am Straßenrand ab und holte die Kinder nach, die zu klein oder zu schwach waren, um selbst zu laufen. Zwei Räuber nutzten diese Gelegenheit, schnappten sich die Säcke und flohen damit querfeldein davon. Als die Mutter das wahrnahm, rannte sie schreiend und mit den Armen fuchtelnd hinterher. Meine Besitzerin folgte der Mutter. Sie war damals fünf Jahre alt, die Ähren schlugen ihr ins Gesicht, das ohnehin von der Sonne und einer noch nicht verheilten Wunde auf der Stirn brannte. Das laute Schreien von Mutter und Tochter wirkte. Die Räuber ließen einen der Säcke fallen. Wie es das

Schicksal so wollte, ich befand mich genau in diesem Sack! Vielleicht oder eigentlich wahrscheinlich würde ich heute gar nicht mehr existieren, wenn ich mich im anderen Sack aufgehalten hätte.

Im Oktober dieses Fluchtjahres landeten wir nach achtmonatiger Flucht im sicheren Westen. Ich erlebte die Kindheit und Jugendjahre meiner Besitzerin in einem kleinen nordhessischen Dorf, die mageren Nachkriegsjahre und die fette Zeit des Wirtschaftswunders, das aber an der Familie meiner Besitzerin vorbeiging. Meistens bewahrte sie mich in einem Regal neben ihrem Bett zwischen verschiedenen Nippes auf. Ich habe ein schwarzes Zelluloidpüppchen, ein Negerpüppchen, deutlich in Erinnerung, das von meiner Besitzerin heiß geliebt wurde. Damals war diese Bezeichnung noch politisch korrekt. Meine Besitzerin nannte ihr Püppchen *Wangulein*. Das ist Suaheli und bedeutet *Süßes kleines Mädchen*. Das Püppchen steckte meist in einem runden roten Bastbehälter, der eigentlich zu einem Teebecher gehörte. Wo es wohl abgeblieben ist? Des Weiteren teilte ich meinen Platz mit ein paar zerlesenen Spyri-Büchern, unansehnliche Nachkriegsausgaben mit simplen Schwarzweiß-Abbildungen. Diese Bücher hat meine Besitzerin wegen ihres ideellen Wertes bis heute aufbewahrt.

Ich verbrachte ein Jahr in Frankfurt, als sie – ‚Herrin‘ darf ich nicht sagen, weil sie das als nicht gendergerechten Ausdruck und diskriminierende Sprachverhunzung betrachtet – also meine Besitzerin dort ein Praktikum absolvierte, und anschließend zwei Jahre in Hamburg, wo sie studierte. Nach dem Examen landeten wir im Süden des Landes, in Reutlingen.

Ach, das hätte ich beinahe vergessen: der Vorname meiner Besitzerin ist – wie sich das für einen Taufbecher gehört – in einer zarten schwungvollen Schrift auf meiner Vorderseite eingraviert: *Helga*. Leider nicht ganz korrekt. Meine Besitzerin stört sich daran, dass sich ein, nein eigentlich zwei Fehler eingeschlichen haben. Sie wurde auf den Namen *Helge* getauft, nicht *Helga*. Als die Familie von Afrika nach Deutschland kam, hieß es: «So könnt ihr das Kind nicht nennen. Helge ist ein Jungenname». Und da weder eine Geburtsurkunde noch ein Taufschein existierten, machten die Eltern aus dem g ein k. Sie heißt seitdem *Helke*. Was das Problem Jungen- oder Mädchenname aber nicht löste: der Vorname *Helke* ist genauso geschlechtsneutral wie *Helge*. Ich persönlich finde ja weibliche Vornamen, die mit a enden, sowieso eleganter.

Seit vielen Jahren stehe ich nun auf dem Schreibtisch meiner Besitzerin hier in der schönen Schweiz, wohin die Liebe sie verschlug. Einmal benutzte sie mich als Stiftebecher. Das fand ich unter meiner Würde und kippte einfach um. Jetzt beherberge ich einen Teelöffel, auch aus Silber, mit geprägtem Maiglöckchen-Motiv. Den dulde ich, er ist ja quasi meinesgleichen.

Manchmal fühle ich mich vernachlässigt und laufe schwarz an. Dann schmiert sie mich mit einer übelriechenden Paste ein und wienert mich hinterher blank. Danach glänze ich wieder, natürlich nicht überall. Ein bisschen Patina muss sein. Schließlich bin ich eine Antiquität.

Straßenszene

Hey, Sie laufen mir ins Bild!» Ich hatte es eilig, war auf dem Weg zur Schreibwerkstatt und zu spät aufgebrochen. Jetzt musste ich mich sputen, wenn ich die Tram noch erreichen wollte. Den empörten Aufschrei hinter mir hörte ich wohl, bezog ihn aber nicht auf mich.

«Hey, haben Sie Watte in den Ohren?» War ich etwa doch gemeint? Ich drehte mich um. Hinter mir hatte sich ein junger Mann mit Baseballkappe postiert, der eine riesige Kamera um den Hals hängen hatte. Er starrte mich wütend an und deutete mit rudernden Armbewegungen an, dass ich beiseitetreten solle.

In welches Bild war ich da ahnungslos gelaufen? Ich blickte wieder nach vorn und musterte die Straßenszene vor mir. Eine rundliche alte Dame mit blaugrauen Locken und einer dicken Perlenkette im verwelkten Dekolletee kam mir entgegen. Ihr kurzes Kleid saß so stramm wie eine Wurstpelle. Sie führte einen Hund an der Leine, eine undefinierbare Straßenmischung. Der Hund wies eine erstaunliche Ähnlichkeit mit seinem Frauchen auf, die gleiche gedrungene Gestalt und der gleiche profitliche Ausdruck der Selbstzufriedenheit im Gesicht. Ich verbot mir aber schnellstens diesen politisch nicht korrekten Vergleich. Wenn auch der Mensch die *Krone der Schöpfung* ist, Vergleiche mit Vertretern aus dem Tierreich sind dennoch nicht zulässig. *Fette Kuh, dumme Gans oder dreckiges Schwein*, diese oft gehörten Ausdrücke verbieten sich einfach.

«Halt Madame! Ich habe Sie schon seit einiger Zeit im Visier. Heute habe ich Sie endlich erwischt!» Der Fotograf hatte sich der dicken Frau in den Weg gestellt, griff in seine Brusttasche und zückte einen Ausweis.

«Ich bin vom städtischen Ordnungsamt und inkognito unterwegs. Sie haben die Hinterlassenschaft Ihres Fiffis schon wieder einfach liegen lassen und nicht, wie es sich gehört, mit einem Plastiksäckchen aufgenommen und im nächsten Robidog-Behälter entsorgt! Hier ist der Beweis.» Er fummelte an seiner Kamera herum.

Es widerstrebte mir, Zeugin eines peinlichen Vorfalls zu werden. Ich warf einen Blick auf meine Armbanduhr. Die Tram würde ich jetzt nicht mehr kriegen. Unschlüssig blieb ich stehen. Es gab einen weiteren Beobachter dieser Szene. Im offenen Fenster des Erdgeschosses lehnte sich ein Mann im Unterhemd auf seine behaarten und tätowierten Arme. Er hatte gewissermaßen einen Logenplatz. Die Sensationsgier stand ihm ins Gesicht geschrieben.

«Er heißt Oscar, junger Mann, Oscar mit c, nicht Fiffi!», sagte die Hundehalterin nun. Es klang ziemlich hoheitsvoll und keineswegs eingeschüchtert.

«Im Übrigen», fuhr sie fort, «verrichtet mein Oscar sein Geschäftchen **immer** zu Hause. Er hat nämlich sein eigenes Hundeklo, gell Oscar!»

Oscar wedelte mit seinem nicht vorhandenen Schwanz und strebte weiter. Die gespannte Hundeleine versperrte anderen Passanten den Weg auf dem Trottoir. Ein junger Mann war so in seine Lektüre vertieft, dass er beinahe über die Leine gestolpert wäre. Von der anderen Seite kam eine sehr gestylte Person mit Sonnenbrille angestakst. Sie trug bei diesen hochsommerlichen Temperaturen hautenge hochhackige Overkniestiefel. Neben ihr tauchte ein junger Mann mit Kopfhörern und Geigenkasten unterm Arm auf. Die beiden gehörten wohl nicht zusammen.

Der Fotograf oder vielmehr Mann vom Ordnungsamt hatte endlich auf seiner Kamera gefunden, was er suchte. «Hier, ein Hundehaufen mitten auf dem Trottoir!» Er hielt der Hundebesitzerin das Display seiner Kamera hin. «Und wenn sie mir nicht ins

Bild gelaufen wäre» – ein wütender Blick streifte mich – «dann hätte ich Ihren Fiffi in flagranti erwischt!»

Die Hundehalterin zeigte sich völlig unbeeindruckt. Oscar hingegen trippelte zu dem Ordnungshüter, hob sein rechtes kurzes Hinterbein und pinkelte dem Mann auf den Schuh. Dann setzten die beiden ihren Weg fort. Ich könnte schwören, dass Oscar ein zufriedenes Hundegrinsen im Gesicht trug.

Hortensien

Hortensie, die Schöne im Sommergarten,
wie erfreut sie mein Gemüt.
Ich kann es im Frühling kaum erwarten,
wenn sie wieder in den Gärten blüht.

Wie erfreuen Hortensien mein Gemüt,
weiss, rosa bis blau ihre Farbenpalette.
Wenn sie wieder in den Gärten blüht,
schimmern und leuchten ihre Blüten-Facette.

Weiss, rosa bis blau ihre Farbenpalette,
die Blütendolde mit Sternchen bestickt,
schimmern und leuchten ihre Blüten-Facette,
ein Anblick, der entzückt und beglückt.

Die Blütendolde mit Sternchen bestickt,
kann es im Frühling kaum erwarten.
ein Anblick, der entzückt und beglückt.
Hortensie, du Schöne im Sommergarten…

Schreibanlässe und –aufgaben

Die Liebe meines Lebens S. 9

«Tiere – und wie sie die Welt sehen». Schlüpft in die Haut/das Fell der Hauptfigur und schreibt einen Text, in dem ihr die Erlebnisse des Tieres beschreibt. Dabei bleibt es euch überlassen, ob es sich um ein Haustier, ein Nutztier oder ein Wildtier handelt. Lasst eure Fantasie auf Wanderschaft gehen. Schaut über den Tellerrand und schreibt aus der «Ich-Perspektive». – Fotos mit ganz verschiedenen Tieren stehen als Anregung zur Auswahl. Ich entschied mich für ein Foto, auf dem sich eine Schnecke mit einem schön gemusterten Haus auf dem Ende eines Astes wie zu einem Kuss zu einer kleinen, im Wasser stehenden weißen Blume herabneigt.

Sonntagnachmittag auf einem Bahnhof in der Provinz S. 17

Eine (Haus-)Aufgabe lautete, ein Beobachtungsprotokoll zu schreiben: ca. 5 bis 10 Minuten lang eine öffentliche Szene möglichst genau zu beobachten und alle Einzelheiten zu notieren.

Mondsichel S. 23

Wähle einen Bogen farbiges Papier, schneide ihn zu einer Form oder Figur zu und fülle diese mit passendem Text. Ich wählte einen gelben Bogen und schnitt die Form einer Mondsichel aus.

Wohnen im Hochhaus S. 25

Eine Geschichte fortsetzen, bei der der erste Satz vorgegeben ist: «Eigentlich mag Anna es, wenn sie von den übrigen Hausbewohnern gelegentlich Geräusche wahrnimmt und somit merkt, dass sie nicht allein im Gebäude ist!»

265

So ein Theater! S. 31

Der Kursleiter verteilt allen Teilnehmerinnen die gleiche Ab-bildung: ein Ausschnitt aus dem Gemälde «Sixtinische Ma-donna» von Raffael. Dargestellt sind die beiden Putten am un-teren Bildrand. Unsere Aufgabe: die Putten zum Reden zu brin-gen. Es gibt zwei Varianten für die Form des Textes: entweder einen Dialog zu schreiben oder die Unterhaltung in einen Er-zähltext einzubauen. – Ich nenne den linken Engel «Amadeo», der rechte Engel bekommt den Namen «Philippo».

Schön wie Schneewittchen S. 37

Der Kursleiter hat mehrere Stühle mit verschiedenfarbigen Schleifen ,verkleidet' und ordnet sie in stets veränderter Posi-tion an, die sich die Teilnehmerinnen notieren sollen und dann eine Geschichte dazu schreiben, in der die farbig markierten Stühle Personen, Tiere oder andere Gegenstände darstellen.

Das verpatze Rendezvous S. 43

Auf einem DINA4-Bogen sind sieben modellierte Köpfe abge-bildet, die offensichtlich verschiedene Typen oder ein bestimm-tes Verhalten bzw. Charaktereigenschaft darstellen. Die Kurs-teilnehmerinnen müssen sich für einen Kopf entscheiden, der den Impuls zu einem Text auslösen soll. Die Textform ist offen, es kann ein Monolog sein, eventuell ein innerer Monolog, ein Dialog, ein Gedicht. Ich entschied mich für den Kopf, dessen Gesicht nichts als gekränkte Eitelkeit ausstrahlt.

Graue Haare S. 49

Die Teilnehmerinnen nehmen einen eigenen Text und ,stechen' mit dem Zeigefinger blind hinein. Das so gekennzeichnete Wort generiert das Thema für einen kurzen neuen Text. Mein Zeige-finger landete auf «graue Haare».

Auf der Suche nach der gestohlenen Zeit S. 61

Verfasst eine Kurzgeschichte, ein Gedicht oder ähnliches, bei der ein politisches Zitat eine Rolle spielt. Ich wählte ein Zitat von Napoleon Bonaparte: «Es gibt Diebe, die nicht bestraft werden und einem doch das Kostbarste stehlen: die Zeit».

Zwischen den Jahren S. 65

Alle Teilnehmerinnen erhalten ein Päckchen mit selbsttrocknender Knetmasse samt Modellierbesteck. Die Aufgabe: eine Figur oder ein Wesen zu formen, das die Hauptrolle in einem Text spielt, dessen Form frei wählbar ist, Essay, Brief, innerer Monolog, Dialog...Ich formte einen Zwerg mit roter Zipfelmütze und bunter Kleidung, dessen Gesicht die Form einer runden Uhr hat.

„Heute hier, morgen dort..." S. 75

Dieser Text entstand nach der Figur, die meine Schwester knetete: eine Kniende mit einer blonden Haarflut, die mit beschützender Gebärde einen kleinen Vogel in den Händen hält. Geplant war eigentlich ein ganz anderer Verlauf der Geschichte. Manchmal entwickeln Texte ein Eigenleben.

Abschiedsbrief an den Sommer S. 89

Am ersten Abend nach der Sommerpause lautet die Aufgabe, einen Abschiedsbrief an den nicht zu Ende gehenden Sommer 2018 zu verfassen.

Sommers Abschied. Pantun S. 91

Ein Pantun ist eine lyrische Form, die mit Wiederholungen spielt. Die Zeilen der einzelnen Strophen werden nach einem vorgegebenen Schema wiederholt, was dem Gedicht etwas Beschwörendes verleiht.

Musikagenten

Der Kursleiter teilt ein Foto aus, das zwei altmodisch gekleidete Männer mit Hüten zeigt, die offensichtlich in ein Geschäft verwickelt sind. Beide haben einen Stumpen im Mund, der rechte Mann ist um einen Kopf kleiner, er trägt seinen Mantel über dem Arm und hält ein Bündel Geldscheine in den Händen. Wir sollen einen 'Inneren Monolog' der beiden Protagonisten schreiben. (Erst später erfahren wir, wer oder was auf dem Foto dargestellt wird: Knechtemarkt in Luzern 1942).

Nachts schlafen die Seerosen doch

Eine Auswahl von Fotokarten mit ganz verschiedenen Sujets (Menschen, Landschaften, Tiere, Gegenstände) soll einen Text anstoßen. Eines der Bilder oder auch zwei sollten in unserem Text auftauchen. Die Form – Prosa, Dialog, Gedicht – ist freigestellt. Ich entschied mich für das Foto, auf dem ein völlig verrostetes Schloss eines schmiedeeisernen Gartentores abgebildet ist und für ein Foto mit einem Aschenbecher voller Zigarettenkippen.

Beobachtungen im Bus

Beobachtungen auf dem Weg zum Kursnachmittag der ‚Pro Senectute‘ in Baden 2015. Der Text soll im Präsenz und nicht in der Ich-Perspektive geschrieben werden.

Tanz auf schmalem Grat

«Das Bildnis des Dorian Gray» ist ein Beispiel, wie man eine Persönlichkeit und ihre schillernden Facetten und Schatten darstellen kann. Verfasst eine Kurzgeschichte, ein Gedicht, ein Dialog oder einen inneren Monolog, in dem die «zwiespältige» Persönlichkeit der Hauptperson beschrieben wird.

Dieses Gedicht entstand im Rahmen der Kurseinheit «Tiere, wie sie die Welt sehen»

Schreibe einen Text, in welchem der Satz vorkommt: «Und plötzlich standen alle Fenster offen.» Egal, wo der Satz steht; er muss einfach vorkommen. Es kann eine Geschichte sein, oder auch eine andere Textform.

Zwei Fotos mit Herbstnebelstimmung sollen einen Text anstoßen, der die dargestellte Szenerie einfängt:

Leere Bänke mit geschwungenen gusseisernen Lehnen stehen unter einer Reihe von kahlen Bäumen, in deren Gezweig ein paar verlorene Blätter hängen. Die Bäume im Hintergrund werden immer blasser, genau wie der Zaun, sie verschwinden im Nebel.

Das zweite Foto, ein Farbfoto, stellt ebenfalls kahle Bäume dar, deren Konturen sich im Nebel auflösen. Im Vordergrund steht eine mächtige Eiche, darunter eine Bank. Der Rasen schimmert mattgrün. Eine goldleuchtende Stimmung beherrscht das Foto, denn die Sonne scheint sich durch den Nebel zu kämpfen. Ich wählte das erste SW-Foto.

Unter einem Tuch sind verschiedene Gegenstände verborgen, die von den Teilnehmerinnen ertastet werden sollen.
1. Fühlen
Erspüre die verborgenen Gegenstände:
Moos, Baumrinde, Tannenzweig, Strohsterne
2. Sehen
Schaue dir an, was genau du ertastet hast.

3. Riechen
Rieche an den Gegenständen und nehme ihren besonderen Duft in dir auf

4. Ort: Im Wald
Der Wald oder Waldrand ist Ort des Geschehens.

5. Zeit: Weihnachten
Dein Text befasst sich mit der Weihnachtszeit. Nun verleihe deiner Fantasie Flügel und lasse sie wie Schmetterlinge fliegen.

Schreibt einen Text, der in irgendeiner Form um das Warten kreist. Das Warten ist eine urmenschliche Situation. Ihr könnt aus der eigenen Erfahrung schöpfen oder aus Beobachtungen oder aus eurer Fantasie. Die Form des Textes ist offen: es kann eine Geschichte sein, ein fiktiver Brief, ein Dialog, ein Essay, ein Monolog usw. – Ich entschied mich für ein Märchen.

Den Teilnehmerinnen wird das gleiche Foto ausgeteilt, das eine sonnenbeschienene, im Halbrund angeordnete Treppe mit sieben flachen Stufen zeigt, die zu einer schmalen schwarzen Tür führt. Welche Erinnerungen, Assoziationen oder Fantasien löst dieses Bild aus? Die Form des Textes ist offen.

Die Aufgabe: Macht euch 'Reisenotizen'. Und zwar Notizen von kleinen alltäglichen 'Reisen' wie etwa vom Arbeitsweg, vom Weg zum Einkaufen, vom Spazierengehen, vom Gang zum Briefkasten usw., was es so an ganz unspektakulären alltäglichen 'Reisen' gibt...

Der Gedanke der Verkehrten Welt und die Lust, die Welt auf den Kopf zu stellen, sind uralt. Das Thema taucht in Märchen

und Tierfabeln auf, in satirischen Geschichten (Schlaraffen-
land, Schildbürgerstreiche) und in kritischen Texten zur Gegen-
wart. Es entsteht dann eine Gegenwelt zum Gewöhnlichen, Nor-
malen, Geregelten, zum «grauen Alltag». Schreibe einen Text
zur Verkehrten Welt. Die Form ist offen.

An einem heißen Sommertag

Schreibe einen Text, in dem folgende sieben Wörter vorkom-
*men: **Rechenrahmen mit Holzperlen, Waage, Glühbirne, Tür-***
***schloss, Fallschirm, Indianerzelt (Tipi), Turm.** Die Wörter*
wurden mit einem «Story Cube» (Geschichten-Würfel) ermit-
telt/erwürfelt.

Die Brautsuche. Ein Märchen

Die Aufgabe: ein Märchen zu schreiben. Wesentliche Merk-
male: Märchen sind eine symbolische Spiegelung der Wirklich-
keit, sie bilden soziale Konflikte ab, Ängste, Wünsche und Sehn-
süchte und offenbaren Geheimnisse der Natur. Märchentypi-
sche Elemente: sie sind in der Vergangenheit geschrieben, ent-
halten oft magische Zahlen, klare Gegensätze, Wiederholun-
gen. Was passiert wo, wem und wann?

Kinderglück. Ein Rondell

Eine 'Gemeinschaftsproduktion' meiner Schwester und mir.
Ein Rondell gehört zu den romantischen Lyrikformen aus
Frankreich. Man schreibt zu einem gewählten Thema einen
Satz oder Vers in Zeile 1, wiederholt diesen in Zeile 4 und 7.
Dann einen neuen Satz in Zeile 2, der in Zeile 8 wieder-
auftaucht. Nun bleiben nur noch die Zeilen 3, 5 und 6, die man
frei ergänzen kann. Die beiden ersten Zeilen wiederholen sich
am Schluss, was dem Ganzen eine geschlossene Form verleiht.

«Halslose Ungeheuer!»

In dieser Geschichte haben Kriminalkommissarin Ella Ende-
mann und ihr Assistent Ben aus meinem letzten Buch «Fällt

herab ein Träumelein» erneut einen Auftritt. Ein Krimi wie die eigentliche Aufgabe lautete, ist es allerdings nicht geworden.

Begegnung an der Tür   S. 213

Die Aufgabe: eine Geschichte fortsetzen, deren Anfang gegeben ist (kursiv gesetzt). Der Text stammt von Guy Krneta «Morgengeschichte». Er wurde ursprünglich im Dialekt geschrieben.

«Broken Windows...»   S. 217

Vier Schwarzweiß-Fotos von sehr unterschiedlichen Türen sollen einen Text anstoßen. Ich entschied mich für das Foto, auf dem eine einst weiß gestrichene Tür abgebildet ist, von der die Farbe abblättert. Im Türrahmen stecken gezackte Glasreste, dahinter hängt eine schmutzige Gardine. Vor der Tür kann man verwelktes Gras erkennen.

Die kirschrote Tasche   S. 227

Jemand findet eine rote Damenhandtasche, die fünf Gegenstände enthält: einen Kugelschreiber, einen Schlüssel, ein Parfümfläschchen, ein Lakritz-Bonbon und ein Notizheftchen – das ist der Ausgangspunkt für einen Text. Das ursprüngliche Happyend (Wir sahen uns wieder, oft sogar. Ein paar Wochen später waren wir ein Paar.) *verwarf ich, weil es mir zu kitschig erschien.*

Am Fenster   S. 235

«Die Frau lehnte am Fenster und sah hinüber... Sie hatte den starren Blick neugieriger Leute, die unersättlich sind. Es hatte ihr noch niemand den Gefallen getan, vor ihrem Haus niedergefahren zu werden.» Die Aufgabe: diesen Text in ähnlichem Stil weiterschreiben oder einen 'Inneren Monolog' oder eine Charakterstudie zu verfassen. Es kostete Überwindung, mich in die hier geschilderte Person zu versetzen.

Schreiben nach Bild. Eine große Anzahl von Bildern mit den unterschiedlichsten Sujets steht zur Auswahl. Ich entschied mich spontan für eine Schutzengel-Darstellung.

Die Teilnehmerinnen sollten einen Gegenstand von zu Hause mitbringen, irgendeinen, ein Kleidungsstück, etwas zum Essen, ein Gegenstand aus der Vergangenheit, die Auswahl war völlig freigestellt. Die Aufgabe: dieser Gegenstand erzählt aus seinem Leben. Ich wählte meinen silbernen Taufbecher mit meinem (falsch) eingravierten Vornamen.

Auf einer Comiczeichnung ist eine Straßenszene mit sechs Personen dargestellt: ein Mann mit Kamera, ein in sein Buch vertiefter Jüngling, eine alte Dame mit Hund, eine junge gestylte Person, ein Mann mit Kopfhörern und Geige und ein Mann im Unterhemd am Fenster. Die Aufgabe: Schreibe einen kurzen Text, in dem alle diese Personen auftreten, einschließlich dir selbst.